KB271816

잃어버린 줄기세포

잃어버린 줄기세포

초판 1쇄 발행 | 2006년 4월 7일

지은이 | 이도영
펴낸이 | 김순정

편집 | 이수경 김민수
기획 진행 | 김순애
디자인 | 디자인 봄
출력 | 한국커뮤니케이션
인쇄 | 대광문화사

펴낸곳 | 순정아이북스
등록번호 | 제 16-2832호
등록일자 | 2002년 10월 8일

주소 | 서울특별시 서초구 서초동 1330-18 현대기림빌딩 704호
대표전화 | 02-597-8933, 팩스 | 02-597-8934
홈페이지 | www.ikorealeaders.com

순정아이북스는 독자 여러분의 멘토가 될 수 있는 책을 만듭니다.

ISBN 89-953941-9-6 03810
값 9,800원

잃어버린 줄기세포

대한민국을 흔들었던 또 하나의 충격!

이도영 장편소설

순정아이북스

나는 이 소설을 세태 소설이라 말하고 싶다.

현실이 암울해도 희망의 빛을 설정하여 살아가는 것이 인간이 절망하지 않는 한 방법이다. 양극화가 더욱 심화되어 가는 이 시대에, 생명공학에 대한 전문지식도 없는 사람들조차 줄기세포라는 황금알에 대한 소식으로 마치 부자라도 된 양 마음이 넉넉해졌고, 나라 경제가 침체되어도 미래의 우리 나라는 황우석 교수의 줄기세포로 인해 부자 나라가 될 것이라는 희망에 젖었었다.

양극화도 줄기세포가 좁혀 줄 것이라는 생각까지 품었다면 지나친 기대였을까. 줄기세포의 불발로 인해 기대가 무너졌을 때의 허망함이 우리 모두를 슬프게 하였다. 그러나 생명공학의 미래는 여전히 희망적이기에, 이러한 좌절과 회의가 자양분이 되어 더 심도 있는 연구를 이끌어내고 난치병으로 고통을 겪고 있는 사람들에게 반드시 희망을 줄 것이다.

이 소설에 등장하는 인물들의 모습은 이 시대를 살아가는 우리들의 세태를 상징한다. 나는 '줄기세포'라는 상징적인 의미의 파도를 타게 된 우리들의 세태를 서술하기 위해 소설이라는 형식을 빌렸다.

나 또한 사회 실상을 함께 겪으며 살아가는 동시대인으로서, '줄기세포'로 인해 마음 한 켠에서 씁쓰레한 울분 같은 것이 터져나왔다. 이대로 묻어버리기에는 너무나 크게 얼룩진 사건이었다.

증권시장에서도 황우석 교수의 줄기세포 논문 통과 소식을 재료로 상상을 초월한 높은 시세를 분출하였다가, 논문 조작이라는 사실이 밝혀지면서 대폭락을 하여 주식 시장에 참여한 투자자들을 혼비백산으로 만든 사례들이 있었다.

2005년은 '줄기세포'에 많은 사람이 이리저리 휘둘린 한 해였다.

나는 수많은 네티즌들의 줄기세포에 대한 댓글들을 읽으며 이 세태를 소설의 형식으로 형상화해야겠다는 생각을 했다. 시간이 지날수록 점점 멀어져 가는 과거가 되어버릴 황 쇼크이지만, 나쁜 역사가 반복되지 않도록 하기 위해서 사람들의 기억에 정확하게 각인시키기 위함이었다.

이제껏 살아오면서 사회적으로 가장 큰 사건이 두 차례 있었다.

하나는 1998년, 나라 경제가 붕괴되어 맞게 된 IMF 사건이었다. 그때 나 자신도 주식투자를 하였다가 말 그대로 깡통이 나 몇 달간 아파트 관리비도 내지 못하고 쩔쩔맸었다. 다행히 주가 차트를 집중적으로 연구하여 깡통에서 벗어날 수 있었다.

그리고 2005년. 나라 경제가 다시 침체기에 빠지면서 국민 모두가 힘들어 할 때 혜성처럼 나타난 황우석 교수의 줄기세포로 모두가 기대치만으로도 위로가 되었고 생명공학의 선도국이라는 자부심에 뿌듯했었다. 특히 한국의 과학자로 인해 전세계의 수많은 난치병 환자들이 밝게 웃을 수 있겠다는 희망으로 부풀어 있을 때, 아닌 밤중에 날벼락처럼 줄기세포 논문이 조작이라고 밝혀진 사건이었다.

시간은 끊임없이 흐르고 모든 사건들은 과거형이 되어 가지만, 이 두 사건은 한국의 역사에서 절대로 지울 수 없는 사회적 대형 사건이었다.

나는 IMF 때의 사회 실상을 소설 〈변신〉으로 기록하였고, 이번의 황 쇼크는 〈잃어버린 줄기세포〉라는 제목으로 소설의 형식을 통해 세태를 기록하였다.

소설은 허구의 줄거리를 통해 독자들과 심리(心理)를 공유하는 작업이고, 특히 세태소설은 같은 시대를 살아가며 느끼는 심리를 독자들에게 더 피부적으로 가까이 다가가게 하는 작업이다.

앞으로도 또 어떤 대형 사건이 발생될지 모른다. 우리가 이러한 소재로 글을 쓰고 기사화하는 작업들은, 오줌소태 치료제인 유로팜을 오줌에서 추출하듯이, 나쁜 과거를 딛고 더 이상의 소모 없이 나아가야 한다는, 희망의 빛을 잃지 말아야겠다는 의도에서 나온 것이다.

마지막으로 항상 힘이 되어 준 사랑하는 빈과 준에게 고맙다는 말을 전하고, 수많은 난치병 환자들에게 깊은 애정을 표하며 이 글을 바친다.

이도영

1. 마魔의 소나기

도희는 급정차했다. 한 남자가 그녀의 차에 치여 쓰러졌다. 그녀는 놀란 표정으로 차에서 내려, 쓰러져 신음하고 있는 남자 곁으로 다가갔다.

오후 6시경. 거리엔 어둠이 깔린 데다 퍼붓는 빗줄기에 시야가 축소되어 차도로 뛰어든 남자를 발견하지 못했다.

도희는 다시 승용차 문을 열고 핸드폰을 찾았다.

"평택 씨! 사고 났어. 내 차에 어떤 남자가 치였어. 어떻게 해? 아이 미치겠네… 응? 잘 안 들려. 크게 말해 줘. 뭐라구? 남자가 갑자기 뛰어들었다니까. 응급실… 알았어!"

도희는 핸드폰을 차 안에 던지고 쓰러져 있는 남자 곁으로 다가갔다. 허리를 구부리며 남자의 얼굴을 자세히 들여다보았다. 젊은 남자였다. 술 냄새가 훅 풍겼다. 얼마나 마셔댔으면 차도인지 모르고 뛰어들었을까… 죽으려고 기를 쓴 거지.

"여보세요. 조금만 움직여봐요. 아… 이 피…"

"으윽…"

남자가 고통스럽게 신음소리를 내었다.

"여보세요! 아이… 정말 미치겠네…"

그녀는 남자의 겨드랑이에 손을 넣어, 일으키기 위해 안간힘을 썼다. 퍼붓는 빗줄기에 도희와 다친 남자는 흠뻑 젖어서 물에 빠진 생쥐 꼴이 되었다.

빗물을 튕기며 질주하는 자동차 행렬들은 자신들과 무관한 광경으로 여기고 관심도 주지 않은 채 쌩 하고 앞으로 달려나갔다.

그녀는 간신히 차 뒷좌석으로 남자를 밀어넣은 뒤, 약혼자인 구평택이 정형외과 전문의로 있는 종합병원으로 속력을 내어 달렸다.

도희는 차에 치인 남자의 상태가 위급해 병원으로 빨리 데려가야겠다는 생각이 앞서 경찰에 사고 즉시 신고를 하지 못했다. 빗길에 운전중인 그녀는 1초라도 빨리 병원에 도착하는 것이 우선이라고 생각했다.

그녀는 초조한 표정으로 복도를 왔다갔다 하며 연신 손목시계를 들여다보았다. 사고당한 남자가 수술실에 들어간 지 한 시간이 지났다. 응급실에서 간호원이 다친 남자의 상의에서 지갑을 꺼내 신원을 확인하고 연락을 취하였지만 보호자는 아직 나타나지 않았다.

그녀는 사고 당시의 현장에서의 상황들을 자세하게 떠올리기 위해 정신을 집중했다. 잘못하면 목격자가 없어 불이익을 당할 수도 있기 때문이었다.

복도 끝에서 두 사람이 나타나 수술실 앞으로 급히 다가왔다. 50대 중반의 여자와 30대 중반의 남자였다. 그녀는 사고당한 남자의 보호자 일행이라는 생각이 들어 자신도 모르게 한 발짝 뒤로 물러섰다.

"아가씨야? 내 아들 친 게?"

중년 여자가 양 미간을 찌푸리며 도희 앞으로 바짝 다가서더니 흥분된 음성으로 말했다. 간호원에게서 상황 설명을 들은 중년여자는, 수술실 앞에 초조한 표정으로 서성이고 있는 젊은 여자를 보는 순간, 아들을 치게 한 피의자라는 생각이 들어 다짜고짜 날카로운 음색으로 다그쳤다.

"죄송합니다. 아드님이 제 차에 뛰어들었어요."

"내 아들이 뭣 땜에 차에 뛰어들어… 말도 안 되는 말을 하다니! 경찰은 어디 있지?"

"일단 병원에 오는 것이 급해 조금 전에 신고를 했어요."

"어느 정도 다쳤지?"

중년여자가 도희를 향해 물었다.

"많이… 다쳤어요."

"이 무슨 날벼락이니? 아이구, 우리 고영이가… 이건 아니야, 아니라구."

중년여자가 망연자실한 표정이 되어, 금방 굵은 눈물을 주르르 흘리며 물었다.

"연락처가 어디야?"

도희는 명함을 건네주었다. 신문사 사회부 기자인 도희는 마감일인 오늘 간신히 기사를 마무리하고, 기분 좋게 친구와 한잔 하려고 했었다. 그런데 예기치도 않은 사고로 인해 지금이 꿈인지 생시인지 구별이 되지 않았다.

그녀는 두근거리는 가슴을 진정시키기 위해 팔짱을 꼭 끼었다. 수술실 문이 열리고 녹색 수술복을 입은 닥터가 복도로 나왔다. 그들은 동시에 닥터를 쳐다보았다. 사고당한 남자를 수술한 닥터는 도희와 약혼을 한 구평택이었다. 중년여자가 닥터 앞으로 다가갔다.

"내 아들, 어디를, 얼마나 다쳤나요?"

"수술은 잘 되었지만 재활치료를 받아야 할 겁니다. 척추를 다쳤어요."

"그 곳을 다치면 어떻게 되는데요?"

"하체 마비가 올 수 있어요…"

"그럼 내 아들이… 그런 장애가 왔단 말인가요?"

"치료를 잘해 봅시다."

정순남 여사는 닥터의 말을 듣고 눈앞이 캄캄했다.

"김 기사. 유 상무한테 전화해서 회장님 내일 첫 비행기로 오실 수 있게 빨리 연락해요, 빨리!"

"예, 사모님. 지금 당장 하겠습니다."

묵묵히 지켜만 보고 있던 남자는 운전기사였다. 그는 구석으로 걸어가더니 핸드폰을 꺼내었다.

"말도 안 돼… 이럴 수가 없어… 흐흑흑…"

세경물산을 물려받을 유일한 아들인 고영이가 불구자가 되다니… 하반신 마비라니… 정 여사는 절망에 몸을 부르르 떨다가 벽에 붙어 있는 긴 의자에 힘없이 털썩 주저앉았다. 정 여사는 고개를 숙인 채 흐느끼다가 벌떡 일어나더니, 가까이 서 있는 도희의 뺨을 힘껏 후려 쳤다.

"내 아들이 어떤 아들인데! 이 재수없는 것이! 내 아들을 치다니!"

도희는 후끈거리는 뺨을 한 손으로 감싸며 커다란 눈이 더욱 커지고 겁에 질려버렸다.

"보호자 분. 진정하시고 환자랑 병실로 가시죠."

닥터의 말에, 도희의 뺨을 때리고도 화를 못 참아 씩씩거리던 정 여사가 고개를 수술실 문 쪽으로 홱 돌렸다. 수술실 문이 활짝 열려지고 환자를 눕힌, 바퀴 달린 침대가 복도로 밀려나왔다. 간호원 두 명이 엘리베이터 쪽으로 침대를 밀고 갔다. 보호자들이 침대 뒤를 따라갔다.

도희가 그들을 뒤따르자, 평택은 그녀에게 눈짓을 하며 자신을 따라오라고 신호를 보냈다. 두 사람은 비상계단을 통해 두 층을 더 내려가더니 정형외과 외래 복도로 걸어갔다. 평택은 자신의 진료실 문을 열었다.

"들어와."

그녀는 그의 뒤를 따라 진료실로 들어갔다. 안으로 들어서니 녹색 커튼이 쳐진 칸막이 넘어 처치실에서 약품 냄새가 훅 풍겨 왔다. 그녀는 순간 숨을 멈춘 뒤 천천히 호흡을 했다. 간호원이 처치실에서 나와 주사 바늘이 나란히 놓여 있는 타원형의 은색 쟁반을 이동식 선반에 내려놓았다. 간호원이 엷은 미소를 띠며 도희에게 아는 체를 했다.

"과장님. 커피 드릴까요?"

"예."

간호원이 문을 열고 복도로 나갔다. 평택은 수술복을 벗어 처치실 바닥에 놓여 있는 바구니에 휙 던지더니 벽에 붙어 있는 세면대로 가 손을 씻었다.

도회는 의자에 앉아 뷰박스에 걸려 있는 엑스레이 사진들을 응시했다. 살덩이가 제거된 뼈마디들. 언젠가 예술의 전당에서 인체의 신비를 관람하고 한동안 정신이 멍했던 적이 있었다. 박제된 꿩이나 독수리처럼 전시된 인간 박제들을 죽 훑어보며, 영혼이 떠나버린 육체는 아무것도 아니라는 생각이 들었었고 인간의 실체는 정녕 무엇일까 라는 깊은 의혹이 생겼었다.

전시장에서 화학 처리된 인체들을 보며 뜨거운 체온이 느껴지는 자신의 살덩어리를 자꾸만 만져 보았던 기억.

"괜찮아?"

그녀는 그의 말에 뷰박스에서 눈을 떼고, 손을 몇 번이나 씻고 있는 그의 뒷모습을 물끄러미 바라보며 수술도 중노동이라는 생각이 들었다

"아직 진정되지 않아… 정신이 하나도 없어… 그 남자 크게 다쳤나 봐. 자기, 하루에 몇 번 수술해?"

"요즘 들어 수술 환자가 더 많아졌어… 남자가 뛰어든 거 확실하지?"

"응. 차 전용 도로야. 그 남자, 왜 뛰어들었을까? 정말 하반신 마비가 된 거야?"

"그렇게 된 거지."

"그 남자 불쌍해서 어쩌나?"

그는 타월로 손을 닦은 뒤, 피곤에 지친 육체를 어쩌지 못하겠다는 표정으로 창가에 놓인 의자에 무너지듯 앉았다.

"도희야. 보호자한테 정황을 잘 설명해야 돼. 다친 쪽은 무조건 피해자라고 우길 테니까. 경찰에 신고는 했어?"

"응."

그녀는 운전 중에 신문사에서 같이 근무하는 우경이와 저녁식사 할 장소를 정하며 통화를 했던 순간부터, 차에 치인 남자를 뒷좌석에 태워 병원까지 미친 듯이 차를 몰았던 장면까지 떠올리며 얼굴을 찌푸렸다.

"경찰이 오면 당황하지 말고 침착하게 사실대로만 말하면 돼. 사회부 기자라 사건 접하는 거 익숙하잖아."

"알았어."

문이 열리더니, 간호원이 복도에 설치된 자판기에서 커피를 두 잔 뽑아들고 들어왔다. 커피향이 진하게 퍼졌다.

병원 건물 6층은 정형외과 병동으로 입원 환자들 대부분이 교통사고 환자들이었다. 1인용 병실 602호실에서 정 여사는, 수술실에서 나온 지 20분이 지났지만 아직도 마취에서 깨어나지 못한 아들의 얼굴을 가까이 들여다보고 있자니 심장이 터져버릴 것만 같았다.

그녀는 얼마나 울었던지 눈두덩이 벌겋게 부어 있었다. 노크 소리가 나더니 문이 열리며 도희가 병실로 들어왔다. 정 여사의 눈빛은 도희를 보자 분노로 이글거렸다. 도희는 환자에게 몇 발짝 다가가다가 멈추었다. 그녀는 자신의 잘못은 아니지만 한 남자의 불행을 목격하며 숙연해졌다.

"어떤 말씀을 드려야 될지 모르겠습니다. 빨리 낫도록 기도하겠습니다."

그녀는 진심으로 말했다.

"아, 어떻게 이런 일이…"

정 여사는 이 일이 현실이 아니라 꿈이기를 바라며 넋 나간 사람처럼 중얼거렸다.

병실에 한동안 침묵이 이어졌다. 아들의 의식이 회복된 후 따져도 늦지 않다는 생각에 정 여사는 격한 감정을 억제했다. 잠시 후 노크 소리와 함께 두 명의 남자가 병실로 들어왔다. 도희의 아버지인 유광훈과 수술실 앞에서 본 운전기사였다.

"아버지."

도희는 약혼자인 평택의 연락을 받고 아버지가 나타난 줄 알고 유광훈의 곁으로 다가섰다.

"네가 왜?"

유광훈은 김 기사를 통해 회장님 아들이 교통사고를 당했다는 말을 듣고, 일본 출장 간 회장에게 전화를 해 사고 소식을 전한 뒤 곧장 병원으로 달려왔던 것이다. 유광훈은 병실 밖에 서 있는 김 기사와 함께 병실로 들어서자 딸 도희가 병실에 있는 걸 보고 의아해했다. 왜 여기 있는지 물어보려다 말고, 울어서 얼굴이 벌겋게 상기되어 있는 정 여사를 의식하고는, 가까이 다가가 정중하게 고개를 숙여 인사를 한 뒤 입을 열었다.

"사모님. 회장님이 내일 첫 비행기에 오시겠답니다. 아드님 상태는 어떠신지요?"

말하다가 환자의 상태가 심각하다는 걸 한 눈에 알아보고 입을 다물었다. 유광훈은 세경물산의 영업 부서 상무였다.

"저 아가씨가 유 상무님 딸이에요?"

정 여사가 기가 막힌다는 표정으로 물었다.

"네. 사모님. 제 여식입니다."

"상무님 딸이 내 아들을 친 거 알고 왔어요?"

"네?"

도희는 아버지의 놀란 눈빛과 마주치자 고개를 푹 숙였다. 다친 남자가 하필이면 아버지가 다니는 회사의 회장 아들이라니… 그녀는 가슴이 두근거렸다.

"어떻게 된 거니?"

"아버지. 차 전용 도로였고… 갑자기 뛰어들었어요."

"또 같은 말을 하네. 뛰어들 이유가 없다고 했잖아!"

옆에서 듣고 있던 정 여사가 화를 내었다.

"사모님. 죄송합니다."

유 상무의 얼굴이 파랗게 질리며 왼쪽 눈썹이 위로 치켜졌다. 심기가 최악일 때 짓는 표정이다. 그녀는 아버지의 경직된 모습을 더 이상 볼 수 없어 문을 열고 병실 밖으로 나갔다.

창가로 뚜벅뚜벅 걸어가는 그녀의 마음이 편하지가 않았다. 창 밖을 보니 여전히 폭우다. 회장 아들이라니… 정말 재수 없는 우연이었다. 아, 이 일을 어떻게 하면 좋지…

그때 평택이 복도 끝에 있는 병실에서 나오더니 그녀가 서 있는 곳으로 걸어왔다.

"보호자한테 잘 말했어?"

"응."

그는 침울한 표정으로 창 밖을 내다보고 있는 그녀를 걱정스레 살폈다. 굵은 빗줄기가 번개 소리를 동반하며 쏟아졌다.

"그렇게 겁 먹을 거 없다니까. 환자가 차에 뛰어들었다며."

"아버지가 병실에 계셔. 다친 남자가 아버지가 다니는 세경물산 회장님 아들이래. 내가 잘못한 거 없지만 우리 아버지 난처한 표정을 보니… 자기야, 일이 이상하게 꼬인다."

"우연의 일치치고 최악이네."

"사실대로 말했지만 사모님이 막무가내야. 아버지한테 곤란한 일이 생기면 어떻게 하지? 아이, 짜증나."

"경찰한테 사실대로만 얘기하면 돼."

"그래도 무서워."

"더한 사건도 다루는 기자가 그만한 일에 두려워하다니. 저기, 아버님 오신다."

유 상무가 심각한 표정으로 두 사람에게 다가왔다.

"아버님…"

평택은 유 상무에게 인사를 했다.

"음. 병원 생활은 잘하고 있나?"

"네, 아버님. 너무 걱정하지 마세요. 도희 잘못이 아니더군요."

유 상무는 그래도 마음이 편하지 않아 딸에게 물었다.

"정확하게 말해 봐 . 어떻게 된 거야?"

"아이 참… 어찌, 이런 일이 다 생기는지… 아버지, 비가 억수로 내리는 도로에서 차선도 위반하지 않고 잘 달리고 있는데 갑자기 회장 아들이 뛰어들어…"

도희는 말하다가 입을 다물었다. 엘리베이터 문이 열리고 경찰관 두 명이 나오더니, 복도를 두리번거리다 602호 병실로 들어가는 것을 바라보았다. 도희의 신고를 받고 온 경찰관들이었다.

"아버지, 경찰이 왔네요. 병실로 들어가요."

그들은 병실로 들어갔다. 키가 자그마한 경찰관이 도희가 들어오자, 정 여사와 무슨 말을 하다가 말고 도희를 바라보며

"아가씨가 신고했어요?"

라고 물어보고는 수첩과 볼펜을 꺼내었다.

"예."

도희가 긴장된 표정으로 대답하자 유 상무와 평택은 동시에 정 여사를 바라보았다. 정 여사는 팔짱을 낀 채 도희를 노려보고 있었다. 운전기사가 점점 험악해지는 분위기를 피해 슬그머니 병실 밖으로 나가버렸다.

"처음부터 자세하게 말해 보세요."

키 작은 경찰관이 말하자, 또 한 명의 경찰관이 침대로 다가가 환자의 얼굴을 가까이 들여다보더니 환자를 수술한 평택에게 물어보았다.

"마취에서 언제쯤 깨어나나요?"

"조금 더 있어야 깰 겁니다."

"어디에서 몇 시에 사고가 났는지 처음부터 자세하게 말해 보세요."

키 작은 경찰관이 도희에게 다시 묻자, 그녀는 사고 당시의 상황을

자세하게 설명했다.

유 상무는 그나마 다행이라는 생각이 들었다. 자초지종을 들어보니 도희 잘못이 아니었다. 회장 아들이 맹목적으로 술 취한 상태에서 달리는 차에 뛰어들었던 정황이었다. 휴우… 유 상무는 자신도 모르게 안도의 한숨이 새어나왔다. 도희를 향해 서슬이 시퍼렇던 정 여사도 아들이 뛰어들었다는 사실을 인정할 수밖에 없었다. 자동차 전용 도로였기 때문이다.

"환자 말도 들어야 하는데… 깨어날 때까지 기다리기도 그렇고… 환자가 깨어나면 연락하세요."

키 작은 경찰관이 명함을 꺼내어 정 여사에게 주었다. 정 여사는 명함을 받아쥐고서 넋 나간 표정으로 아들을 바라보았다. 두 명의 경찰관이 문을 열고 복도로 나가자 유 상무와 도희, 평택도 뒤따라 나갔다. 엘리베이터 문이 열리자 경찰들이 안으로 들어갔다. 유 상무가 그들을 향해 고개를 숙이며

"수고하십시오."

라고 말하자 그들이 알았다는 표정을 지었다. 엘리베이터 문이 닫히자 유 상무는 도희와 평택을 향해 말했다.

"일단 집으로 돌아가라. 여긴 내가 있을 테니. 자네, 언제 끝나나? 딸애 얼굴이 말이 아니군."

유 상무는 평소 씩씩한 딸이 뜨거운 물에 푹 삶긴 시금치 같은 표정을 하고 있는 것을 보고 안쓰러웠다.

"지금 퇴근할 수 있어요. 도희, 데려다 줄게요."

"그렇게 해. 도희야, 엄마한테는 비밀이다. 알아봐야 근심 걱정으로

괜히 몸만 상한다. 그만 가봐."

"예."

유 상무는 두 사람이 엘리베이터 안으로 들어가는 것을 지켜 본 뒤, 착잡한 심정으로 회장 아들이 누워 있는 병실로 들어갔다.

자동차가 빗속을 질주하며 올림픽공원 쪽으로 달려갔다.

"무슨 비가 하루종일 내리냐?"

그녀가 투덜거렸다.

"아무 생각 말고 오늘 샤워하고 푹 자는 거야."

자동차는 수목이 우거진 아파트 단지로 들어가 어느 아파트 동 앞에 멈추었다. 그는 핸들에서 손을 떼고 그녀의 어깨를 감쌌다.

"걱정 마. 알았지… 응?"

그는 그녀의 얼굴을 들여다보았다. 여전히 주눅 든 표정이었다.

"차. 병원 주차장에 세워 뒀어. 시트에 피가 묻었을 텐데… 아, 끔직해!"

"내가 다 처리할 테니 아무 걱정 마. 키를 나한테 줘."

"길이 미끄러워. 조심해서 운전해. 잘 가."

"잘 자라."

그녀는 승용차 문을 열고 비를 맞지 않기 위해 현관 입구로 뛰었다. 승용차는 아파트 정문 쪽으로 방향을 돌리더니 쌩 하고 달려나갔다. 도로는 굵은 빗줄기에 강타당해 철벅거렸다. 그녀는 엘리베이터를 타고 올라가 9층에서 내리자 핸드백을 뒤적거려 열쇠를 꺼내었다. 현관문을 열고 거실로 올라가니, 어머니 신숙홍 여사가 주방에서 나와 놀란 표정으로 딸을 바라보았다.

"너, 그게… 웬 피야?"

신 여사가 손가락으로 도희 옷에 피가 묻어 있는 곳을 가리켰다.

"별 거 아니야, 엄마. 나, 배고파요. 라면 끓여 줘. 점심도 저녁도 못 먹어 배가 엄청 고파요."

그녀는 방으로 들어가 가방을 침대 위에 휙 집어던지고는, 비에 젖 었다가 몇 시간을 병원에서 입은 채 말린 구겨진 옷을 벗어버렸다. 신 여사는 딸 방으로 들어오더니, 브래지어와 팬티 차림으로 서 있는 딸 을 기가 막힌다는 표정으로 바라보며 못마땅한 표정을 지었다.

"꼴이 그게 뭐냐?"

도희는 경대에 놓인 티슈를 뽑아 얼굴을 문질렀다.

"친구가 다쳐서 병원에 데려가다가 묻었어요. 엄마, 샤워할 동안 라 면 좀 끓여놔요. 아버지하고 통화했는데 오늘 회식이라 늦으시겠대 요."

"알았어. 우경이가 전화로 너 찾더라. 불통이라던데 꺼 놓았니?"

"배터리가 떨어졌어요."

"그럴 땐 다른 사람 폰을 빌려야지."

그녀는 엄마에게 비밀이라는 아버지의 말이 생각나 화제를 다른 데 로 돌렸다.

"엄마. 이 밤 시간에 어디 갈 데 있다고 웨이브롤이야?"

그녀는 어머니의 머리 전체에 웨이브롤이 감긴 것을 가리켰다.

"기집애. 딴청은… 심심해서 말았어."

"자고 나면 엉망이 될 텐데 이 시간에 뭐하러 말아?"

"오늘은 평택이 안 만났니?"

신 여사는 딸의 잔소리가 듣기 싫어 사위가 될 평택을 끌어대었다.

"만났어, 조금 전에."

신 여사는 욕실로 걸어가는 딸의 뒷모습을 물끄러미 바라보다, 걷는 것도 어쩜 지 애비 그대로 닮았을까… 생각하며 라면을 끓이기 위해 주방으로 들어갔다. 가스렌지 불을 켜고 냄비를 올려놓은 뒤 물을 부었다.

도회는 욕실로 들어갔다. 그녀는 사고가 나는 바람에 우경이에게 연락도 못했다. 우경이가 혼자서 기다리다 돌아갔을 것이다. 그녀는 핸드폰을 차 안에 던져둔 일, 그리고 병실에서 회장 부인에게 쩔쩔 매는 아버지의 얼굴이 떠올랐다. 어머니에게 아버지 회식이라고 말하기를 잘했다는 생각이 들었다.

그녀는 샤워기를 머리 위로 올려 물줄기를 세게 틀었다. 따뜻한 물줄기에 긴장되었던 몸이 스르르 풀렸다.

2. 외생적 충격

날이 밝았다. 어제 언제 소나기가 내렸냐는 듯이 밝은 해가 떠올랐다. 최근에 〈지식이 지배하는 사회〉라는 책을 출간하여 2주 연속으로 경제 부문에서 베스트셀러 1위를 석권한 김병렬 경제학 박사가 '현대인의 의식구조'라는 주제로 호텔에서 강의하는 조찬 간담회에 참석하기 위해 유 상무는 아침 일찍 일어났다.

"여보. 꿀물이라도 마시고 가세요."

신 여사가 침대에 누운 채 화장대 거울 앞에 서서 넥타이를 매고 있는 남편의 뒷모습을 바라보며 말했다.

"괜찮아. 도희, 아직 자나?"

"잘걸요."

신 여사가 침대에서 몸을 일으켰다.

"아고고. 이제 나이가 먹어가는 걸 절절이 느끼겠네. 삭신이 쿡쿡 쑤

시는 데다 재미있는 일이 하나도 없고… 여보, 뭐 좋은 일이 없을까?
말하자면 당신이 나 몰래 숨겨둔 비상금이 엄청 부풀어 목돈이 되었다
던가… 달라고 하지 않을 테니 그런 사건이라도 터졌음 좋겠네."

"쓸데없는 상상 말고, 일어나 도회 방에 들어가 봐."

"왜요? 그 애 깨울 필요 없이 스스로 잘 일어나는데…"

"아침 꼭 먹고 가라고 해."

"알았어요."

밖으로 나오자 전날 퍼부은 소나기로 땅은 여전히 축축하였지만 대
기는 청정하였다. 유 상무가 탄 승용차가 30분 정도 달려 호텔에 당도
했고 지하 주차장으로 미끄러져 들어갔다. 그는 차를 세워 놓은 뒤,
엘리베이터를 타고 4층으로 올라가 조찬 간담회장으로 들어갔다.

실내엔 참석 인원을 150명 정도 수용할 수 있는 테이블이 배치되어
있었다. 시간이 지나자 참석자들이 웅성웅성 모여들었다. 예정된 강
의 시간이 되자 강단 한 쪽 구석에 설치된 마이크를 통해 사회자가 말
을 했다.

"참석해 주셔서 감사합니다. 오늘을 살아가는 우리들의 의식 구조
에 대해 강의하실 김병렬 박사님을 모시겠습니다."

작고 단단한 체격의 50대 중반의 남자가 단상으로 올라왔다. 김병
렬 박사였다. 유 상무는 편한 자세를 취하기 위해 의자에서 엉덩이를
들었다 놓았다.

"아침 일찍들 나오시느라 수고들 많으십니다."

김 박사의 작은 체구에서 굵직한 음성이 뿜어져 나오자 좌중은 박
수로 응답했다.

"시간의 제약상 곧장 본지로 들어가겠습니다. 경제적 어려움을 겪고 있는 아시아 국가들이 자국의 경제를 위해, 강한 달러화를 전세계에 부각시킨 미국의 선취적 모델을 경쟁적으로 모방하기 시작한 것은 실로 지식 기반 게임의 치열한 기류라 할 수 있습니다. 이제껏 부(富)를 안겨 주었던 성공 자원이라면 땅, 금, 석유 등의 자연 자원이었지만, 언젠가부터 지식이라는 무형의 자원이 부와 성공을 안겨 주었습니다. 안철수 같은 인물이 무형의 재산인 지식으로 부를 소유한 케이스입니다. 지식은 현대인들에게 새로운 부를 획득할 수 있는 새로운 근거입니다. 그렇다면 어떻게 지식을 장악하느냐에 주된 관건이 있겠지요."

김 박사가 청중들의 표정을 살펴보니 잠이 덜 깬 상태로 나타났는지 영 힘들이 없어 보였다. 그는 이런 참석자들에게 지식이니 뭐니 혀가 말리도록 떠들어대는 일이 갑자기 싫증이 났다. 그러나 기업인들에게 강의를 한번 할 때마다 자신의 유명세와 인지도는 더욱 올라갈 것이라는 생각이 들자 성대를 더 부드럽게 굴리며 말을 이어나갔다.

"예측할 수 없는 상황들이 빠른 속도로 일상에 파고드는 현대에서 무엇보다 필요로 하는 것은 지식의 지배와 함께 의식구조의 변화…"

유 상무는 '지식과 의식 변화'라는 말로 아침 시간 내내 떠들어댈 김 박사의 당찬 얼굴을 멍하니 쳐다보며 경청하고 있건만 귀에 제대로 들어오지 않았다. 그는 딸의 차에 치어 하반신 마비가 되어버린 회장 아들과 회장 부인의 격앙된 얼굴이 떠올라 심기가 매우 불안한 상태였다. 회사에 들어가, 일본에서 아들의 사고 소식을 듣고 급히 돌아왔을 회장을 무슨 낯으로 대할 것인가.

게다가 보유한 주식이 떨어질 대로 떨어져 휴지 되기 직전이었다. 휴… 그 미친놈의 증권사 부장이 왜 그 따위 쓰레기 같은 종목을 추천하여 날 망하게 하는지… 유 상무는, 느글한 표정으로 조금만 더 기다리면 분명 올라갈 주식이라는, 말 같지 않은 변명을 번번이 늘어놓는 증권사 부장이 떠오르자 갑자기 분개심이 치밀어올랐다.

그는 열이 확 오르자 목이 뻣뻣함이 느껴졌다. 목 근육을 풀어줄 겸 고개를 좌우앞뒤로 돌리며 실내를 훑어보았다. 어? 도희가 단상 앞 셋째 줄 테이블에 앉아 김박사의 강의를 열심히 메모하고 있지 않은가. 유 상무는 눈을 커다랗게 떴다. 저 녀석이 언제 왔지? 사회부 기자라는 게 취재하기 위해 안 돌아다니는 곳이 없군. 간밤에 한숨도 못 잤을 텐데. 마주치지 않게 조심하다가 끝나기 전에 일어나야겠다고 유 상무는 생각했다.

김 박사의 강의는 계속 이어졌다. 유 상무는 체면이 구겨지지 않을 정도로 목을 이리저리 움직여 목 힘줄이 한결 부드러워졌다.

"지금의 사회적 상황은 거래적 사회이고 어떠한 지식을 소유하느냐에 따라 유리한 거래를 끌어낼 것입니다. 사회에서 이제껏 유래되어 왔던 근본적 가치가 변해버린 겁니다. 시장의 기능이 지배하는 사회, 사람들이 생존을 위해 몸부림을 쳐야 하는 사회로 변해버린 것입니다.

거래적 사회에서는 당연하게 구조조정의 밀물이 드세어질 것이고, 고용주는 직원의 개인적 가치가 더 이상의 효용가치를 발휘할 수 없는, 무용물이 되었다는 것을 아는 즉시 해고대상자로 전락시킬 것이고, 해고된 당사자는 사회에서 퇴물 취급을 받게 됩니다.

저는 2년 전, 회사에서 고액 연봉자라는 이유로 해고됐습니다. 모든 것이 끝났다고 생각했지요. 자신의 역량을 더 발휘할 수 있는 데도 불구하고 퇴사당했으니 그 기분은 최악이었지요.

여러분. 이 귀중한 아침 시간에 제 개인 사례까지 언급하는 것은, 타의에 의해 강제된, 퇴사라는 '외생적 충격'을 극복하고 다시 직장을 구할 수 있는 것은 현실이 요구하는 양태의 지식뿐임을 깨달았고. 그 새로운 지식을 통해 외생적 충격에서 벗어난 사례의 모델이 된 본인이기 때문입니다.

저는 퇴사당하자 방황하다가 중국을 떠올렸지요. 이 나이에 회사에서 쫓겨난 나는 과연 무엇을 할 수 있을 것인지 열심히 생각해 보니 중국의 거대 시장이 떠올랐습니다. 중국! 이 얼마나 엄청난 시장입니까. 세계의 모든 시장이 눈독 들이고 있는, 황금알을 낳는 거대 시장입니다.

늦은 나이지만 시작이 희망을 부른다고 생각하며 아침 일찍 도서관엘 가서 중국어에 매달렸고, 6개월 노력 끝에 중국어 소통에 자신감이 붙었습니다. 그리고 중국이라는 시장 구조를 철저하게 연구했습니다. 그 결과 저는 중국 현지법인을 신설한 기업에서 다시 일자리를 찾게 되었지요."

김 박사가 자신의 회고담에 감회가 새로운지 잠시 침묵을 지키자 장내는 조용해졌다. 그는 자신이 퇴사 후 방황할 때 한동안 매일 술고래가 된 모습을 떠올렸다. 순간 자신을 향해 쏠려 있는 많은 시선들을 느끼며 다시 마이크를 잡았다.

"거래 사회가 되어버린 사회에서 개인이 살아남는 길은 지식뿐이고, 기업 또한 빠르게 변하는 시장구조에서 살아남는 방법은 산업 기술에 대한 지식뿐이라는 것을 더욱 체감할 수 있었습니다. 구조조정이니 하는 말들이 벌써 오래 전부터 유행어가 되었는데 새삼 식상하게 무슨 말이냐고 하겠지만, 지금도 도처에서 직장인들은 위태한 실정이지요."

유 상무는 김 박사의 개인 사례를 듣는 순간부터 귀가 열리기 시작했다. 김 박사의 열변에 귀를 기울였다. 김 박사가 말한 '외생적 충격'이라는 단어가 가슴에 정확하게 꽂혔다. 봉급쟁이들은 그러한 외생적 충격에 언제 나가 떨어질지 모를 운명이다. 나도 만일에 대비해 지금부터라도 중국어를 시작해 봐? 이제껏 영어만 중요시 하였던 세계가 중국어에 열을 올리고 있고 미국도 중국어 열풍이 대단하다는데…

유 상무는 도희가 앉아 있는 테이블로 눈을 돌렸다. 도희는 여전히 메모를 하고 있었다. 그는 도희의 직업의식이 무섭다는 것을 느꼈다.

전날의 고통사고 때문에 아버지나 딸이나 제 정신이 아닐 텐데도 불구하고 다음날 포럼에 참석한다는 것은 사회 조직이라는 블랙홀이 개인의 생활을 강하게 지배하고 있다는 반증이다.

"개개인이 역할 모델을 누구로 정하느냐에 따라 인생의 방향이 설정된다고 했습니다. 여러분의 영웅 모델이 누구로 정해지느냐에 따라 여러분의 삶이 그 방향으로 정해진다는 것입니다."

유 상무의 뇌는 인식 기능을 통해 김 박사의 강의에서 두 단어를 정확하게 뽑아 각인시켰다. '외생적 충격'과 '역할 모델'이었다.

참석자들에게 질의를 받는 순서가 되었다.

"질의하실 분."

사회자가 말했다. 유 상무는 딸과 마주치기 전에 빠져나가려고 슬그머니 자리에서 일어났다.

"박사님. 저는 K신문사 사회부 기자 유도희입니다. 퇴출과 모방만이 회사가 살 길이라며, 획일적으로 퇴출 나이를 정해 일평생 회사를 위해 일한 직원들을 인정사정 보지 않고 퇴출시킨다는 건 너무 잔인한 거 아닙니까?"

"고통스럽지만 사실이기에 사회는 받아들일 수밖에 없습니다. 기업들이 수익성이 높아지고 생산량이 많아지게 되면 당연히 일자리는 많아지겠지만, 당분간은 치열한 구조조정이 이어질 수밖에 없는 것이 산업계 현황입니다. 갈수록 젊은 층의 가치는 올라가고 나이 든 층의 가치는 떨어질 것이 분명합니다. 참신한 두뇌혁명만이 성장 동인이라는 세태가 반영된 원인입니다. 나이 든 직원들의 진부한 경험과 시대에 뒤처진 기능보다 두뇌회전이 민첩한 젊은 직원들을 더 기용하려는 것은, 어느 회사도 마찬가지일 것입니다. 어차피 사회 거래라는 것은 거래적 관계이니까요. 또 다른 질의자 있습니까?"

사회 거래라는 것은 거래적 관계? 유 상무는 김 박사가 '사회 관계를 사회 거래라고 잘못 말한 것'이라는 생각을 했다. 도희가 자리에 앉아 메모를 하기 시작했다. 중간 테이블에서 한 남자가 손을 들자 사회자가 질의권을 주었다. 질의자가 자리에서 일어났다.

"저는 H기업에 다니고 있는 사람입니다. 박사님. 그렇다면 경력 사다리가 필요 없다는 거군요. 다운사이징 환경에서 살고 있는 사람들은 발 밑에 허공을 밟고 있는 격인데, 자신들이 불필요해졌을 때 감원 대상이 된다는 사실을 인정한 상태에서 회사를 위해 진정으로 일할 사람이 누가 있을까요?"

"새로운 경제 게임에서 성공할 수 없는 자는, 정부도 도와 줄 능력이 없는 사회 현상을 인정해야 할 것입니다.

그렇기 때문에 지식의 끝없는 추구가 필요하다는 겁니다. 기업가와 사회조직은 부를 향해 변화를 원하는데, 기존층은 변화를 두려워만 할 줄 알지 새로운 지식을 찾아나가는 모험을 시도조차 하지 않습니다. 그러한 자들은 당연히 구조조정의 대상이 될 수밖에 없습니다."

질의자가 자리에 앉았다. 몇 사람의 질의가 더 이어지고 그에 할당되는 시간이 끝나자 김 박사는 못다 한 주제들인 양 사회조직, 기업가 정신, 지식 창출, 기능, 도구, 자연자원, 환경자원에 대한 견해들을 쏟아내었고, 유 상무는 그러한 김 박사의 말을 마지막으로 귀에 담으며 도회와 부딪히지 않기 위해 간담회장을 빠져나왔다.

유 상무가 탄 승용차는 호텔을 빠져나와 삼성동으로 달리기 위해 속력을 내었다. 차 액정시계를 보니 10시가 다 되었다. 딸과 마주치지 않기 위해 간담회에서 제공되는 식사도 못한 채 빠져나오느라 배에서 꼬르륵 소리가 흘러나왔다.

맹랑한 놈이다. 첫 질의자가 되어 또박거리며 말하는 걸 보니 기자가 천성인 놈이 분명해… 딸 하나는 똑부러지게 낳았어. 순간 유 상무의 표정이 일그러졌다.

아내가 동대문 시장에서 잃어버렸던 또 하나의 딸이 떠올랐다. 유 상무는 네 살 때 모습이 마지막인 잃어버린 딸의 얼굴이 또렷이 떠올라 괴로운 한숨을 내쉬었다. 사방팔방 찾아보았지만 찾을 수 없었고,

지금까지 죽었는지 살았는지 생사를 알 수 없었다.

그 당시 아내는 날만 새면 동대문 시장으로 달려가 상인들에게 "머리는 이렇게 삐삐 머리를 하고 빨간 원피스에 하얀 샌들을 신은 네 살 된 여자 아이 못 봤나요? 얼굴은 까무잡잡하고 눈에 쌍꺼풀이 크게 진 내 딸아이 못 봤나요?" 하고 울면서 묻고 다녔었다. 경찰서에 미아 신고를 하고, 사람들을 동원해 전국 방방곡곡에 딸의 사진을 뿌려 보았지만, 한 해 두 해 세월만 잔인하게 흐를 뿐 딸의 소식은 영영 알 길이 없었다.

유 상무는 도회가 평택과 약혼식을 한 날, 어디에서 험악하게 살고 있을지 아니면 죽었을지도 모를 잃어버린 딸이 생각나, 식이 끝나자 아내와 함께 슬픔에 잠겼었다. 그는 회상되는 기억들에 잠시 휘둘리자 "휴우…" 하고 한숨을 길게 내쉬었다.

아침 햇살이 거리에 보석처럼 뿌려져 반짝였다. 유 상무는 자동차의 속력을 더욱 내어 달렸다. 지금쯤 회장이 일본에서 첫 비행기로 날아 왔을 테고, 병실에 누워 다 죽어 가는 아들한테 가 있을 것이다.

유 상무는 이리저리 심기가 엉망이었다. 퇴직 후의 생활을 위해 주식 투자를 하였다가 돈 다 털리고, 그 증권사 부장놈이 마지막으로 베팅하자며 확실한 작천 종목이 있다고 꼬셔대기에 그만 수출용 원자재를 내수시장에 내다 팔고 세무보고도 하지 않은 채, 회사의 다른 직원들이 눈치도 못 채게 그 돈을 빼내어 작전 종목에 몰빵하였건만, 지금의 주가는 반의 반 토막이다.

뉴스에서 주식투자자가 투자 실패로 자살했다는 말을 듣게 되면 가슴이 철렁거린다. 회장이 수출용 원자재로 장난을 친 일을 알게 되면 그 순간에 목이 잘릴 테고… 상상만 해도 끔찍했다.

자동차는 어느 사이 삼성동에 당도하였다. 유 상무는 차를 몰고 빌딩 지하로 미끄러져 들어갔다.

유 상무는 사무실로 올라가자 서랍에서 회장한테 보고하기 위해 작성한 기안서를 꺼낸 다음 회장 비서실로 전화를 넣었다.

회장은 마침 회장실에 있었다. 유 상무는 복도로 나와 한 층을 더 올라갔다. 회장실 문을 조심스럽게 노크한 뒤 들어갔다. 체격이 건장하고 눈이 부리부리한 최태석 회장이 창가에 배치된 커다란 테이블에 앉아 서류를 뒤적이다, 회장실 안으로 들어서는 유 상무를 응시했다. 유 상무는 회장과 눈이 마주치자, 평소 최 회장의 가려운 곳을 긁어 줄 줄 아는 감각도 마비된 채 얼어붙은 표정이 되어 기어들어가는 소리로 보고를 했다.

"회장님, 잘 다녀오셨습니까? 기안서입니다."

최 회장은 일본에 출장 가기 전, 비자금을 마련하기 위해 세경물산 소유의 부동산을 매각할 때 이중 계약을 체결하도록 유 상무에게 지시를 내렸었다. 유 상무는 최 회장이 요구한 계획이 작성된 기안서를 조심스럽게 테이블에 올려 놓았다. 최 회장이 서류를 빠른 속도로 읽어내려갔다. 최 회장은 비자금 조성을 하는 데 필요한 방법을 아는 귀재였다.

최 회장은 비자금이 필요해지면 수족처럼 움직여 주는 유 상무에게 지시하여 계열 기업 간에 상거래를 한 것처럼 위장하고, 실제 거래된 금액보다 더 많은 금액을 책정하여 떨어낸 돈으로 비자금을 챙기는… 변칙 운용이란 운용은 다 활용하는 인물이었다.

유 상무는 비자금을 축적하기 위해 혈안이 되어 있는 최 회장의 지시를 능란하게 작업을 했고, 그렇게 최 회장의 신임을 얻어 가며 차장, 부장, 이사대우, 이사를 거쳐 상무로 빠른 기간에 초고속 승진을 했다.

"마무리 작업, 실수 없도록 해."

"네, 알겠습니다, 회장님. 그리고 수주 건에 문제가 생겼습니다. 원광에서 우리보다 더 낮은 단가로 물밑작업을 했다는 정보를 늦게 알게 되어… 죄송합니다."

"수의계약이니 로비가 가능할 거야. 결정 나기 전에 우리가 더 낮게 던져 봐."

"네. 그리고 우리 회사가 원자재를 납품하고 있는 큐스픽거래 회사가 며칠 전에 법원으로부터 회사정리 개시 결정을 받았다고 합니다. 아직 결제받지 못한 물품 대금이 상당 액수 있는데요. 채권 회수를 위해 곧장 조치를 하겠습니다."

"그 회사가 정리절차 개시 전에 발생한 채권이지?"

"네, 그렇습니다."

"그렇다면 그 채권은 정리채권에 해당되는데… 정리채권에 대해 신고를 해. 회사정리 계획의 인가를 받은 회사는 신고하지 않은 채권에 대해서는 책임을 면죄받으니, 허 변호사한테 서둘러 진행하라고 해."

"네, 알겠습니다."

"차라리 상장을 철회하는 것이 낫겠군."

"네? 무슨 말씀이신지요?"

"회사 운영하는 게 힘들어서 하는 말이야."

엄살이다. 유 상무는 최회장의 말을 마음속으로 일축했다.

"외국인 투자자들의 고배당 요구와 상장 유지 비용 증가로 회사가 견뎌내겠냐고. 요즘같이 경기가 부진할 때 회사 운영하려고 고심하느니 차라리 상장 철회가 낫겠다는 뜻이야. 안 그런가, 유 상무?"

"그런 점도… 네, 그런… 생각… 하실 수도 있을 겁니다."

유 상무의 말이 긴장으로 버벅거렸다. 잠시 침묵이 흘렀다.

"유 상무 딸이 신문사 기자라며? 뭐 하는 기자야?"

"사회부에서 일합니다."

유 상무는 뒷머리가 당겼다. 이 나이에 스트레스 받으면 언제 쓰러질지 모른다. 회장이 아무리 눈 딱 부라리고 나의 넋을 빼놓아도, 내 사랑하는 식솔들을 위해 스트레스로 내 혈관이 막히는 일이 없도록 조심해야 할 것이다.

"죄송합니다. 저의 여식 자동차에 회장님 아들이 다쳐… 정말 죄송합니다. 회장님, 죄송합니다."

회장이 담배 케이스를 열고 담배 한 개비를 뽑아 입에 물었다. 라이터 불빛이 번쩍거리더니 순식간에 담배 냄새가 실내에 확 퍼졌다. 유 상무는 거의 경직 상태가 되었다.

바보 같은 녀석이 두 눈 똑바로 뜨고 운전을 하였다면 회장 아들이 죽으려고 차에 뛰어들었다 해도 잽싸게 좌측으로 핸들을 꺾어 사고를 피할 수 있었을 텐데. 아니지, 빗길에 좌측으로 무리하게 핸들을 꺾었다가는 내 딸이 크게 다칠 수도 있지 않은가.

유 상무는 딸의 안전에 대해 생각하니 회장 아들이 다친 것이 오히려 불행 중 다행이라는 생각이 들었다. 웬지 운전면허증 따고 자동차

할부로 사는 게 못마땅했는데 결국은 이런 일이 생기다니…

"내일 일본 들어가. 가서 나카무라를 만나."

"네, 알겠습니다."

나카무라라는 인물은 세경물산과 거래를 하고 있는 일본 회사에 새로 부임한 사장인데, 회장은 나카무라와 미팅도 하기 전에 아들이 교통사고가 났다는 연락을 받고 한국으로 돌아왔다. 회장은 미팅에 차질이 생기지 않도록 유 상무에게 당장 나카무라를 만나러 일본에 가라고 지시했다.

"요즘 국세청에서 기업의 분식회계를 잡아내려고 기를 쓰는데 만에 하나라도 잘못되면 안 되니 조심해."

"네, 회장님. 요즘 분위기가 심상치 않은데 비자금 관계도 좀 정리를 해야 좋지 않을까요?"

유 상무가 비자금이라는 단어를 강하게 발음했다. 회장 아들 문제로 인해 자신의 입지가 극한 상태로 떨어지지 않으려는 보호 본능이 순간 움직였다. 회장의 부리부리한 눈이 일순 가늘어지더니 유 상무를 쳐다보았다.

유 상무는 머리끝에서 발끝까지 쥐가 나는 것 같고 식은땀이 줄줄 흐를 판국이었다. 이러다 숨이라도 멎는 건 아닐까. 무슨 놈의 오너가 고용인을 쥐 잡듯 하는지… 경찰 조사 결과 차 전용 도로에 아들이 뛰어들었다는 사실을 알았을 테고, 그렇담 내 딸은 잘못이 없다는 게 밝혀졌을 것이다. 유 상무는 그래도 저 성질 더러운 회장이 자신을 달달 볶을 수도 있다는 생각이 들자, 적소에 비자금 말이 자연스레 나와 다행이라는 생각이 들었다. 최 회장 앞에 놓인 기안서도 비자금을 뽑아내기 위한 서류가 아닌가. 게다가 분식회계 건도 있다. 그러한 문제들을 회장에게 상기시키는 한 이 회사에서 황당하게 쫓겨나는 일은 없을 것이다. 그러한 계산이 깔리자 불안한 마음이 평정을 찾기 시작했다.

"아직 서두를 건 없지만 서서히 정리는… 하는 것이 좋을 것 같군."

"네, 회장님."

"앞으로 원자재 공급선을 일본에만 너무 비중을 둘 것이 아니라 다변국으로 더 분산시켜. 특히 미국과 중국으로."

"알겠습니다."

"나가 봐."

"네, 회장님."

유 상무는 회장에게 고개를 깊숙이 숙인 뒤 문을 조심스레 열고 나와 비서실을 통과하여 복도로 나갔다. 하나밖에 없는 아들이 불구가 되었는데도 저렇게 태연하다니… 역시 회장은 바늘로 찔러도 피 한 방울 안 나올 인물이야. 최 회장이 일본에서 첫 운항되는 비행기를 타고 날아 왔을 텐데, 병원이 아닌 회사에 먼저 나타나 업무를 체크하고 있는 것을 보고 유 상무는 혀를 찼다.

회장은 날이 갈수록 샤일록(세익스피어의 〈베니스의 상인〉에 나오는 등장인물)을 닮았어. 샤일록은 피 속에 살이 있고 살 속에 피가 있어서 피를 흘리지 않고는 결코 고기 한 근을 잘라낼 수 없음을 알고 주저앉았는데, 회장은 그래도 달려들 샤일록이다. 회장은 샤일록이 분명해.

구조조정을 일찍이 도입하고 영업, 전산, 인사, 총무 등 회사 경영에 필수적인 분야를 골고루 섭렵한 최 회장은, 해박한 실무 지식과 경험을 갖춘 전문경영인으로 정평이 나 있는 인물이었다. 회장은 직원들에게 전시용으로, 부서별로 한 사람씩 퇴출시키는 능력 또한 뛰어났다.

유 상무가 자기 방으로 돌아왔을 때 핸드폰이 울렸다. 번호를 보니 증권사 부장이었다. 핸드폰을 열고 귀에 갖다대자 증권사 부장의 기어들어가는 음성이 들려왔다.

"죄송합니다."

유 상무는 또 주가가 곤두박질쳤다고 직감했다.

"장 시작부터 마이너스 8%로 떨어졌습니다. 죄송합니다."

"죄송이고 뭐고 휴지 되기 전에 차라리 팔아버려요. 이러다 혈압 터지겠어. 대체 작전이라는 종목이 자고 나면 떨어지니!"

유 상무는 욕이 나오려는 걸 목젖으로 간신히 눌렀다.

"유 상무님. 오늘 하루만 더 지켜봅시다. 죄송합니다. 주식 담당자가 이틀 후 큰 규모의 공급 계약 체결 공시를 한다니 기다려 봅시다."

"그 공시도 분명 별 거 아닐 거요. 어떻게 그런 걸레 같은 종목을 추천하다니. 차라리 원숭이한테 종목 추천받아도 그보다는 낫겠소."

유 상무는 보유한 주식이 또 떨어졌다는 말에 기분이 상해 더 이상 말도 하기 싫었다.

3. 딥 임팩트

하루 해가 넘어가는 시간인데도 신문사 편집국에서는 키보드 두들기는 소리가 타닥거리며 요란하게 들렸다. 연이어 터져 나오는 정치헌금, 기업불법자금의 상호 고리 등의 비리 퍼레이드가 기자가 따라잡기 버거울 정도로 문제를 일으켰다. 도희는 컴퓨터에 앉아 다음날 조간에 실릴 기사거리를 열심히 키보드로 치고 있었다. 컴퓨터 하단에 '청개구리'라는 아이디로 메신저가 떴다.

청개구리: 어제 밥 사준다고 하구선 왜 바람 맞혔지?

그녀는 고개를 길쭉하게 빼고 앞쪽으로 세 책상 건너에 앉아 있는 우경을 바라보았다. 우경이 고개를 숙인 자세라 얼굴이 보이지 않았다.

고슴도치: 어제 왕 재수 없는 일이 생겨 연락 못했음.

청개구리: 무슨 왕 재수?

고슴도치: 말하자면 복잡해. 나 지금 바빠.

청개구리: 너만 바쁘냐? 나도 손가락이 굳기 일보 직전이당. 암튼
　　　　　 어제 펑크 낸 댓가 반드시 지불해라.

고슴도치: 알았어.

　같은 사회부에 있는 우경은 전날 도희가 교통사고를 냈다는 사실을 모른 채, 저녁 같이 먹기로 하고 펑크 낸 이유를 대라며 메신저를 날렸다.

　도희는 매일 험악하게 터져나오는 사회의 어두운 면을 기사화하면서 인간이 과학을 발달시키는 속도에 비례하여 더욱 MQ가 필요하다는 생각이 들었다. 미국 심리학자 피터 샐로비는 1990년대 초 IQ에 대응해 EQ(감성지수)를 주창했다. 자신의 감정을 이해하고 통제함으로써 건강한 삶을 즐기는 능력이 EQ이고, MQ(도덕지수)는 착한 사람, 남을 배려하는 사람이 될 수 있는 도덕성을 의미한다. 착하고 남을 배려하는 자는 절대 비리를 저지르지 않는다. 현 사회는 IQ만 높고 EQ와 MQ가 낮은 것 같다.

　핸드폰이 울렸다. 마감시간이 다 되어 가는데 또 누굴까? 핸드폰의 액정을 보니 낯선 번호가 찍혔다. 이어폰을 끼고 손은 키보드 위에서 여전히 작업을 하며 전화를 받았다.

　"여보세요?"

　"나, 세경물산…"

"아, 안녕하세요?"

그녀는 키보드 위에서 움직이던 손을 잠시 멈추고, 상대가 누구라는 신분을 밝히기 전에 세경물산 회장 부인이라는 것을 음색으로 알아듣고 먼저 아는 체를 하며 인사를 했다. 기자의 눈치력은 날아가는 제비보다 더 민감하게 발달되어야 할 특성이다. 그녀는 자타가 인정한 왕눈치파다. 회장 부인의 음성은 가늘면서도 약간의 떨림으로 흐트러지는 음색으로, 한번 들으면 기억에 정확하게 각인되는 타입이었다.

"오늘 시간 어때요?"

"여덟 시면 됩니다."

"코리아나호텔 2층 커피숍에서 만나요."

"알겠습니다."

그녀는 전날의 사고들이 필름 돌아가듯이 상기되었다. 회장 부인이 왜 만나자는 거지? 그녀는 아버지의 위축된 표정이 떠올라 아버지에게 전화를 했다. 신호가 가자마자 유 상무의 음성이 나타났다.

"나다, 왜?"

걱정과는 달리 아버지의 음성이 편안하게 느껴졌다.

"아버지. 회사에서 아무 일 없었어요?"

"그게 걱정되어 전화했냐? 아무 일 없어. 나, 내일 일본 출장 간다."

"그래요?"

"저녁은 먹고 일하는 거냐?"

"예. 집에서 뵈어요."

그녀는 다행이라는 생각을 하며 다시 키보드 위에서 부지런히 손을 움직이기 시작했다. 7시가 되자 기자들의 부산함이 조용해지고 하나

둘씩 사무실을 빠져나가기 시작했다. 그녀는 내일 조간에 실릴 기사를 겨우 마무리하고 복도로 나가 엘리베이터 쪽으로 걸어갔다. 우경이가 급하게 뒤따라 나오더니 엘리베이터 앞에 서 있는 도희의 어깨를 툭 쳤다.

"너, 정말 이상하다. 무언가 대단히… 중요한 일이 생긴 게 분명해. 말없이 슬그머니 사라지려는 걸 보면 수상해. 야, 왕 재수라는 게 대체 뭐야? 응? 뭐냐구?"

"말하자면 길어. 지금 누구 만날 일이 있어."

"너의 사랑하는 닥터?"

"아니."

"이상하네. 너, 약혼자 버려 두고 바람 피우냐?"

"생각나는 대로 말하는 게 네 특성인 줄 안다만 좀 심하다, 응?"

"그럼 대체 뭐야? 어제도 나 혼자 기다리게 하고… 그에 대한 어떠한 변명도 없고… 오늘도 이 시간에 누굴 만나는지 말도 하지 않고 슬그머니 사라지려다 나한테 딱 걸렸고. 도대체 뭐냐구?"

"네가 내 고해신부냐? 일일이 미주알고주알 다 하게."

도희가 우경의 어깨를 가볍게 툭 치며 엷은 웃음을 지었다.

"이제껏 우리… 그런 사이 아니었니? 얘, 정말 이상하게 변했네. 아무래도 너 요즘 CQ (의사소통지수)가 잘못 된 것 같다."

"그나저나 오늘은 장마철답지 않게 하루종일 비 한 방울 떨어지지 않네. 어제는 징그러울 정도로 내리더니… 장마가 끝난 건가?"

"갑자기 또 오겠지. 아무튼 너, 수상해…"

엘리베이터 문이 열리자 두 여자가 안으로 들어갔다. 그때 문화부에 있는 강 기자가 문이 닫히기 전에 뛰어들어와 걸걸한 음성으로 투덜거렸다.

"중국산 때문에 우리 나라 사람들 제 명에 못 살까 걱정되네. 중국산 농수산물이 방부제와 농약 덩어리에 절여 수입되고, 소비자들이 죽든 말든 상관할 바 아니라는 상인들의 심보가 저렴한 원가 비용만 생각하고 음식점에 공급하니… 그러한 악랄한 유통도 모른 채 소비자들은 돈을 내고 독약을 먹는 꼴이지. 게다가 중국산을 국산으로 둔갑시키니 대체 무엇을 먹어야 될지 모를 지경까지 온 거라구."

우경이 말을 받았다.

"우리 엄마도 시장에서 먹거리를 살 때 상인이 국산이라 해도 중국산이라는 생각이 들어 사야 될지 말아야 될지 고민된다고 하던데… 아무튼 중국이 닫힌 장막을 열어제끼고 시장 경제에 뛰어든 지도 꽤 세월이 흘렀는데… 중국, 정말 놀라운 나라가 되어버렸어."

"미국 도로에 현대자동차가 처음 달릴 때 우리가 흥분했던 것처럼 중국도 아마 그런 기분일걸.

중국의 변화에 놀라며 '차이나 쇼크'를 외치던 세계가 앞으로는 중국의 영향권에 세계 경제가 지배당하는 딥 임팩트(deep impact)의 상황을 예견하고 있으니, 이러다 유로와 함께 위앤화가 세계 3대 화폐로 자리잡을 수 있겠다."

"딥 임팩트의 정확한 내용이 뭐야?"

강 기자가 도희가 말한 딥 임팩트에 대해 물었다.

"말하자면 기업이 저비용의 효율성을 감안하여 임금이 싼 중국으로 이전함으로써 생기는 국내 산업의 공동화와 취업난 심화의 징후들이

'차이나 쇼크'라면, '딥 임펙트'는 기업들이 떠난 빈자리를 중국 기업들이 밀려와 메우게 되는 상황을 의미하는 거야. 이러다 중국이 미국 될라."

"벌써 되어 가잖아."

우경이가 입을 비죽거리며 말했다.

그들은 엘리베이터 문이 열리자 복도 밖으로 나와서도 말을 주거니 받거니 하였다. 그들은 건물 입구의 커다란 유리문을 밀고 밖으로 나갔다. 거리에는 어둠이 쫙 깔려 있었다. 행인들이 오가며 내는 소리와 자동차의 소음이 뒤섞여 왁자지껄하게 밤공기를 뒤흔들었다.

"굿바이. 내일 보자."

그들은 손을 흔들며 헤어졌다.

도희는 자동차 사고 후유증으로 인해 핸들 잡기가 두려워 당분간 대중교통을 이용하기로 했다. 그녀는 녹색 신호등이 켜지자 길을 건너기 위해 빠르게 걸었다.

4. 먹이사슬

정 여사는 침대로 다가가 잠든 아들의 얼굴을 바라보다 아들의 하반신으로 시선을 옮겼다. 아, 불쌍한 내 아들… 차라리 너 대신 이 에미가 불구가 되는 것이 나을 것이다. 한창 피는 나이에 건강한 다리가 벌써 과거가 되어버린 사실을 에미가 되어 어떻게 인정을 하란 말이니? 아이구, 내가 전생에 무슨 업보가 있었기에 이런 잔인한 일을 겪는 걸까? 내 소중한 아들이 하반신 마비라니… 아, 아들아.

정 여사는 다시 흐느꼈다. 문이 열리더니 간호사가 약봉지가 놓여 있는 작은 쟁반을 들고 나타나 정 여사에게 약을 건네준 뒤 재빠른 동작으로 밖으로 나갔다. 정 여사가 티슈로 눈물을 닦고는 잠들어 있는 아들의 어깨를 살며시 흔들었다.

"고영아, 자니? 약 먹을까?"

고영은 눈을 뜨더니 찌푸린 표정으로 상체를 일으켜 앉았다. 정 여사는 물컵을 아들 손에 쥐어주고 약봉지를 찢었다. 고영은 고개를 뒤로 젖혀 약을 털어넣었다. 정 여사는 그러고 보니 아들이 사고 후 어떠한 말도 하지 않아 아들의 말을 들어본 지가 오래 되었다는 생각이 들었다.

"집에서 네가 쓰던 거 뭐 필요한 거 있으면 말해. 가져 올게."

정 여사는 아들의 음성을 듣고 싶어 말을 붙였건만 여전히 입을 열지 않았다. 정 여사는 억장이 무너져 고통에 짓눌린 한숨이 절로 새어 나왔다. 그러나 아무리 괴로워도 아들 앞에서는 절대 울지 않기로 다짐했다.

고영은 다시 누워 눈을 감았다.

저 아이는 하루종일 눈을 감고 있다. 무엇을 생각하는 걸까? 말은 하지 않지만 얼마나 괴로워할까? 이 엄마도 하늘이 무너지는 것 같은데… 네가 워낙 침착한 성격이라지만 그렇게 죽은 듯이, 기척도 없이 조용히 눈을 감고 있으니 더욱 보기 힘들고 괴롭다. 아들아, 차라리 소리 내어 고함이라도 한번 질러봐. 정 여사는 침대 귀퉁이에 앉아 아들의 손을 꼭 잡았다. 고영은 뿌리치지도 않고 무반응이었다.

노크 소리가 나더니 문이 열리고 고영과 약혼한 승미가 꽃바구니를 들고 들어왔다. 붉은 장미 다발에 꽂힌 백합에서 진한 향기가 풍겨나 왔다.

"왔구나."

정 여사가 승미의 손을 잡았다.

"어머니…"

승미가 울음을 간신히 삼키며 약혼자를 슬픈 눈으로 바라보았다.

정 여사는 승미가 왔는데도 눈을 감고 있는 아들과, 침대 옆에 의자를 끌어당겨 앉아 고영이 손을 꼭 잡고 있는 승미를 번갈아 쳐다보며 생각했다. 승미가 아들 옆에 끝까지 남아 줄 수 있을까? 파혼하자면 어떻게 하지? 제발 부탁이다. 내 아들 버리지 말아다오. 생각에 휘둘리며 울음이 터지려는 걸 간신히 참았다.

"약속이 있어 나가려는 참인데… 잘 왔어. 어머니 잘 계시지?"

"예, 어머니. 다녀 오세요."

"고맙다."

정 여사는 도희와 약속한 시간을 의식하며 병실 밖으로 나갔다.

승미는 링거가 꽂힌 고영의 왼손등이 주사바늘 자국으로 군데군데 퍼렇게 멍이 든 것을 넋 나간 표정으로 바라보았다.

"눈 떠 봐. 나 왔잖아."

승미가 손바닥을 펼쳐 고영의 얼굴을 쓰다듬으며 말했다. 고영은 여전히 눈을 감은 채 기척도 하지 않았다. 승미는 울음소리를 내지 않기 위해 입술을 꼭 깨물며 눈물만 주르르 흘렸다. 고영이 링거가 꽂히지 않은 손으로 자신의 얼굴을 쓰다듬는 승미의 손을 잡았다. 고영의 뺨에 눈물이 흘러내렸다. 승미는 더 이상 참지를 못하고 소리내어 울어버렸다.

"가라."

고영의 음성이 떨렸다.

"그러지 마."

다시 침묵이 흘렀다.

"가라니까. 그리고 다신 오지 마라."

"바보같이 굴지 마. 우린 결혼할 사이야. 사랑하는 사람이고."

"허리 아래… 병신이 되었다는 말을… 하게 만드는군."

"내가 옆에서 간호할게."

"제발 가. 가라구!"

고영이 승미의 손을 놓아버리고는 소리를 꽥 질렀다. 상처 입은 분노의 절규였다. 그는 인간이 아무리 잘난 척해도 한순간 병신이 될 수 있다는 것을 자신의 몸을 통해 깨닫게 된 현실에 분노가 끓었다. 승미는 고영이 홍분 상태가 되자 가슴이 마구 뛰었다.

"홍분하면 몸에 안 좋아… 어머니 오실 때까지 있을게. 혼자는 두고 갈 수 없어. 우리, 잘 견딜 수 있어."

"간병인이 있으니 걱정하지 말고 가!"

그녀는 그의 홍분 상태가 심각하다는 걸 느끼고 그의 안정을 위해 병실 밖으로 나갔다.

고영은 승미가 나가자 눈을 번쩍 뜨고서 똑바로 누워 천장을 바라보았다. 그는 자신이 진공 상태에 빠진 느낌이 들었다. 현실이 아니라 꿈이라고 아무리 생각하고 싶어도 자신이 불구자가 되었다는 현실이 분명했다. 미칠 것 같았다.

승미는 복도 의자에 앉아 두 손으로 얼굴을 감싸고, 흐르는 눈물을 연신 닦아내었다. 그녀는 제발 꿈이기를 바랐다. 그러나 꿈이 아니라 현실이었다. 어머니가 한 말이 떠올라 더욱 흐느꼈다.

"고영이가 교통사고를 당해 하체 마비가 되었대. 파혼해라. 널 평생 불구자와 살게 할 수 없어."

정 여사가 탄 승용차는 병원을 빠져나와, 어느덧 시청을 지나 광화문 네거리 앞에 정차해 신호가 바뀌기를 기다리고 있었다. 신호가 바뀌자 승용차는 앞으로 달려나가 코리아나호텔 지하주차장으로 미끄러져 들어갔다. 정 여사는 운전기사를 주차장에서 기다리게 하고 엘리베이터를 타고 2층으로 올라갔다.

정 여사가 커피숍 입구로 들어가니 창가 테이블에 앉아 있는 도희가 눈에 들어왔다. 도희는 고개를 창 밖으로 돌려 붉은 악마들의 함성과 촛불 시위의 대명사가 되어 버린 광화문 네거리를 내려다보고 있었다. 신문사들이 병풍처럼 진을 치고 매일 터져나오는 사건들을 숨 가쁘게 보도하는 열기로 후끈거리는 광화문 네거리. 수많은 사람들이 오가는 거리였다.

"차가 밀려 조금 늦었네요."

정 여사가 테이블에 다가서며 말했다. 도희가 창 밖으로 보냈던 시선을 거두고 일어나 고개를 숙이며 인사를 했다.

"안녕하세요."

정 여사가 고개를 가볍게 끄덕이며 자리에 앉자 도희도 따라 앉았다.

웨이트리스가 다가와 주문판을 내밀었다. 정 여사가 메뉴판을 펼치더니

"토마토 스파게티. 난 이걸로 하고… 자, 주문해요."

하고 말한 뒤 메뉴판을 도희에게 건네주었다.

"저도 같은 걸로 하겠습니다."

웨이트리스가 주문을 받고 물러갔다.

두 사람의 눈이 마주치자 도희가 재빨리 눈을 내리깔았다. 정 여사의 눈빛이 집요하게 도희의 얼굴에 박혔다.

정 여사는 승용차를 타고 오면서 아들의 약혼녀인 승미에 대해 생각을 했다. 아들이 불구자가 되었으니 승미 어머니인 송숙자가 기를 쓰고 파혼을 요구할 것이다. 대학교 동문인 송숙자는 자기애가 강한 성격이다. 딸의 불행은 곧 죽음이라는 생각을 하고 있는 송숙자가 목숨 걸고 결혼을 말릴 것이다. 정 여사는 자신도 모르게 한숨을 내쉬었다. 나를 눈치껏 쳐다보고 있는 유 상무 딸이라는 이 아가씨, 참하게도 생겼네.

"사귀는 사람 있어요?"

"예."

도희가 양 눈을 동그랗게 오므리며 정 여사를 악의 없이 응시했다. 웨이트리스가 음식을 가져 왔다. 핸드폰이 울렸다. 액정을 보니 평택의 번호가 찍혔다.

"잠깐 실례하겠어요."

그녀는 의자를 밀치고 일어나 입구 쪽으로 걸어갔다.

"응, 말해."

정 여사에게 들리지 않는 곳까지 걸어 나와 작은 소리로 말했다.

"어디니?"

"코리아나호텔."

"이 시간에 누구하고 있는 거야?"

"아빠 회사 사모님 만나고 있어."

"왜?"

"나도 몰라. 방금 만났어."

"언제 끝나?"

"오래 걸리진 않아."

"지금 끝나서 보려고 했더니…"

"알았어. 얘기 끝나는 대로 전화할게."

도희는 통화를 끝내고 테이블로 돌아왔다. 그녀는 정 여사가 자신을 빤히 바라보자 어색한 웃음을 지었다.

"신문사에서 일한 지 얼마나 됐나요?"

"4년째입니다."

"사회부에 있다고 했지요?"

"예."

"사건들을 다루다 보면 사회 돌아가는 현상이 훤하겠군."

"…"

정 여사가 보리빵을 집어 포크로 버터를 찍어 발라 입에 넣으려다 말고 한숨을 내쉬며 빵을 접시에 도로 내려놓았다. 도희는 포크로 스파게티 면을 돌돌 말아 입으로 가져갔다. 그녀는 정 여사가 무언가 골똘히 생각에 잠긴 모습으로 전혀 음식에 손을 대지 않는 것을 보자 안쓰러운 마음이 들었다.

"드세요."

도희의 말에 정 여사는 정신이 돌아온 듯 경직된 표정을 풀고 빵을 먹기 시작했다. 식사가 끝나도록 정 여사는 특별한 얘기를 꺼내지 않았고, 도희는 무슨 일로 만나자고 하였는지 물어볼 수도 없어 어색한 분위기에 이끌린 채 시간을 보내다가 헤어졌다.

정 여사가 탄 승용차는 밤거리를 속력를 내어 달렸고 병원 입구에
도착하자 천천히 속력을 줄였다. 정 여사는 승미와 파혼이 되면 도희
라도 붙들어야겠다는 다짐을 하며 차에서 내렸다. 그녀는 병원 건물
로 들어가 엘리베이터를 타고 아들이 입원한 병동으로 올라갔다.

5. 바위섬에서 만난 어떤 남자

10여 일이 지났다. 토요일이 되자 도희와 평택은 파도가 일렁이는 광활한 바다로 떠나기 위해 서울역에서 만났다. 장마가 지나가자 하늘은 더없이 높고 푸르렀다. 맑고 상쾌한 대기의 유혹에 끌려 그들은 휴가를 맞춰 여행을 떠나기로 했다. 그들은 부산 해운대를 향해 KTX 열차를 타고 식당칸에 들어가, 시원한 맥주를 들이켜고 창 밖을 보며 오랜만에 여유로움을 즐겼다. 두 사람은 마주 앉아 맥주컵을 부딪쳤다.

"휴, 이제 살 만하다. 좋지?"

"그래, 좋다."

"하늘, 바다, 산이라는 자연이 없었다면 인간은 얼마나 공허할까? 뭉게구름, 해초, 조개껍질, 하얀 포말을 부풀리는 파도, 수평선 저 너머 먼 미지의 세계…"

그녀는 고개를 뒤로 젖히며 맥주를 쭈욱 들이켰다.

"우와, 시원하다."

"고슴도치. 우리, 앞으로 여행광이 되자. 아, 조오타."

언젠가 두 사람이 다투다가 화가 잔뜩 난 도희더러 평택이 "고슴도치는 적을 만나면 밤송이같이 몸을 웅크리는 동물인데 화가 나 토라지는 게 영락없는 고슴도치"라고 놀렸었다. 그녀는 그의 심술을 잊지 않기 위해 '고슴도치'를 자신의 ID로 정해버렸고, 시간이 지나자 귀여운 별명이 되었다.

"근데, 자기 수술 때문에 너무 바빠 자연 찾을 시간적 여유가 있을까? 내 친구 신랑도 의사인데 휴일엔 피곤하다며 잠만 잔다더라. 우리 아무개 씨도 그리 됨 어케?"

"시간적 여유라는 것도 마음이 만들어 내는 거야. 내가 그 방면의 대가가 아니냐. 하하하."

그녀는 고개를 돌려 초록이 물결치는 들판을 바라보았다. 부산행 열차가 끝없이 펼쳐지는 들판을 부지런히 뒤로 밀어내며 앞으로 달려나갔다.

인간들은 외로워 짝을 찾는다. 이 남자는 나의 짝이다. 나는 사춘기 때 세상과 자신의 존재성에 대해 강렬하게 의문을 가졌었고 자신의 존재가 버거워 못 견딜 정도까지 되었던 적이 있었을 때 열차를 타고 가출한 적이 있었다. 가출이라 해보았자 고작 이튿날 집으로 돌아가는 것인데도 불구하고, 어디서 날밤을 보내다 왔는지 이실직고하라는 어머니에게 죽지 않을 정도로 혼줄이 났지만, 그래도 바깥세상에 나 혼자 돌아다녔다는 뿌듯함을 가졌었다. 살아 있는 모든 사람들과 자신이 숨을 쉬고 있다는 사실 자체만으로도 혼란으로 범벅이 되었다. 인간 조건이라는 것이 어차피 수명이 다하면 죽고 끝나는데 왜 사람들은 힘들게 살아가야 하는지 의문으로 가득 찼던 그 시절, 마치 인생을 다 살아버린 겉늙은이처럼 깊은 생각에 빠져들었던 그 시절… 그러나 의식이 성숙되자 시간의 길이와 이 우주를 끌어가는 질서를 지각했고, 그러한 법칙을 통해 인간도 사물도 끊임없이 변하며 흘러간다는 것을 인식했었다.

나의 뇌는 흔들리는 열차 속에서도 일시에 많은 생각을 할 수 있는 대단한 매체. 인간의 머리에서 뇌를 뽑아낸다면 인간에게 남는 것이 무엇일까?

"고슴도치!"

"응?"

"무슨 생각을 그리 골똘히 해?"

내 남자가 느긋한 미소를 띤 채 눈꼬리는 나를 향해 촉촉해진 눈동자를 감싸고 있다. 난 이 남자를 정말 사랑해.

"오늘 어떻게 하면 신나게 골탕 먹일 수 있을까 연구하고 있었어."

"그래? 얼굴 잠깐만 가까이 와 봐."

그는 상체를 그녀 앞으로 내밀며 속삭였다.

"왜애?"

그녀가 앞으로 목을 길게 빼자 그는 엄지와 장지를 동그랗게 말아 그녀의 이마를 툭 튕겼다.

"아얏!"

그녀가 이마를 문지르며 웃음을 터뜨렸다.

"나도 골탕 먹이는 거 자신 있거든. 다아 너한테 배운 실력이지. 자,

건배. 오늘의 내기를 위하여."

그가 컵을 들자 그녀도 같은 높이로 컵을 들었다.

"내가 이길래."

"아니, 내가 이겨."

그들은 맞장 뜨듯 맥주컵을 소리나게 부딪치며 고개를 뒤로 젖혀 원샷을 했다.

"캬악!"

맥주가 술술 넘어가는 소리가 들렸다.

"자리로 돌아가자."

"아니, 30분만 더 있으면 부산역인데 그냥 여기 있자."

"숙녀가 대낮부터 취기를 즐기겠다니… 좋아. 도희야!"

"응?"

"부모님이 빨리 후손을 보고 싶으시대. 결혼 날짜 잡으시겠대."

"푸후…"

"웬 한숨일까?"

"아기 가지게 됨 신문사 일은 어케?"

"관둬. 내가 먹여 살릴게."

"바보야. 내가 정말 좋아하는 일이란 말이야. 괜히 이 남자 만났나 봐. 씨이. 살림 살고, 아기 키우고, 침대에서 남편에게 봉사나 하고, 집안 청소에 파묻혀 늙어가는 여인상… 상상만 해도 끔직해."

"뭐가 끔직하냐! 아름다운 줄거리지."

"줄거리 좋아하고 있네. 여자를 암탉으로 아나 봐."

"이러니 고슴도치지. 헤이! 고슴도치!"

"암튼 나 결혼해도 일할 거야! 자기가 아기 업고 수술실에 들어가 일해! 난 몰라!"

"뭐? 하하하!"

그의 입술이 크게 벌어졌다.

부산역에 내리니 억센 사투리가 와글와글 귀에 들어왔다. 토요일이라 등산객 차림의 사람들도 많이 보였다. 그녀는 그의 팔을 끼고 행인들 속으로 파묻혔다.

오후 1시. 거리엔 오후의 햇살이 쏟아지고, 광장의 포석은 행인들의 발자국 울림에 기계 돌아가는 소리를 내었다. 두 사람은 부산역에서 빠져나와 전철을 타고 해운대에 도착했다.

그들은 손을 잡고 끝이 보이지 않는 바다를 바라보았다.

무한한 자원을 비축하고 인간의 삶을 풍요롭게 하는 바다. 대양에는 우리의 미각을 즐겁게 할 수 있는 단백질의 공급원인 생선이 무한히 많다. 끊임없이 생선을 잡아올려도 어획량의 감소를 우려하지 않아도 되었다. 자연은 끊임없이 변화를 일으키며 스스로의 자정(自淨) 능력으로 어군(魚群)이 멸종되지 않도록 한다.

만물의 어머니인 자연은 모든 동식물들에게 수명의 한계와 질병을 주는 것과 동시에, 바다와 산과 들판에서 풍성한 먹거리를 제공하는 환경적 풍요도 주었다. 인간은 태어나자마자 본능적으로 자연을 다룰 수 있게 학습을 한다. 환경적 부(富)를 창출하기 위한 학습이고, 동물의 종 중에서 특히 인간을 특별하게 만드는, 산다는 것에 대한 가치를 끌어낼 수 있도록 두뇌 활동이 만들어가는 학습이다. 바다에서 생선을 낚아올리는 기술… 아, 바다여… 넓고 광활한 끝 간 데 없는 바다 앞에 서면 도시의 소란함에 길들여진 인간도 자연인으로 돌아가게 된다.

"구 닥터! 노인들은 바다를 싫어하나봐."

"왜 그런 생각이 들지?"

그들은 동시에 양말을 벗어 운동화 속에 집어넣고, 맨발로 모래밭을 발끝으로 파헤치며 걸었다. 둘 다 청바지에 티셔츠를 산뜻하게 걸쳤다. 둘은 서로 한쪽 손을 잡고 한쪽 손에는 운동화를 든 채 바다의 푸름을 끼고 모래밭을 천천히 걸었다. 하얀 설탕처럼 부드럽고도 달콤한 모래가 발등을 부슬거리며 간지럽힌다.

"봐. 젊은 사람들만 보이고 노인들은 보이지 않잖아. 늙은 사람들한테 바다는 너무 쓸쓸하게 느껴지나봐."

"본격적으로 더워봐라. 노인들이라고 왜 물 생각이 안 나겠니? 안 그래? 야, 우리 저 끝에 보이는 바위섬까지 뛰자. 자아, 달린다."

그가 쌩 하고 달리기 시작했다. 그녀는 바위섬 쪽으로 달리는 남자를 잠시 바라보다가 뒤따라 달리기 시작했다.

바위섬이 거리상 멀리 있다는 것을 두 남녀는 한참 달린 후에야 깨닫고, 힘에 겨워 잠시 모래밭에 벌렁 누워버렸다. 그녀는 한 쪽 손으로 이마에 그늘을 만들고 눈을 가늘게 뜬 채 하늘을 올려다보았다.

그도 따라 누워버렸다.

"햇빛 정통으로 쏘이다 얼굴에 깨알 생길라. 내 각시 될 여자, 얼굴에 깨알 생기는 거 싫은데…"

"자외선 차단제 듬뿍 발라서 괜찮아."

그는 약혼녀의 숨소리가 가까이 들릴 정도로 바짝 붙어 손가락으로 그녀의 입술을 부드럽게 건드렸다.

"요 입술… 꼭 버들강아지풀 같다."

"이상한 분위기 띄우지 마."

"야. 너는 다 예쁜데 분위기 좀 잡으려고 하면 꼭 기분 깨는 말을 하니… 심각한 증세 아냐?"

"그러니까 고슴도치지."

"이 못난 얼굴이 가까이 들여다볼수록 더 이쁘단 말이야. 내가 못난이한테 단단히 최면 걸린 게 분명해."

"난 자기한테 콩깍지 씌인 거고… 그러다 최면도 콩깍지도 효과 떨어지면, 우리, 서로한테 싫증 나서 어쩌지?"

"그땐 너 나 닮은 제비 새끼들이 우리한테 콩깍지를 씌울 테니 전혀 걱정할 거 없어."

"만약에 아기가 안 생기면 어떻게 할 건데?"

"무슨 끔찍한 소리! 한 다스 만들 자신 있다. 고슴도치, 사랑한다."

그의 속살거림에 그녀는 귀가 간지러워 얼굴을 목 아래로 파묻었다.

"아, 좋다."

그녀는 그를 와락 껴안았다. 이 남자, 강하면서도 솜방망이같이 부드러운 남자다. 결혼하면 엄청 애교를 피워줄 테니 그때까지 참으라구.

"나, 오늘 자기 가지면 안 돼?"

그녀는 꿈꾸듯 몽롱해진 남자의 눈을 가만히 들여다보더니 벌떡 일어나 옷에 묻은 모래를 툭툭 털어내었다.

"안 돼. 우리 엄마가 혼전 정사는 여자가 손해라고 가르쳤어. 나도… 서로를 가진다는 것이 어떤 느낌이 드는지 궁금하지만, 그래도 결혼 후 그런 거 하자, 응?"

그는 시무룩한 표정으로 벌떡 일어났다.

"바위섬에서 만나자."

그녀가 외치며 마라톤 선수마냥 다리 근육에 잔뜩 힘을 주고 달려 나갔다. 달리며 바다를 바라보니, 잔파도가 일렁이는 게 작은 요정들이 나풀거리는 것 같았다. 채 몇 분도 안 돼 그가 앞선 상태에서 달리고 있었다. 치이, 근육질만 발달한 남자 같애. 그녀는 달리기에서 완패한 감정을 투덜거리며 열심히 그의 뒤를 따라 달렸다. 땀이 팍 솟았다. 벌써 옷이 다 젖어버렸다.

둘 다 너무 달린 나머지 숨을 헐떡이며 동시에 멈추어 섰다. 둘은 마주 보고 크게 웃었다.

둘은 손을 꼭 잡은 채 바위섬으로 다가갔다. 구멍이 송송 뚫린 바위섬에 어패류가 다닥다닥 붙어 있었다. 그녀는 바위에 강하게 붙어 있는 갈색 껍질을 가진 고동을 떼어내 뒤집어 보았다. 크림색의 부드럽고 연한 살덩이가 꼼지락거렸다. 고동은 바위 표피에 딱 붙어 살덩이를 있는 대로 껍질에서 끌어내어 느긋하게 일광욕을 하다, 침입자에게 놀라 살덩이를 오그려 쏙 들어가버렸다. 그녀는 고동을 처음 발견했던 곳에 놓아주었다.

바위섬 둘레에 물갈퀴와 잠수복을 입은 스쿠버다이버들이 웅성거리며 모여 있었다.

"야, 저 사람들, 재미있겠다."

그녀는 다이빙 카메라 장비를 점검하는 카메라맨에게 다가가 말을 걸었다.

"스쿠버다이빙, 배우기 어려워요?"

"운전 면허증 따는 거와 같아요."

어선이 다가오자 스쿠버다이버들이 와글거리며 몰려갔다.

어선으로 올라 타는 무리들 중에 한 젊은 남자가 어선에서 다시 내려와 그녀에게 말을 걸었다.

"혹시, 저 기억나지 않습니까?"

그녀는 물갈퀴와 잠수복을 손에 들고 있는 보통 키의 남자 얼굴을 들여다보며 기억을 떠올려보았지만, 어떠한 인연도 떠올릴 수가 없었다.

"기억에 없는데요?"

"2년 전 여기서 만났죠. 나, 기억 안 나요?"

"전혀 모르는 분인걸요."

"하하, 참. 암튼 또 만나 반갑소."

어선에 올라탄 무리들이 도희에게 말을 건네는 남자를 향해 빨리 배에 올라 타라고 소리를 질렀다. 도희에게 말을 건넨 남자가, 외치는 그들을 향해 손을 들어 알았다는 신호를 보냈다.

"이보세요, 잠깐만요."

도희는 자신을 아는 체했던 남자가 어선으로 다시 올라타려는 걸 불렀다.

"누군지 모르겠지만 그 여자, 나와 많이 닮았나요?"

"에이, 농담 그만 하시죠. 그날 우리 진탕만탕 술 마시고 논 거 기억 안 나요? 겨우 2년 흐른 세월에 시치미 뚝 떼다니. 어이 바지 씨. 오해는 마슈. 별 관계는 아니었으니!"

남자가 도희 옆에 우람한 체격으로 버티고 서 있는 평택을 의식하
고 변명을 하다가 그녀를 향해 작은 소리로 물었다.

"새 애인이슈?"

그녀는 남자가 마구잡이로 하는 말을 듣고 자신을 닮았다는 여자가
품위 있는 부류는 아니라는 생각이 들었다.

남자가 서슴없는 동작으로 그녀의 손을 잡더니, 손바닥을 펼쳐 자
신의 핸드폰 번호를 재빨리 적었다.

"연락해요."

그녀는 작고 부드러운 손바닥을 볼펜 끝에 쿡쿡 찔려 아픔을 느꼈
다. 남자가 미소를 띄우고는 어선으로 다가가 훌쩍 올라 탔다. 스쿠버
다이버 무리를 실은 어선은 점점 바다 한가운데로 멀어져갔다.

"누구야?"

평택은 눈꼬리를 치뜨며 물었다.

"모르는 남자야. 내가 어떤 여자와 많이 닮았나봐."

"그 번호 지워버려. 재수없어!"

"알았어. 아…배고프다. 우리 무엇 좀 먹자."

바위섬 둘레에는 좌판을 펼쳐 회를 파는 장사꾼이 즐비했다. 햇빛
에 시커멓게 그을은 얼굴의 아낙네들과 그네들의 남편으로 보이는
남자들이 시커먼 팔뚝을 한 손으로 날카로운 칼을 날렵하게 움직이
며 회를 솜씨있게 뜨고 있다. 그녀는 가까운 좌판 앞에 다가가 낮고
길게 만들어진 나무의자에 앉았다. 그가 옆에 앉으며 굵은 음성으로
말했다.

"회, 싱싱하죠?"

"손님예, 여긴 싱싱하다 못해 생선이 껍질 빗기고도 팔딱거리예. 술은 머로 할 거라예"

"소주 주세요."

"알겠심더. 보이소. 퍼뜩 회 하나 떠소."

시커먼 얼굴에 눈빛이 반들거리는 아낙네가, 다른 좌판에는 손님이 북적거리는데 자신의 좌판에 손님이 없어 신경질적으로 칼끝만 만지작거리고 있는 남편에게 말했다. 아낙네의 말에 남편의 축 처진 표정에 생기가 돌더니, 히죽 웃으며 칼끝을 잡은 손목 근육에 힘이 팍 들어갔다..

"조금만 기다리소. 퍼뜩 싱싱한 놈으로 잡아줄끼니."

도희는 바다 저 너머 아득하게 보여지는 지점까지 시선을 던졌다. 바다는 푸르다 못해 옥빛이다. 나의 인생에서 시간의 길이가 어디까지 이어질지 알 수가 없지만, 지금 이 순간은 정말 행복하다.

하루의 세분된 시간에도 끊임없이 의식에 파고드는 사랑스러운 남자. 그의 눈, 코, 입, 눈동자의 빛깔에서 형체까지 그 어느 것 하나 사랑스럽지 않은 데가 없다. 그가 옆에 붙어 앉아 나를 즐겁게 했다. 산다는 것은 잠시 동안 찾아오는 귀중한 선물이고, 이 남자는 나의 보물이다. 생명이 다할 때까지 이 보물을 절대로 놓치지 말아야지.

빠르게도 차려진 술판이다. 접시에 회가 먹음직스럽게 담겨 있다. 평택은 소주의 마개를 따내고는 커다란 손으로 소주병을 들고 두 잔에 술을 따랐다. 그들은 사이좋게 첫 잔을 원샷했다. 잔이 비워지고 또 채우고 그러다, 어느 사이 둘 다 취기가 오를 정도로 마셔대었다.

"확실히 넌 주량이 센 여자다. 어찌 나랑 똑같이 술잔을 비우냐?"

"사회부 기자라서 그래."

"야! 웃기지 마라. 사회부가 술고래 집단이라도 된단 말이냐? 아무래도 너… 장인 어른 닮은 거 같다. 장인 어른 술고래라며!"

"할아버지가 더 술고래였어."

"대물림이네. 아이고 어지럽다. 아지메요, 여기 소주 한 병 더 주시소. 퍼뜩예."

"예, 알겠심더. 손님도 부산 출신인교?"

"와예?"

평택이 웃으며 되물었다.

"서울 말 쓰다가 갑자기 부산 사투리 썼잖아예. 그래 물어본 깁니더."

"아입니더. 서울 사람이라예."

좌판에 웃음이 터졌다. 두 사람은 술기운에 기분이 얼콰해져 이런저런 이야기를 끝도 두서도 없이 쏟아내었다.

"자기야, 의사 된 거 후회 안 해?"

"한 적도 많아. 하지만 지금은 천직(天職)이라고 생각해."

"다리 절단하는 수술도 해봤어?"

"정형외과 수술이라는 게 뼈마디 맞추고 절단하고 그러는 거지."

"아이, 끔찍해."

"내가 처음으로 절단을 해본 환자는 40대 중년부인이었어. 심한 혈관부전증으로 할 수 없이 다리를 절단하게 됐는데, 수술 후에 급성착란증에 걸렸어."

"급성착란증이라면?"

"일종의 상실 반응이야. 고슴도치! 이 빈 잔 안 보여?"

그녀는 재빨리 잔에 술을 따랐다. 그가 고개를 뒤로 젖히며 단숨에 다 마셔버렸다. 그녀도 덩달아 잔을 비워버리고는 다시 빈 잔에 술을 채웠다.

"그 환자는 수술 후 일종의 착란과 망상 상태가 되었어. 다리 절단 수술 후에도 여전히 걸을 수 있다는 착각에 빠져 자신의 불행을 무시해 버리다, 현실로 돌아오게 되자 자살 소동을 벌인 적이 있었지. 나 자신도 그 환자로 인해 한동안 멍한 상태가 되었어."

"멀쩡한 다리가 없어졌다는 사실이 얼마나 고통스러울까? 내 차에 치인 그 남자도 급성착란증에 걸릴 수 있겠네."

"그 환자는 정신 상태가 아주 강하던데. 잘 견뎌내고 있더라. 하기야 병적인 심리가 잠복되어 있다가 갑자기 돌출될 수도 있어."

"암튼 병이란 신체적이든 정신적이든 무섭다."

둘은 서로가 약속이나 한 듯 갑자기 조용해졌다. 눈이 아리도록 파란 바다 위로 갈매기들이 평화로이 날며 끼익 끼익 소리를 내었다. 저 멀리 고기잡이 배가 지나갔다.

세상을 살아가는 등장인물들은 상황과 시기에 따라 각자 다른 형태로, 자신이 놓인 시대의 변화들에 적응하기 위해 버둥거려야 하고, 더 나은 삶과 인격체를 위해 자신이 택한 직업을 가지고 살아가고 있다. 내가 사랑하는 사람의 직업은 의사이고, 그는 매일 중노동에 가까운 수술을 한다. 도희는 의사인 그가 자랑스러웠다.

"오늘 너 만나기 전에 친구한테서 전화가 왔었어. 자신이 무정자증 (Azoospemia)이라고 하더라. 이제껏 숨겼었나봐."

"무정자증이라면 아기 못 낳아?"

그가 고개를 끄덕였다.

"자기는?"

"나의 정자는 왕성해. 쌍둥이 열 쌍도 만들 수 있어. 오늘 입증해 봐?"

그녀는 그의 어깨를 아플 정도로 때리며 어이없어 하는 표정을 지었다.

"그 친구, 내가 아는 사람이야?"

"도희는 모르는 친구야. 그 자식, 다리가 털 없이 미끈하고 가슴은 여자처럼 봉긋하게 솟아올라서, 우린 틈만 나면 여자 가슴이라고 놀렸는데…"

그는 담배 한 개비를 꺼내어 입에 물고 라이터를 켰다.

"푸후."

연기가 동그랗게 말려 올라갔다.

"그 남자, 애인 있어?"

"있었는데 헤어졌어. 지금 생각해 보니 그 사실을 알고 난 후 헤어진 것 같애. 불쌍한 놈."

"정말 불쌍한 남자다. 그 친구, 왜 나한테 소개 안 시켜?"

"여자는 일절 안 만나."

"가엾은 남자다."

"인간의 육체라는 것이 포장만 그럴 듯하지, 안을 들여다보면 전 유기체가 병균이 들끓는 소굴과 진배없어. 육체의 살덩어리를 감싸는 보드라운 피부가 사람들에게 착각을 일으키게 하지. 늑골, 신장, 폐

따위 장기들이 부패 직전이 되어 표면을 뚫고 나타날 때까지, 피부에 싸여 거들먹거리는 것이 육체야. 인턴 시기에 피부과를 돌 때 한 외국인 여자 환자가 아토피성 증세가 심각한 상태에서 병원에 찾아왔는데, 자신의 가려운 증세를 말하더니 '이 껍질이 정말 문제야'라며 자신의 피부를 원망했던 말이 아직도 기억에서 지워지지 않아. 맞아, 피부 껍질이 문제야. 너의 이 부드러운 살갗의 감촉…"

그가 그녀의 팔을 손바닥으로 쓰다듬었다.

"이 황갈색의 표피… 이 껍질에 싸인 말랑말랑한 살덩어리가 스폰지처럼 나의 손끝 감각을 타고… 나의 온 신경을 녹여버리는… 육감적이고도 도발을 일으키는… 확 껴안아 버리고 싶은 욕망을 일으키고… 피부 껍질이 문제라는 말이 백 번 맞다는 거야. 그리고 냄새라는 것도 중요한 문제이지. 내과 환자들이 뿜어내는 냄새가 싫어 뼈를 자르고 붙이는 정형외과를 선택했는데… 무슨 교통사고 환자들이 그리 많은지 온종일 뼈다귀와의 전쟁이라 이거야."

"의사들끼리 마구잡이로 하는 용어… 술맛 떨어지고 징그러워!"

"의사 와이프 될 여자가 이 따위 말에 겁 먹음 어떻게 하겠다는 거냐? 인간의 태아가 모태에서 둥글게 자랄 때의 깨끗한 피부가 이 세상 밖으로 툭 튀어나와 공기를 맡는 순간 피부는 오염되기 시작하고…"

"아줌마, 얼음 있어요?"

도희가 여자에게 물었다.

"주까예?"

"예."

여자가 얼음 박스에서 얼음을 그릇에 가득 담아 도회에게 주었다. 그녀는 손수건을 꺼내 펼치더니 얼음을 다 부어 양 쪽으로 질끈 묶어 얼음주머니를 만들었다.

"아줌마, 여기 얼마예요?"

그녀는 계산을 하기 위해 지갑을 꺼내었다.

"의산교?"

여자가 턱으로 평택을 가리키며 물었다. 도회가 빙그레 웃으며 고개를 끄덕였다.

"모다 5만 9000원이라예. 에고, 저 손님 많이 취한가 보네예. 횡설수설 해대쌌더니… 같이 마시는 거 같은데 아가씨가 술이 더 센긴가?"

그녀는 여자 말에 빙그레 웃으며 계산을 한 뒤, 고개를 약간 숙인 채 묵념이라도 하는 자세로 앉아 있는 그의 뒷목덜미 속으로 얼음주머니를 쑥 집어넣고는 벌떡 일어났다.

"앗, 차거!"

그가 소리를 질렀다. 그녀는 바다를 향해 달렸다. 그녀의 다리가 균형없이 비틀거리는 걸 보니 술기운이 올랐나보다. 어느새 그가 뒤따라 와, 바다로 뛰어들기 위해 청바지를 최대한 위로 돌돌 말아 올리는 그녀 앞에서, 상의 안으로 손을 넣어 얼음주머니를 꺼내 매듭을 푼 다음 모래밭에 얼음을 던져 버렸다.

"누가 더 골탕 먹이나 시합하자며?"

그녀의 말에 그의 눈꼬리가 위로 올라갔다.

"좋아! 갚아주지."

평택은 씩씩대며 그녀처럼 청바지를 위로 끌어올렸다.

"자기야. 우리, 바지 벗어버리고 수영복 삼아 팬티만 입을까?"

"좋지, 하하하."

"바지가 잘 안 올라가 하는 소리야. 하하하."

그녀가 따라 웃었다.

투명한 해파리가 수면 위로 올라와 동동 떠다녔다. 바다 깊이 들어가면 쏘이는 즉시 기절하게 만드는 식인 해파리가 있는데, 이렇게 작게 동동 떠다니는 해파리는 쏘아봤자 역부족이라 겁먹을 필요가 없었다.

"됐어, 여기까지야. 둘 다 술 마셔서 더 들어가면 사고 난다."

"의사답네, 호호. 둘 다 수영 잘하는데 무슨 걱정이야."

"술 취해 바다에 빠지면 쥐 난다. 널 내 걸로 만들기 전에 절대 죽을 수는 없지. 안 그래?"

"오늘따라 웬 소유 타령일까, 이 남정네가."

"넌 내 거니까."

"엄마 말이 맞아. 남자는 늑대라고…"

"울 엄만, 여자는 여우래."

"뭐야?"

두 사람은 마주 보며 크게 웃었다.

"듣고 보니 우리 장모님… 이상한 쪽으로 교육열이 강하시네."

그녀는 햇빛이 너무 강렬해, 썬크림을 발랐지만 자외선이 신경 쓰여 한 쪽 손을 들어 얼굴을 가렸다. 들어올린 손바닥에 자신을 보고 아는 체를 했던 남자가 적어준 핸드폰 번호가 눈에 들어왔다. 그녀는 자신과 닮았다는 여자가 궁금해졌다.

"도희야! 넌 영원히 내 여자다‥"

그는 두 손을 입술에 나팔 모양으로 붙이더니, 바다의 끝자락을 향해 크게 외쳤다.

"죽을 때까지 소유하시겠다네."

그녀는 깔깔거리며 웃었다. 바다에 잠겨 있는 두 남녀의 머리 위로 7월 초순의 햇빛이 찬란하게 빛났다.

6. 줄기세포

더운 열기가 아스팔트 표피를 끈적거리게 만드는 오후.

삼성동에 있는 인터컨티넨탈호텔 1층 카페에서 정순남은 대학 동문이자 사돈간이 될 송숙자와 마주앉아 차를 마셨다. 숙영직물을 운영하는 송숙자는 남편이 바람을 피워 이혼을 하게 되자 더욱 억척 여성이 되었다.

"사업이 더 잘 된다며?"

정 여사가 평소와 다르게 힘없는 음성으로 말했다.

"그럭저럭… 현상 유지는 하고 있어."

"경기가 나빠 다들 죽을 지경이라던데 다행이다."

"부익부 빈익빈. 돈 있는 사람들은 여전히 잘 쓰고 사는 세상이야. 로데오 거리에 주욱 늘어진 수입의류 판매장은 단골 고객으로 붐벼. 너희네 회사도 자본금에 비해 자산 가치가 급상승한 걸 보니 대단한 거지."

송 사장은 만난 지 20분이 지났지만 별 말도 없이 정 여사가 던지는 말에 시들하게 응대하다가는, 사업에 관련된 대화가 오가자 신바람이 난 표정이 되었다.

"너는 여성 CEO가 될 만하다. 승미는 잘 있고? 요즘 그 애 본 지 오래 된 것 같다"

승미는 병원에서 한 번 본 이후로 연락이 없었다. 송숙자가 딸에게 고영을 못 만나게 하는 것이 분명하다고 정 여사는 생각했다.

"정신 나간 여자들이 많을수록 나는 돈 벌게 되어 있어."

송 사장은 딸 승미에 대해 어떠한 말도 피하고 싶은 기색이 역력했다.

"무슨 뜻이야?"

송 사장의 말에 이해가 가지 않는다는 표정으로 정 여사가 물었다.

"외국에서 싸구려 옷 중에서 디자인이 괜찮은 걸 골라 수입하여 고가를 붙여 놓으면, 단지 외제라는 이유만으로 골 빈 것들이 달려들지…"

쯧쯧. 상도덕이라고는 눈꼽만큼도 없는… 정 여사는 송 사장의 말을 듣고 속으로 비난했다. 눈치 빠른 송 사장은 정 여사의 양 미간이 찌푸려지는 걸 살피며 괜한 내역들을 알렸다는 생각이 들었다. 항상 먼저 튀어나오는 말 때문에 문제가 될 수 있으니 조심해야겠다고 생각했다.

"고영이 상태는 어때?"

송 사장이 화제를 돌렸다.

"좋아지고 있어."

"정말 마음 아프다."

정작 해야 될 말들이 이제야 나왔다.

"그 애들 파혼시키자. 미안하다는 말도 하지 않을래. 그 말을 하게 되면 마음이 더 아프지 않겠니."

"숙자야. 그 문제는 시간을 두고 생각하자. 사실 나도 지금 제 정신이 아니야."

정 여사의 음성이 떨렸다. 어떻게 하든 혼사를 시키고 싶어하는 어머니의 심정과, 죽어도 불구자에게 딸을 줄 수 없다는 어머니의 심정이 부딪쳐 안타까운 상황을 연출했다.

두 여자의 눈이 마주쳤다. 정 여사의 눈빛이 애절했다.

"하반신 마비는 성불구와 같은 의미 아니니? 나는… 내 딸의 불행을 원하지 않아. 이해해 주라."

정 여사는, 예측은 했지만 막상 파혼이라는 말을 듣게 되니 정신이 아뜩해졌다. 되돌릴 수만 있다면 시간을 되돌려 아들이 사고 난 순간을 삭제하고 싶었다.

"파혼하겠다는 심정 충분히 이해할 수 있어. 하지만 어릴 때부터 붙어 다니던 애들을 어떻게 떼 놓을 수가 있겠니?"

"널 위로하기 위해 마음에 없는 말은 하지 않을래. 난 세상에서 내 딸이 가장 소중해. 이 우주와도 바꾸지 않을 내 딸이다. 넌 내 딸의 인생은 어떻게 돼도 좋다는 거니? 이런 말을 해서 미안하지만, 네 아들이 최악의 상태로 장애자가 된 지금, 결혼을 그대로 성사시키자는 건 너무 지나치지 않니?"

"내 말 잘 들어봐."

"절대 결혼시킬 수 없어!"

송 사장의 단호하고도 완곡한 어투에 정 여사는 입안이 바싹 타들어가는 걸 느끼며 침을 삼켰다.

"황 교수라고 알지? 세계 최초로 인간 체세포 복제를 통해 배아줄기세포를 만든 교수 말이야."

"…"

"실제 환자의 체세포를 복제해 배아줄기세포를 배양하는 데 성공했다는 줄기세포 말이야. 척추 손상으로 팔, 다리가 마비된 환자 9명과 선천성 면역… 뭐라더라? 응… 면역글로블린 결핍증과 소아당뇨가 있는 환자 11명한테서 피부세포를 떼어내 복제한 뒤 배아줄기세포를 만드는 데 성공했고, 환자 자신의 줄기세포로 질병에 걸린 인체 세포와 조직을 바꾸는 일이 가능해졌다고 했어."

"…"

"재산 다 넣더래도 내 아들 반드시 걷게 할 거야. 황 교수님한테 내 아들 부탁할거야. 다시 걸을 수 있게 해달라고. 내 착한 아들, 반드시 원래의 건강을… 꼭 찾을 수 있을 거야."

말을 하던 정 여사는 꾹 참았던 눈물을 팍 쏟아냈다. 줄기세포를 조직 수준으로 키워 장기이식 치료를 하려면 앞으로 최소한 5년~10년은 걸린다고 했다. 아, 얼마나 다행인가. 시간은 걸리더라도 환자들에게 희망이 있지 않은가. 정 여사는 그 기사를 읽고 또 읽어 줄기세포에 관한 내용들을 줄줄이 외울 정도가 되었다. 아들 고영이 다시 걸을 수 있겠다는 희망에 꽉 막힌 가슴이 그나마 뚫리는 것 같았다.

송 사장은 정 여사의 볼을 타고 내리는 눈물을 보자 냉랭하게 정을 때려던 마음이 측은함으로 흔들렸다. 그러나 딸이 평생을 불구자의 아내로 살아가게 할 수는 없다는 생각이 들자 다시 냉정해졌다.

"5년 후라지만 내 딸이 그 동안에 겪어야 할 고통은 어떻게 할 건데? 내가 부탁하자. 내 딸, 붙들지 마라. 너 알다시피, 나한테 가족이라고는 그 애 하나밖에 없어. 남편과 헤어진 뒤 내가 의지하는 유일한 아이야. 네가 네 아들 위해 내 딸을 붙들려고 하듯이, 난 내 딸을 위해 그 결혼, 파혼시킬 수밖에 없어… 나, 먼저 일어날게."

정 여사는 찬바람을 남기며 사라지는 송 사장의 뒷모습을 바라보며 가슴이 파열되는 심정이 되었다.

정 여사는 송 사장과 헤어진 뒤, 우울한 기분으로 집에 돌아와 그대로 침대에 쓰러졌다. 전화벨이 울렸다. 춘천댁이 주방에서 나와 거실 탁자에 놓여 있는 송수화기를 들었다.

"여보세요? 네. 누구세요? 잠깐만 기다려 보세요."

춘천댁이 송수화기를 대기 상태로 내려놓고 안방문을 노크한 뒤 잠시 기다리다가 문을 살짝 열었다.

"뭐예요?"

정 여사가 침대에 얼굴을 파묻은 채 힘없이 말했다.

"장재길이라는 사람한테서 전화가 왔는데요."

"전화 돌려요."

"네."

춘천댁이 문을 살며시 닫았다. 정 여사가 송수화기를 귀에 대었다.

"알아봤어요?"

"네, 사모님. 유 상무가 주식 투자로 크게 손실이 나자, 회장님 모르게 수출용 원자재를 내수 시장에 내다 팔고 그 돈을 빼내어 투자했다가 지금 거의 깡통입니다."

"그리고 유 상무 딸은?"

"K신문사 사회부 기자이며, Y종합병원 정형외과 구평택이라는 전문의와 약혼한 사이입니다."

유 상무 딸과 약혼한 닥터가 내 아들을 수술한 의사가 아닌가. 정 여사는 순간 얼굴을 찌푸렸다.

"유 상무 비리가 그것만이 아니라, 하청공장에서 매번 얼마씩 유 상무에게 정기적으로 떼어주는 돈이 있다고 하더군요."

정 여사는 장재길이 삵괭이처럼 잘도 파헤쳤다는 생각이 들었다.

"수고했어요. 이 사실, 절대 발설 말아요."

"네! 명심하겠습니다."

정 여사는 수화기를 내려놓고 잠시 무언가를 골똘히 생각하다가, 화장대에 앉아 얼굴에 콜드크림을 듬뿍 찍어 바른 뒤 티슈로 닦아내었다.

'숙영직물과의 혼사는 깨졌지만 고영이를 일평생 혼자 살게 할 수는 없어. 그리고 우리 가문을 이을 후손도 가져야 하고, 아들이 성불구자가 되었지만 인공수정으로 임신이 가능할 거야.'

정 여사는 화장대에 팔을 괸 채 깊은 생각에 빠져들었다.

오늘날 과학이 삶의 모든 양상을 변화시키는 세상에 우리는 살고 있다. 특히 생명공학은 생명 자체의 특성을 더 빠른 속도로 바꾸어나

갈 것이다. 미래는 유전적 질병을 감수할 필요가 없고 상상을 초월하는 생명공학 연구로 인해 전혀 다른 성질을 가진 새로운 동식물이 이 세상에 출현할 것이다.

공상과학에나 등장하였던 일들이 연속적으로 터져나와 세상을 놀라게 하는 시대에 우리는 살고 있다. 오래 전에 상상력이 풍부한 어느 작가가 복제인간의 가능성에 대해 소설을 냈는데, 결국 인간의 뇌가 복제양 돌리를 탄생시켰다. 미래에는 생명공학의 발달로 인해 키 크고 더 아름답고 머리가 좋은 건강한 인조인간들이 거리에 넘쳐나 활보할 것이고, 유전공학의 발달로 저능인은 박물관에서나 볼 수 있는 진귀품이 될 것이다.

놀라운 일들이 펼쳐지는 이 시대에, 그러한 과학을 활용하는 대열에 합류하기 위하여 무엇보다 힘이 될 수 있는 것은 돈이다. 나에게는 충분할 정도의 돈이 있다. 내가 가진 돈으로 내 아들을 반드시 원래의 건강한 상태로 만들어 놓을 것이다. 황 교수의 줄기세포가 우리 가문에 희망을 줄 수 있는 유일하고도 귀중한 기대다.

그러나 정 여사는 불안함도 느꼈다. 송숙자의 말대로 만약에 줄기세포가 불발로 끝나게 되면, 고영이는 일평생 휠체어에 앉아 불구자로 살아가야 한다. 정 여사는 성체줄기세포로 치료받은 환자의 마비된 다리에 감각이 살아났다는 기사를 떠올렸다. 정 여사는 배아줄기세포든 성체줄기세포든 무엇이든간에 생명공학이 성공하여 결국은 아들이 치료될 수 있다는 희망을 버리지 않았다.

미국의 돈 많은 노부부가 텍사스 A&M 대 연구팀에 70만 달러를 대면서 애완견 복제를 부탁했다. 애완견이 죽을 때를 대비해서였다. 연구팀은 개의 복제에는 실패했지만 '시시'라는 복제고양이를 만드는 데는 성공했다고 했다. 동물 복제는 그만큼 흔한 기술이 된 세상이다. 생명공학의 기술이 갈수록 발달되어 언젠가는 반드시 난치병 환자들에게 희망을 줄 것이다.

정 여사는 화장기를 닦아낸 티슈를 휴지통에 던졌다. 정 여사는 송 사장을 만나 심하게 불편했던 심정이, 생명공학의 놀라운 연구 쪽으로 생각이 집중되자 다소 평정을 되찾았다.

정 여사는 산부인과 전문의인 친구에게 전화를 하였다.

"여보세요?"

친구의 음성이 나타났다.

"바쁘지? 나야."

"아, 순남이구나. 내가 먼저 전화를 했어야 되는데… 정말 뭐라고 위로해야 될지 모르겠다. 아들은 좀 어떻니?"

정 여사는 순간 짜증이 났다. 아들의 사고를 어떻게 순식간에 다 알게 되었는지… 귀신 같은 년들. 남의 불행은 더욱 신바람이 나 지껄여 대겠지. 하기야 어차피 알게 될 일이다.

"좋아지고 있어. 무엇 좀 하나 물어보자."

"뭐?"

정 여사는 마른침을 삼켰다. 친구라지만 자존심이 상했다.

"하반신 마비가 되면 성기능도 문제가 되니?"

정 여사는 순간 울음이 터지려는 걸 참기 위해 잠시 말을 끊었다.

"허리 아래는 다 마비돼."

"난 잘 모르지만, 인공수정 같은 방법이 있다던데 방법이 있을까?"

"송숙자가 그래도 딸을 주겠대?"

"인공수정으로 아기 가질 수 있어?"

정 여사는 친구의 궁금증에 대해 어떤 말도 할 필요를 느끼지 않았다. 단지 인공수정의 가능성이 궁금할 따름이었다.

"아기를 가질 수 있어."

"그런데 어떻게 정자를 추출하지? 발기가 되지 않으면 정자가 나오지 않잖아."

"발기 따위는 상관없어. 남자 고환에 주사기를 찔러 정자를 뽑아 난자에 착상시켜 임신을 시키는 거야. 여자의 자궁 내에 정자를 넣어 인공수정을 시키면 돼. 두 세포체의 성적 융합이라는… 수태 행위인 섹스를 통해야만이 임신이 가능한 것은 과거 얘기고, 현대는 의학의 진보로 섹스 행위 없이 임신이 가능해."

"성공 확률은?"

"4분의 1 정도랄까… 안 되면 또 정자를 추출하여 시도하면 돼. 몇 번 하다 보면 착상이 돼. 아마 인공수정은 우리 나라가 가장 발달했을 걸. 한국인 정서가 원천적으로 뿌리를 좋아하잖아. 입양아가 한국보다 외국으로 잘 나가는 걸 보면 한국인들은 자신의 뿌리에 대해서는 배타적인 성향이 강해.

강하다 보니 입양아를 거부하고 무슨 수를 쓰더라도 남자는 자신의 고환에 들어있는 정자로 자기의 분신을 이 지구상에 남기려는 거지. 그러한 한국 남성의 요구가 있으니까 세계에서 한국이 인공수정이 가장 발달한 나라로 부상한 거 아니겠니. 순남아, 지금 진료시간이라 오래 애기할 수 없고 시간 내서 한번 만나자."

"고마워."

정 여사는 팔장을 끼고 방안을 왔다갔다 하며 깊은 생각에 잠겼다. 유 상무의 딸 유도희라는 아가씨의 얼굴이 떠올랐다. 눈이 똘망똘망한 게 아주 이지적으로 생겼어. 키는 163 정도로 보이고, 체중도 적절하고, 특히 사람을 쏘는 듯한 눈빛이 마음에 들어. 그 눈빛은 영리하다는 증거야. 유도희. 너는 어떤 일이 있어도 나의 며느리가 되어야 해.

그리고 이 집안의 대를 이을 멋진 손자 녀석도 나에게 안겨 주어야 돼. 그에 대한 보상은 충분히 해줄 거야. 그 애가 약혼자라는 닥터와 깊은 관계는 아닐까? 그렇더라도 할 수 없는 노릇이다. 정 여사는 한숨을 깊이 내쉬며, 아들 고영이가 남자 구실도 할 수 없다는 생각이 들자 발작을 일으킬 지경이 되었다. 생각할수록 억장이 무너졌다.

그녀는 방에서 나와 주방으로 들어갔다. 춘천댁이 물을 틀어놓고 그릇들을 헹구고 있었다.

"아줌마, 잣죽 맛있게 끓여요. 병원에 가져 가게. 호두는 조금만 갈아 넣고 대추도 잘게 갈아 넣어요, 아줌마. 호두 많이 넣으면 기름기가 너무 많아 설사하는 거 알죠?"

"네, 사모님… 요즘 안색이 너무 안 좋으세요. 식사도 제대로 못 하시고…"

춘천댁이 눈물을 글썽거리며 겨우 말을 붙였다.

"주제 넘게 참견 말아요!"

정 여사는 일하는 아줌마한테까지 동정의 대상이 되었다는 사실에 화가 치밀어올랐다. 춘천댁이 흠칫 놀라며 그릇들을 마저 헹궈내었다.

"아줌마. 밥 가져와요, 좀 먹게."

"네, 사모님."

춘천댁은 바쁘게 식사를 차렸다.

7. 인어가 된 남자

고영은 엄청난 충격 탓인지 밤에는 자주 악몽을 꾸었다. 불안해하며 헛것을 보기도 하고 심지어 섬망 증세까지 나타났다. 섬망이란 의식 혼탁, 착각, 망상 및 이야기의 요령부득과 때로 비애, 고민을 띠며 마비에 빠지는 증상을 뜻한다. 어느 날 고영은 갑자기 말문이 닫히더니 실어증과 섬망 증세가 심해졌다. 며칠 동안 악화되었다가 조금 호전되기도 했지만, 결국은 신경정신과에서 사용하는 약물 치료가 추가되었다. 약물 치료를 받자 조금씩 의사 소통을 하기 시작했다.

정 여사가 춘천댁이 끓인 죽을 들고 병실로 걸어가고 있는데 최 회장의 고함 소리가 병실 밖으로 들려왔다. 정 여사는 깜짝 놀라며 병실로 들어갔다.

"으음. 뭐 하느라고 병실을 비워 !"

최 회장이 안색이 붉어져서 정 여사에게 으르렁거렸다.

"죽 끓여 오느라고요. 그런데 왜 소리를 지르세요, 병실에서?"

정 여사는 콧잔등에 잔주름을 모으고 언짢은 표정을 지었다.

'아무리 무서운 회장님이라도 아들이 다 죽어가는 판국에 소리를 지르다니요?'

정 여사는 속으로 부글거리는 분노를 꾹 삼켰다.

고영은 눈을 감은 채 기척도 없다.

"이놈아. 네 놈 좋아하는 그림! 이제 이 애비 간섭받지 않고 마음껏 그리게 돼 좋겠다. 앉아서 할 수 있는 일이라고는 그 짓밖에 없을 테니…"

"아이구, 이 양반이 아픈 아이에게 호통을 치시다니요."

정 여사는 흥분하여 으르렁거리는 회장을 복도로 밀어내다시피 데리고 나가 항의를 했다.

"아무리 화가 나시더라도 지금 그 애를 건드리면 안 돼요. 불쌍한 애를… 난 가슴이 찢어지는데…"

정 여사가 눈물을 뚝뚝 흘렀다. 최 회장은 한숨을 푹 내쉬었다. 아들이 사고당한 날도 그림을 포기하고 경영 수업을 받으라는 문제로 한바탕 난리가 났었다. 최 회장이 부글거리는 속을 참지 못해 기어코 병상에 누워 있는 아들에게 울분을 터뜨렸다. 하나밖에 없는 아들 놈이 저 지경이 되었으니 피땀 흘려 성장시킨 회사를 물려받은들 저 꼴로 무엇하겠다는 거냐구. 최 회장은 그런 생각에 휘둘릴 때마다 혈압이 올라 뒷머리가 당기는 것 같아 뒷머리에 손이 자주 갔다.

병실에서 뭔가 부서지는 소리와 함께 고영이의 고함 소리가 들려왔다. 정 여사는 흠칫 놀라며 병실로 들어갔다. 고영은 링거를 빼버리고 손에 잡히는 대로 물건을 집어던졌다. 정 여사가 미친 듯이 날뛰는 아들을 꼭 껴안으며 부들부들 떨었다.

"고영아! 고영아! 이러지 말고… 제발 진정해라… 응?"

정 여사는 하반신 마비로 침대에서 한 발짝도 움직이지 못하는 아들의 고통이 느껴져 심장이 바짝 타들어갔다. 그녀는 아들의 행동에 어쩔 줄 몰라하다가 벽에 붙은 벨을 눌렀다. 곧장 간호실에서 응답이 왔다.

"말씀하세요."

"병실로 빨리 와 주세요!"

"예."

간호원이 병실에 들어왔다가 벌어진 상황에 놀라 급히 나가더니, 잠시 후 환자를 수술한 구평택을 불러왔다. 거의 발광 상태인 고영을 의료진들이 붙잡고 할로페리돌(Haloperidol:정신병 치료약물)이라는 안정제를 주사하자, 고영은 기운이 빠진 모습으로 축 늘어지더니 잠시 후 눈을 감고 깊은 수면에 빠져들었다.

최 회장은 그런 아들의 모습을 넋이 나간 표정으로 지켜보다가 깊은 한숨을 내쉬며 나가버렸다.

산 속 깊숙한 곳에 향불이 타는 냄새가 났다. 숲 속으로 더 들어가자 사당이 나타났다. 고영은 이 사당에 있는 인간들은 무엇 하는 작자들일까 궁금했다. 손가락에 침을 묻혀 창호지가 발린 문에 구멍을 뚫었다. 자세히 들여다보니 사당에 앉아 있는 무리는 인간이 아니라 인어들이었다. 인어들이 왜 바다에 있지 않고 이런 사당에 앉아 있는지 이해가 되지 않았다. 그때 갑자기 누군가가 그를 땅 밑 작은 구멍으로 밀어넣었다. 넓은 바다에 한 마리 인어가 유영(遊泳)하고 있었다. 그 인어는 자신이었다.

고영은 눈을 번쩍 떴다. 손으로 다리를 더듬어보았다. 두 다리는 달려 있는데 감각이 없다. 프로이트는 사물들과 존재들은 주위에서 끊임없이 작용하는 운동에 의해 반응한다고 했다. 인간의 의식은 주위에서 유혹하는 것에 포착이 되어 반응을 하는데, 현실계에서 충분히 반응하지 못하면 꿈을 통해 의식에 접수된 현상들이 나타난다. 의식과 무의식, 현실계와 비현실계는 항상 병행하고 있다는 증거다. 하체 마비에 대한 의식이 현실에서 이성적으로 억압이 되었다가 꿈을 통해 인어로 나타났다.

그는 사고가 난 날을 상기했다. 술에 만취된 상태로 택시를 잡았다. 택시 기사의 인상이 아버지 최 회장과 닮았다는 생각이 들자, 취기를 이기지 못하고 말을 함부로 했다.

"기사 양반, 인상 한번 고약해!"

그러자 운전기사가 차를 갓길에 세우고는, 뒷좌석에 앉아 있는 그를 끌어낸 뒤 욕설을 퍼부으며 마구 구타했다. 운전기사는 화가 풀릴 때까지 마구잡이로 패더니, 초죽음이 된 걸 확인하고서야 구타를 멈추었다. 그러고는 차도에 팽개치고 사라졌다. 하필이면 폭력배 출신 운전기사에게 잘못 걸린 것이었다.

그날 비는 억수로 내렸었다. 그는 혼미한 상태에서 고통을 참을 수 없어, 차를 세우기 위해 달리는 차에 다가갔었다.

아버지에 대한 불만을 단지 인상이 비슷하게 느껴졌던 택시 기사에게 분출했다가 돌이킬 수 없는 사고를 당한 것이다. 어느 희극에서 읽은 "비극은 순간에 찾아온다"는 악마의 말이 생각났다.

고영은 노크 소리에 떠오르는 기억이 닫히는 것을 느꼈다. 문 쪽을 바라보았다. 문이 열리며 도희가 꽃바구니를 들고 들어왔다. 도희는 한 번 정도는 문병을 오는 것이 도의적 의무라는 생각이 들어 찾아온 것이다.

"안녕하세요?"

들어서는 자신을 침대에 누운 채 물끄러미 바라보는 고영에게 도희는 고개를 숙이며 인사했다.

뒤따라 간호원이 들어왔다. 간호원이 폴대에 매달린 액이 얼마 남지 않은 링거를 새 링거로 교체한 뒤, 환자의 팔뚝 정맥을 찾아 주사 바늘을 꽂고 링거액을 주입했다. 간호원은 환자가 또 난리를 칠까봐 조심스레 새 링거로 교체한 뒤, 환자와 눈이 마주치자 빙그레 미소를 지으며 복도로 나갔다.

"저 그리다 만 그림, 댁이… 그리신 거예요?"

도희는 침묵이 부담스러워 잠시 머뭇거리다가, 병실 한쪽 구석에 놓여져 있는, 미완성 쟁반이 그려진 그림을 바라보며 말했다. 아들이 그림에 신경을 쏟게 되면 안정을 찾지 않을까 싶어 정 여사가 김 기사를 시켜 가져 오게 했던 그림이었다. 그림 속의 쟁반은 타원의 양쪽 끝을 부풀려 한없이 팽창되는 것처럼 그려져 있었다. 기형적인 접시 그림이었다.

"쟁반의 양쪽 끝이 부풀려져 마치 그림 밖으로 뛰쳐나오는 느낌이

드네요."

"그만 돌아가세요."

환자의 화난 음성에 도희는 놀란 표정이 되었다. 그녀는 병자나 약자의 특징인 터무니없는 화풀이라 여기니 오히려 연민이 느껴졌다. 그녀는 고개를 숙인 뒤 할 도리는 했다는 마음으로 복도로 나갔다.

그녀는 엘리베이터를 타고 1층으로 내려갔다. 지난번에 커피를 뽑아 왔던 간호원이 여러 개의 차트를 들고 지나가다 그녀를 보자 빙긋이 웃으며 말했다.

"과장님, 방금 급한 수술 들어가셨어요. 두 시간 정도 걸리실 거예요."

그녀는 간호원에게 고맙다고 말하며 건물 밖으로 나가지 않고 대형 유리문에 다가서서 어둠에 잠긴 바깥을 내다보았다.

병원 건물은 사람들이 붐비는 거리에서 어느 정도 멀리 떨어져 있다. 어둠이 지배하는 시간. 유리창 저 너머 밤하늘 아래 수많은 사람들이 움직이고 있을 거리. 환자들이 고통을 호소하는 병원과는 달리 거리는 틀림없이 활기에 넘칠 것이다.

그녀는 밖을 내다보며 소중하게 간직된 기억을 떠올렸다.

목련이 화사하게 만개한 어느 봄날이었다.

도희는 도서관으로 들어가려다 말고, 가까운 위치에 마련된 케이블 TV 이벤트성 무대로 발길을 돌렸다. "즉석에서 신청을 받아 막춤도 상관없으니 1등 상품을 받아가라"는 선정성 말들이 확성기를 통해 웅웅 울렸다.

그녀는 주변을 둘러보았다. 운집된 학생들보다 머리 하나는 더 큰 남학생이 눈에 들어왔다. 저 키 같으면 외국에서 살아도 기 안 죽겠다는 생각을 하며, 그에게 들고 있던 책을 잠깐 맡아 달라고 부탁을 했다. 키 크다는 이유로 도희의 눈에 띄인 평택은, "얼마든지!"라는 표정으로 그녀가 들고 있던 가방과 책보따리를 맡아주었다.

그녀는 곧장 신청을 하였고 차례가 되자 무대 위로 올라가 말 그대로 막춤을 추었다. 그런데 운 좋게도 1등을 하여 상품을 타게 되었다.

그날의 인연으로 두 사람의 데이트는 시작되었다. 의대생인 그는 나타날 때마다 포르말린 냄새를 달고 나왔고, 그가 건네는 이야기 거리라고는 매번 비슷했다.

"오늘 실습은 카데바(해부용 시체)답지 않아 기분이 묘했어."

"그게 무슨 소리야?."

"죽은 지 한 달밖에 안 되었다고 하더군. 해부용 칼을 들이대는 즉시 벌떡 일어날 것 같았어. 상태를 보니 자연사는 아닌 것 같았어. 마치 자고 있는 것 같았어."

"왜 죽었을까?"

"이런 얘기 무섭지 않아?"

"뻥 치지 마!"

"뻥이라니?"

"누가 속을 줄 알고…"

"뭐가?"

"카데바가 되려면 4~5년 정도는 기간이 필요하고… 행려자나 자살자는 뒤늦게 연고자가 나타났을 때 법적 문제가 일어날 소지가 있어서 카데바가 될 자격이 없다고 들었어. 그 기간이 지난 후 카데바로 실습대 위에 출현할 때는 조직액도 모두 말라붙고 수분이 다 빠져 싱싱 냉장고는 아니라고. 아마 보관하기 위해 피도 혈관에서 다 뽑을 걸. 그야말로 바짝 말라 여자 남자도 구분이 잘 안 될 정도라던데."

"성기는 그대로 달려 있으니 구분은 돼. 너는 너무 많이 알아 탈이다. 거짓도 어느 정도 먹혀들어야 재미가 있는데… 사회에 나가면 기자가 되겠다더니, 파고드는 게 기자 끼가 다분해. 으… 구평택. 앞날이 훤하다. 선배들의 말에 의하면 결혼 후 가끔 마누라 속여 먹는 재미도 솔솔하다고 하던데… 아마 그러한 재미는 나에게 없을 것 같군."

"걱정 마. 선심용으로 가끔 속아 줄 테니… 평택아! 넌 전문의 뭘로 할 건데?"

"수술 정도는 해야 의사가 된 기분을 느끼겠지. 인턴 때 생각해도 늦지 않아. 지금은 그저 유급당하지 않도록 공부만 해야 돼."

"그나저나 그 포르말린 냄새 정말 지독하다. 언제쯤이면 그 냄새 달지 않고 나타날 수 있을까? 실습 때 입었던 가운만 벗을 게 아니라 안에 입었던 티라던가 속옷도 갈아 입어. 포르말린 냄새가 다 배었을 거 아냐. 그 냄새 정말 싫거든. 실습 끝나고 샤워는 제대로 하는 거니?"

"그럼."

"근데 그 냄새가 왜 안 없어지냐구? 못 믿겠어."

"그 냄새를 처음 맡는 순간 너의 뇌에 깊이 박혀버렸기 때문에, 나한테 그 냄새가 나지 않아도 나만 보면 심리학적으로 너의 기억 회로가 냄새에 대한 기억을 끌어내기 때문이지."

"기억이라는 말이지?"

그가 고개를 끄덕였다.

"첫 실습 때 포르말린 냄새를 이기지 못하고 토하는 학생들에게 조교가 열받으면 장갑 벗고 하라고 윽박지르지. 으… 그 페놀 냄새… 나도 어떤 싸가지 없는 조교한테 걸려 장갑 벗었다가 일주일을 굶었다. 어떤 날은 두개골을 톱으로 연다기에 아예 강의를 빼 먹었던 적이 있었어. 피고름 묻은 의사 가운. 환자들한테서 나는 곰팡이 썩는 냄새 따위…"

"그만 해! 나, 오늘, 밥 못 먹겠어. 속이 느글거려진다, 그런 말들을 들으면… 앞으로 그런 얘기 다신 하지 마. 한 번만 더 그런 이야기 늘어놓으면 끝이다. 그러고 보니 자기 변태지향성 성격 아냐?"

"뭐? 왜 내가 그런 성격이라는 거지? 나는 건강한 성격이다. 말도 안 되지."

"끔직한 단어들. 죽음, 시체, 두개골, 피고름 같은… 일반 사람들이 소름 끼쳐 하는 말들을 즐겨 하는 사람은 분명 변태지향성 성격이라구. 자기, 나 만날 때마다 그런 토할 것 같은 소리만 하잖아. 더 이상 만나지 말까부다. 으이, 싫어."

"씩씩거리기는… 맹꽁아. 그런 관심들이 앞으로 먹고 살아야 할 직업과 연결되니까 하는 소리지. 알았어. 앞으로는 절대 그런 말들 하지 않을게."

그러나 그러한 주의에도 불구하고 도희와 만나면 평택이 어김없이 어쩌구저쩌구 늘어놓는 화제는 그런 속 느글거리는 내용들이었다.

구급차가 병원 입구로 달려오고 있다. 또 누군가의 목숨이 경각에 달렸다. 평택이 자랑스럽다. 생명을 살리기 위해 온종일 병원에 매달려 있는 것이 대견했다. 이 시간에도 수술실에서 소독된 가운을 걸치고 무균 마스크를 한 채, 마취된 환자의 환부에 온 신경을 집중하여 수술을 하고 있을 것이다.

구평택 닥터, 당신을 사랑하고 또 사랑해.

8. 신문사 회식

"회식할 사람들은 퇴근 후 로비 자판기 앞에 집결하라구!"

정치부 김 부장이 말하자, 별 관심을 나타내지 않던 기자들이 7시가 되자 웅성거리며 모여 들어 김 부장이 나타나기를 기다렸다. 김 부장이 나타난 뒤, 그들은 신문사에서 나와 광화문 네거리에 있는 불고기집으로 들어갔다.

"오늘 누가 쏘는 거니?"

"몰라. 일단 먹고 보는 거지."

항상 유쾌한 우경이 도희를 보고 생긋 웃으며 말했다. 고기 구워질 때 나는 연기가 자욱한 방안에서, 술잔이 빠르게 몇 순배 돌자 모두들 얼굴 색깔이 붉어지며 말소리가 점점 커졌다.

"유 기자! 오 기자! 구석에서 일어나 중앙에 오시지. 두 여자가 연애하는 것도 아니고 이 더운 날 왜 딱 붙어 앉아 있는 거야?"

"죄송합니다. 조금만 있다 옮기겠습니다. 이거 마저 먹고요."

김 부장의 우렁찬 소리에도 아랑곳없이 우경이 애교스럽게 대꾸하며 젓가락으로 앞에 놓인 파전을 집었다.

"자, 잔들을 채웁시다."

모두들 잔에 소주를 따랐다. 구워지는 고기 냄새가 식욕을 당겼다. 12개의 잔이 높이 쳐들려 서로 부딪쳤다. 도희는 혀끝을 쏘는 소주 맛을 즐겼다. 그녀는 젓가락으로 노릇하게 잘 굽혀진 차돌박이를 집어 입안에 넣었다. 술좌석이 무르익자 모두들 하고 싶은 말들을 여과 없이 쏟아내었다.

"도청 사건 말이야."

김 부장이 한동안 도청 사건으로 시끄러웠던 지난 일들을 다시 화제로 올리기 위해 운을 띄우자 문화부 강 기자가 받았다.

"요즘 잠잠한 사건이잖아요?"

"그렇지. 조용하지. 그런데 갑자기 그 사건이 떠오른단 말이야. 24시간 감시받는 생활권에 우리가 살고 있다는 사실이 불쑥 떠오르면 기분이 더러워져. 조지 오웰이 쓴 〈1984년〉이 과학이 발달될수록 더욱 부각될 거야. 이거 겁나서 살겠냐구."

김 부장이 강 기자와 반대편에 앉아 있는 도희의 얼굴을 뚫어져라 쳐다보며 말을 이어나갔다. 미래 사회에 대한 경고와 풍자로 씌어진 소설 〈1984〉년은 전체주의와 개인 감시, 이념 분쟁과 관료주의, 허위와 역사의 조작, 심리적 충격과 인간 품위의 손상, 자유와 개인성의 말살, 사랑과 종교의 말살 등을 위해 고안된 말이 되었는데, 한국이 도청 파문으로 '얼룩진 공간'이 되었을 때 조지 오웰이 쓴 〈1984년〉

이 여론에 부각되었었다.

"과학이 발달할수록 정말 겁나는 세상이 되어버렸어. 사무실 전화도 녹음 장치가 되어 있고… 아마 우리가 하는 말들도 공중으로 흩어져 있다가 과학의 발달로 언제든지 마음만 먹으면 개인의 정보 입자를 도입하여 다시 끌어 모아, 어느 누가 과거에 무슨 내용의 말들을 하였는지 취합도 가능하게 되겠지."

우경은 언젠가 김 부장이 자신의 핸드폰이 통화중에 지직거리며 잡음이 들리는 걸 보고 "혹시 어디에서 도청하는 것이 아닐까?"라고 말했던 게 기억났다. 그러고 보니 김 부장이 자신의 핸드폰도 도청당하고 있다는 과민 반응을 하는 건 아닐까 하는 생각이 들어 한 마디 끼어들었다.

"우와! 상상만 해도 끔직하네요."

모두들 도청에 대해 큰 관심을 나타내지 않고 옆에 앉은 사람들과 다른 이야기들을 하는 것을 보고 시들해진 김 부장이 입을 다물자, 도희가 화제를 바꾸어 말했다.

"환자 맞춤형 줄기세포로 우리 나라 부자 되겠어요."

세간을 흥분으로 몰고 가고 있는 화제거리였다.

"어느 외국인이 우리 나라 사람들을 냄비 근성이라고 해서 한동안 회자되었는데, 내가 보기엔 그런 것 같아."

김 부장이 인상을 찌푸리며 말했다.

"무슨 의미예요?"

도희가 물었다.

"나라 전체가 황 신드롬으로 들끓고 있는데… 그러다 결과가 잘못

되면 나라는 세계에서 망신국이 돼. 아직 연구 과정이 진행중일 뿐인데… 황이 언론에 자주 등장하는 거 좋은 모양새가 아니야. 언론이 그를 연구에만 매진하도록 두면 좋을 텐데…"

"〈사이언스〉 과학지에도 논문이 통과되었다는데요?"

도희는 김 부장의 못마땅해 하는 눈을 조심스레 들여다보며 물었다.

"그 〈사이언스〉도 실수하지 말라는 법 없어."

그러자 우경이가 끼어들었다.

"왜 부정적이실까?"

그때 청색 앞치마를 두른 종업원이 빈 그릇들과 빈 술병들을 치우고 다시 안주와 술을 가지고 왔다.

도희는 바지 포켓에 들어 있는 핸드폰이 진동으로 울려 허벅지가 간지러웠다. 그녀는 방 밖으로 나가 전화를 받았다.

"유도희입니다."

"모레, 시간 돼요?"

세경물산 회장 부인이었다. 또 무슨 일로 만나자는 걸까?

"무슨 일이신데요?"

"만나서 얘기해요. 장소는 전번에 만났던 코리아나호텔 2층 커피숍. 몇 시가 좋을까?"

"여덟 시에 뵙지요."

"그럼 내일 봐요."

회장 부인이 도대체 나한테 뭘 원하는 걸까? 지난번에 만났을 때도 별다른 내용도 없이 식사만 하고 헤어졌었다. 왜 그러는 걸까? 방으로 들어가니, 화제는 사회면으로 넘어가 한창 논쟁중이었다.

"유 기자 쌍둥이야?"

구석에 앉아 있던 문화부 강 기자가 일어나 도희와 우경의 사이에 앉더니, 도희의 얼굴을 뚫어지게 쳐다보며 말했다.

"무슨 말이야?"

"어제 강남에 있는 한 라이브카페에 갔는데, 그곳에서 노래하는 여자를 보고 놀랐어. 유 기자 복사판이더라구. 복제인간이 출현한 줄 알고 놀랐거든."

도희는 평택과 부산 해운대에 갔을 때, 바위섬에서 스쿠버다이버 한 사람이 그녀를 아는 척하며 다가왔던 일을 떠올렸다. 나를 닮았다는 여자가 왜 자꾸 나의 주변으로 다가오는 걸까?

"내일 그곳에 가볼까? 나도 궁금해지네."

도희가 말했다.

"좋아. 대신 술은 유 기자가 쏘는 거다."

강 기자가 말했다.

"알았어."

"나도 같이 가는 거다."

우경은 두 사람이 주고받는 말을 놓치지 않고 다 듣고 있었다.

"꼭 끼어들어야겠어?"

도희의 말에 우경은 힘차게 고개를 끄덕였다. 도희와 강 기자는 동참하려는 우경의 강한 의지를 읽고 그만 웃음을 터뜨렸다.

그때 김 부장의 말소리가 들려왔다.

"양극화보다 더 무서운 것은 해소를 획일화로 착각하는 우를 범하는 것이야. 중산층이 없어지면서 부자와 가난한 자로 나뉘어지고…
평균소득 차이가 확대되는 양극화가 바람직한 것은 아니지만, 무리하
게 해소하려다 경제가 죽어버릴까 걱정이지."

오늘은 숫제 김 부장이 가슴에 담아 둔 화제를 풀어놓기 위해 쏘기
로 한 날 같았다. 하지만 좌중의 표정은 그저, 지친 하루 일과를 마무
리하는 시간대에 옹송동송 모여 앉아 술 마시고 고기 먹으며 편안한
마무리를 하고 싶어하는 눈치였다.

"이 시대의 키워드는… 양극화를 어떻게 요리할 것인가? 그래도 양
극화는 바람직하지 않지요. 돈 없는 자가 돈 많은 자들을 보면 열 치
받지요. 전 분명코 운동권 출신은 아니지만 그래도 요즘 너무 심각하
게 양극화가 되어 간다는 것에 걱정이 됩니다."

그때 갓 입사한 초년생 기자가 김 부장의 화제에 끼어들었다.

"두 집단 간의 확대되는 격차가 심각하긴 심각하지요. 말하자면 집
가진 자와 없는 자의 차이는 양극화의 대표격인데, 정부에서도 그러
한 차원에서 부동산 정책을 강도 있게 펼치지만 집값은 미꾸라지처럼
빠져나와 잠시 쉬었다 쑥 올라 버리고… 정부도 골치 아플 겁니다. 휴
우… 정말이지, 우리 같은 무주택자는 봉급을 한 푼도 쓰지 않고 몽땅
모아도 언제나 집을 살 수 있을지… 으이고, 집은 아예 포기해 버리고
자동차나 멋진 걸로 바꿔야겠습니다."

평소 무뚝뚝한 매너 때문에 동료 기자로부터 접근하기 힘든 성향으
로 찍힌 스포츠 최 기자가 한 마디 거들었다.

"그래도 속도 조절이 필요해."

김 부장이 최 기자의 말이 끝나기가 무섭게 강조하듯 말했다.

듣기로는 최 기자는 집은 없어도 차 욕심은 많아, 봉급에 비해 비싼 차를 몰고 다닌다는 것이 떠오르자 우경이 씩 웃으며,

"술자리에서는 좀 부드러운 테마가 좋을 텐데…"

하고 작은 소리로 중얼거리다가,

"우리 야한 이야기 좀 하면 안 될까요?"

하고 크게 말했다. 그러자 구석에서 별 말이 없이 술만 마셔대던 정치부 박 기자가,

"좋지. 요즘 웰빙 섹스가 유행이라는데, 그에 대한 방법론이 있다면 한 말씀들 해주시죠."

라며 너스레를 떨었다. 이날따라 자정이 넘도록 무르익은 술판은 끝날 생각을 하지 않았다. 술기운이 오르자 노래방도 아닌데 노래를 부르는 기자도 있었다. 그렇다고 잘 부르는 솜씨도 아니었다. 도희는 우경과 함께 슬그머니 술판에서 빠져나왔다.

9. 무서운 가족

다음날 저녁 8시. 커피숍에서 정 여사의 말을 듣고 있는 도희의 표정이 점점 찌푸려졌다.

"유 상무님이 공금 횡령을 했어. 그리고 수출용 원자재를 내수시장에 팔아 그 돈을 빼돌려 주식 투자를 했더군."

"그럴 리가 없어요. 저의 아버지, 그런 분이 아녜요."

"지난 1년 동안 내수시장에 유출한 금액이 5억 3000만 원이야. 분명 회장님한테는 엉터리 입출보조장을 보인 거겠지."

"누군가로부터… 잘못된 제보를 받으신 거예요."

"사실이야."

정 여사는 하얗게 질려버린 도희를 바라보았다. 볼수록 탐이 나는 아가씨다. 넌 우리 가문을 위해 희생할 수밖에 없어. 그게 너의 운명이다. 정 여사는 더욱 냉정한 표정을 지었다.

"게다가 하청업체 사장들에게 매월 상납금을 받아 챙겼더군. 회장님은 이 사실을 모르시지."

아버지가 그런 엄청난 비리를 저질렀다니… 사실이 아니고 분명 누군가의 음해일 거야. 도희는 정 여사의 말을 들으면서도 아버지가 비도덕적인 분이 아니라고 믿었다. 분명한 모함이라고.

"유 상무님을 구속시킬 수도 있어."

정 여사가 차가운 표정으로 말하며, 앞에 앉아 당황한 기색이 역력한 도희를 뚫어지게 바라보았다.

"절대 그런 일이 없을 겁니다. 분명히… 누군가 잘못 알고 음해한 거예요."

"내가 누구지? 나한테 거짓말을 했다면 그 인간은 끝이야."

그녀는 고개를 푹 숙였다.

"아버지를 다치지 않게 할 수 있는 방법이 하나 있어…"

"…"

"…내 아들과 결혼해 줘. 그에 대한 보상은 할 테니."

하반신 마비가 된 아들과 결혼해 달라는 정 여사의 발음은 너무나 정확했다.

도희는 한동안 넋 나간 사람처럼 멍하니 앉았다가 벌떡 일어났다. 그녀는 정 여사에게 고개를 가볍게 숙여 인사한 뒤 밖으로 뛰쳐나갔다. 거리는 더위에 후덥지근했다. 어둠이 가득찬 거리에는 행인들이 붐비고 있었다. 그녀는 택시를 잡아 탔다.

"아저씨. 석촌호수로 가요."

택시는 한참을 달리다가 석촌호수 앞에서 멈추었다. 그녀는 기사에게 요금을 지불하고 택시에서 내렸다. 녹색 신호등이다. 그녀는 길 건너에 있는 호텔로 가기 위해 걸음을 몇 발자국 옮기다가, 손목시계를 보더니 뒤돌아 호수가 있는 공원 쪽으로 발길을 돌렸다.

공원 안으로 들어가자, 벤치에 앉아 있는 사람들의 말소리가 두런두런 들리고 노인네들이 돗자리를 펼쳐놓고 누워 있는 모습이 눈에 띄었다. 롯데월드 놀이동산의 둥근 탑들이 오색 찬란한 불빛에 싸여 빛났다. 그녀는 어둠 속에 번뜩이는 호수를 끼고 천천히 걸었다.

정 여사라는 여자, 어떻게 그런 요구를 할 수가 있을까? 아들이 불구자가 되었다는 사실에 제정신이 아닌 것이 분명해. 머리 속에 담아 둘 필요가 전혀 없는 말들이다. 그러나 그 내용이 사실이라면… 정말 정 여사 말처럼 아버지가 그런 일을 저질렀다면? 설마… 아니야! 그럴 리가 없어!

그녀는 호수를 끼고 천천히 걸었다. 커다란 마로니에 잎사귀가 한 차례 지나가는 밤바람에 조용히 흔들린다. 그녀는 걸음을 멈추고 나무에 기대었다. 고개를 숙여 땅 속으로 굵직하게 뻗어 있는 나무 뿌리를 한참 동안 쳐다보다가 쭈그리고 앉았다. 검고 마디진 뿌리들을 손바닥으로 살살 문질러 보았다. 이렇게 굵은 뿌리라면 나무의 수명은 인간 수명의 몇 배가 될 것이라는 생각이 들었다.

인생의 무대 뒤는 엿보는 게 아니라던 평택의 말이 떠올랐다. 이 나무 뿌리는 흐르는 시간에 의해 매몰된 무덤까지 뻗혔을 것이라는 생각이 들자, 현재의 생활과 먼 과거에 묻혀버린 시대를 맺어주는 나무 뿌리가 무섭게 느껴졌다. 고대 파라오들의 무덤이었던 피라미드가 우리가 죽고 나서도 몇 천 년 동안 계속 존재할 것이라고 느꼈던 묘한 기분이 마로니에 뿌리를 보고서도 느껴졌다.

그녀는 벌떡 일어났다. 사위(四圍)가 너무 조용하다. 그녀는 시끄러운 소음이 끊이지 않는 거리가 오히려 편안함을 준다는 생각을 하며, 왔던 길을 되돌아 가기 위해 보폭을 크게 떼었다. 공원을 빠져나오니 녹색 신호등이 켜져 있고 행인들이 길을 건너고 있었다. 그녀는 빠른 걸음으로 행인들 속에 섞여 길을 건넜다.

호텔로 들어가 1층 로비에 있는 바로 들어갔다. 평택이 근무하는 종합병원과 거리가 가까운 이곳은 두 사람의 아지트였다.

라이브 가수가 왁스의 〈사랑하고 싶어〉를 열창하고 있었다. 그녀는 구석진 곳에 자리를 잡았다. 웨이트리스가 테이블로 다가오자 시바스 리갈 작은 병을 주문했다.

그녀는 자신을 닮았다는 여자도 라이브 무대에서 노래를 부르는 무명가수라는 사실을 떠올렸다.

그 여자를 만나려고 다음날 강 기자가 말한 카페에 세 사람이 갔는데, 가는 날이 장날이었다. 그녀가 그날 다른 곳으로 옮겼다는 말을 카운터에서 들었던 것이다.

바위섬에서 어떤 남자가 손바닥에 적어준 전화번호도 자동응답만 들리고 계속 수신이 되지 않았다. 자신을 닮았다는 여자가 궁금했지만 찾을 방법이 없었다.

그녀는 열창하고 있는 가수를 공허하게 바라보며 '가족이란 정말 무서운 존재'라는 생각이 들었다.

가족 구성원들 중에 한 사람이 문제를 일으키면 나머지 가족들도 똑같이 고통을 느낀다. 가족은 세상의 최소단위이자 기본단위인데,

가정이 깨지면 개인의 사회 생활에 위기가 닥치게 된다.

효(孝)는 백행(百行)의 근본이라고 했다. 아무리 개인주의가 만연된 사회라 해도 가족을 부인할 수는 없다. 정 여사가 아버지에게 비리가 있다고 들먹이며 나에게 효를 강요하고 있다. 나더러 심청이가 되라고 한다. 심청이는 눈 먼 아버지의 눈을 뜨게 하기 위해서였지만, 나는 아버지의 비리를 덮기 위해 불구자가 된 남자와 결혼하라는 강요를 받고 있다.

우리 사회는 끈끈한 가족주의를 아직도 이 땅의 보배요 자랑으로 삼고 있다. 회사 공금 횡령한 돈, 신도시 개발 정보를 미리 빼돌려 불로소득으로 번 돈, 뇌물받은 돈, 외화 도피한 돈… 그러한 비리의 돈을 움직이다 수사 당국에 적발된 사건들을 기사화하는 게 나의 직업인데… 하필 아버지가 비리를 저지르다니… 그녀는 정 여사의 표정이 거짓말이 아닐 것이라는 생각이 들자 미칠 것 같았다.

시계를 보니 밤 10시 28분이다. 이 위인은 왜 안 나타나지? 정 여사와 8시에 만나 한 시간 정도면 끝날 것이라는 생각을 하고 평택과 10시에 만나기로 했었다. 이 남자가 왜 연락도 없지? 그녀는 그에게 콜을 치려다 말고 나타날 때까지 기다리기로 하였다. 올 때까지 갑자기 닥친 골치 아픈 일들을 머리 속으로 대강이라도 정리해야겠다는 생각을 하였다.

그녀는 이런저런 생각에 휘둘리며 괴로워하다, 혼자 앉아 홀짝홀짝 마신 술이 취기가 올라 총기 있는 눈동자가 힘없이 풀어졌다. 그녀는 가방을 뒤적거리더니 핸드폰을 꺼내 테이블 위에 내려놓았다. 그때 마침, 폰이 기다렸다는 듯이 진동을 했다. 그녀는 액정에 찍힌 번호를 보았다. 어머니였다.

"사랑하는 마마!"

"오늘이 네 생일인 거 알지?"

"참, 그러네. 내 귀가 빠진 날이네. 나의 사랑하는 어머니 여사! 이 무더위에 땀 뻘뻘 흘리시며… 이 세상으로 날 내보내 주시느라 수고가 참 많으셨겠습니다. 차암 고맙습니다."

"너, 혀 꼬부라진 것 같다. 술 마셨냐?"

"쪼끔요."

"누구랑?"

"구평택이랑."

"거짓말! 방금 평택이 전화 왔어. 네가 전화 안 받는다고!"

라이브 가수가 부르는 노래 소리에다 뒤죽박죽 되어버린 정신 상태여서, 폰이 가방 속에서 진동으로 울리는 것을 몰랐을 것이다.

"그 인간, 날 바람 맞혀 놓고 엄마한테 전화질이라니… 만나기만 하면 팥죽을 만들어 놓을래, 엄마!"

"가시내가 말 참 거칠게 하네. 야! 혼자서 무슨 술을 그렇게 많이 마셨냐? 너희 둘, 싸웠냐?"

"그 인간이 싸움이나 할 줄 알면 정말 재밌게… 곰탱이처럼 착하기만 해서 여엉 재미없어, 그 인간!"

"에고, 정신 어지러워. 너하고 지금 말해 봤자 머리만 아프다. 세상 정말 말세야. 딸년이 엄마한테 술 취해 혀 꼬부러진 소릴 지껄이질 않나. 야! 암튼 평택이가, 병원 노조 데모 때문에 조금 늦겠다고 말해 달래."

"조끔이 아니라 벌써 많이 기다렸어! 조금 더 있다가 안 오면 집으로 갈게. 아이 러브 아부지가 있는… 마이홈으로!"

"야! 그만 마셔!"

"알았슈, 마마! 엄마! 내 사랑하는 마마! 집에서 뵈시와요. 그럼 끊을게에."

그녀는 핸드폰을 닫고는 생각에 잠겼다.

최근에 일어난 모든 나쁜 일들이 꿈이었으면 좋겠다. 소나기 내리는 날 이후로 기분 나쁜 일만 잇달아 터져나오니 정말 기분 더럽다! 마(魔)의 소나기… 마의 소나기… 마의 소나기… 그녀는 '마의 소나기'라고 중얼거리고는 속으로 평택을 불렀다. 내 사랑 평택아! 보고 싶다. 빨리 와라. 그리고 날 위로해 줘, 구평택!

정 여사가 나더러 며느리가 되어 달라는 말을 당신이 알게 되면 어떤 표정을 지을까?

그녀는 정 여사가 〈리틀샵 오브 호러스〉라는 뮤지컬에 나오는 식인 식물을 닮았다는 생각이 들었다. 사람의 살덩이를 먹고 자라는 희귀 식물이 있는데, 보잘것없는 어느 종업원이 그 식물과 계약을 하였다. 식물에게 싱싱한 살덩이를 먹여 주는 조건으로. 사회에서 소외된 종업원을 유명한 식물학자가 되도록 만들어 준다는 약속에 종업원은 서서히 살인자가 되어 갔다.

결국은 자신이 세상에서 가장 사랑하는 여자도 그 식물에게 먹히고, 자신 또한 먹히고 만다는 뮤지컬이었다. 그녀는 마치 자신이 그 종업원이 된 느낌이 들어 소름이 쫙 돋았다.

"자리에 잠깐 앉아도 될까요?"

그녀는 누군가의 말이 들리자 고개를 돌리고 올려다보았다. 웬 남자가 우뚝 선 채 자신을 내려다보며 웃고 있었다. 치아가 가지런한 게 여자깨나 유혹할 관상이었다.

"방금 댁이 한 말이에요?"

"누구를 기다리시는 모양인데, 보아하니 바람 맞은 거요. 그 상대 잊어버리고 나하고 오늘 하루 마감합시다. 오줌소태 치료제인 유로팜이 오줌에서 추출한 것처럼, 남자에게 바람맞으면 또 다른 남자를 만나면 되는 거요. 오케이?"

"댁은 제약회사 영업사원이 분명한 것 같아… 유로통인지 뭔지 말하는 게 웬지 약 냄새가 풍긴다구. 글구… 나, 바람 맞은 게 아니거던요. 저어기 지금 덩치 큰 남자가 꽃바구니 들고 이리로 걸어 오고 있네요. 뒤돌아 볼래요. 내 말이 맞나 안 맞나?"

남자가 고개를 뒤로 돌리고 입구 쪽을 바라보았다. 평택이 꽃바구니를 들고 빠르게 걸어와, 어느 사이 도희가 앉아 있는 테이블 앞에 섰다.

남자는 재수없다는 표정을 지으며 다른 테이블로 사라졌다.

"호호호!"

그녀가 크게 웃었다.

"누구야? 저 남자."

"저 멋쟁이와 바람 피우려고 했는데 아깝다."

"다행이구나, 이 바람둥이. 미안해, 노조 데모 때문에 늦었어."

"엄마한테 들었어. 자기, 장모님 사랑은 듬뿍 받겠더라. 울 엄마가 자기 무지 좋아하는 것 같아."

"나 만날 때 이외엔 취하도록 마시지 마! 아까처럼 이상한 놈이 얼씬거리잖아. 자아, 생일을 축하한다."

그가 꽃바구니를 그녀의 코 앞에 놓았다. 그녀는 꽃바구니와 보랏빛 리본이 예쁘게 묶인 작은 상자를 지켜보다 리본을 풀었다.

상자 속에 담긴 것은 편지와 귀걸이였다.

사랑하는 나의 여자 도희!

우리 건강하게 오래 오래 살자.

서로 영원히 사랑하며.

그녀는 웃었다. 누가 의사 아니랄까봐 그저 오래 살 궁리만 하는 남자. 멋대가리 없는 편지를 쓴 착한 내 남자. 내가 정 여사 덫에 걸려, 불구자가 된 그녀의 아들과 결혼하겠다면 저 웃고 있는 얼굴이 어떻게 변할까?

"일어나자. 갈 데가 있어."

"어디?"

"가보면 알아."

"선물 고마워. 자기 생일 때 배로 갚아줄게."

"좋아. 근데 웬 술을 이렇게 많이 마셨냐? 아직도 회장 사모님한테 시달리냐?"

"…가족이라는 것이 무서워."

"무슨 일이 있었어?"

"내가 다른 남자한테 시집가면 자기 어떻게 할 건데?"

"야! 일어나. 말도 안 되는 소리 하지 말고."

"가족 중에 한 사람이라도 잘못 되면 가족 전체가 고통이다. 우리 아파트에 어떤 젊은 놈이 살짝 미친 건지 길거리 돌아다니며 횡설수설하는걸 볼 때마다, 혹시 저런 아들을 낳게 되면 인생 쫑이라는 생각이 들어 섬뜩해. 나, 결혼하기 싫어!"

"노처녀가 이래서 복잡하다는 거다. 자. 일어나. 가면서 얘기하자, 응? 우리 고슴도치, 내 말 잘 듣지."

그녀가 자리에서 벌떡 일어나 핸드백을 어깨에 걸었다.

운전석에 앉은 평택은 승용차의 속력을 내었다. 그녀는 잠이 들어 조용했다. 그는 이달 안에 결혼 날짜를 정해 하루라도 빨리 그녀를 데려와야겠다는 생각을 했다. 핸드폰이 울렸다. 평택은 속력을 줄이고 폰에 연결된 이어폰을 귀에 끼었다.

"여보세요?"

"나야. 도희 만났나?"

"예, 어머니. 지금 같이 있습니다."

"바꿔 줘."

"전 운전중이고 옆에서 잠들었어요."

"케이크 준비하고 있으니까 빨리 와. 결혼하면 어떻게든 그애 살림만 살게 설득하게. 부엉이처럼 밤에만 볼 수 있으니, 원."

"예, 곧 가겠습니다."

신 여사는 딸이 직장인이라 생일날도 밤이 되어야 가족들이 함께 축하해 줄 수 있다는 사실에 투덜거렸었다.

승용차는 어느새 아파트 단지로 들어섰다. 평택은 벨을 누른 뒤, 한쪽 손에 꽃바구니를 들고 한쪽 손으로는 자꾸 비틀거리는 도희를 부축하며 현관문이 열리도록 기다렸다. 현관벨이 울리자, 주방에서 거실로, 거실에서 주방으로 왔다갔다 하며 바쁘게 거실 중앙에 놓인 긴 탁자에 음식들과 과일들을 나르던 신 여사가 안방 쪽으로 크게 소리를 질렀다.

"여보오! 애들이 왔나봐요."

유 상무가 거실로 나오고 신 여사가 현관문을 열었다. 도희가 평택에게 기댄 채 거의 졸고 있는 모습을 본 신 여사는

"혀 꼬부라진 소리를 내더니 결국은 고주망태가 되었구나. 이것이 챙피한 줄 모르고… 이 애가 이렇게 취한 적은 없었는데… 빨리 들어와."

하고 말했다.

신 여사가 평택의 손에 들려 있는 꽃바구니를 받았다. 도희가 정신을 차리기 위해 눈을 커다랗게 떴다.

"아버님, 저 왔습니다."

라는 평택의 말도 들리고,

"이제껏 같이 마셨나? 이놈 주량 센 거 알지만 너무 많이 마시지 못하게 하게."

라는 아버지의 잔소리도 들려오자 도희는 집에 왔다는 것을 비로소 알았다. 그리고 자신을 바라보는 어머니의 눈꼬리가 위로 치켜진 것이 보이고 긴 탁자 위에서 주인을 기다리고 있는 케이크가 보였다.

"구평택! 어디 갈 데가 있다는 곳이 우리집이었어? 마이 호옴?"

그녀는 갑자기 의식이 몽롱해짐을 느꼈다. 시야에 잡힌 사물들의 형체가 가물가물거리더니 희미하게 사라지고, 그녀는 스르르 무너지듯 바닥으로 주저앉더니, 이내 눈을 감고 잠에 떨어졌다.

'에고, 내가 못 살아. 술 많이 마시면 맥을 못 추고 자는 것도 어쩌면 지 애비 그대로 빼다 박았는지…'

신 여사는 사위 될 평택의 앞에서 술에 곯아떨어진 딸을 쥐어 박을 수도 없는 노릇이고 하여, 속으로 투덜거릴 수밖에 없었다.

"생일 파티는 여기서 끝났네. 늦었으니 자네 돌아가게."

유 상무는 섭섭한 표정으로 그렇게 말하고는 헛기침을 크게 내었다.

10. 오렌지 소녀

문이 살며시 열리더니 곰 인형을 안은 소녀가 고영의 병실로 들어섰다.

"아저씨…"

오렌지 소녀였다. 고영은 백혈병 환자인 소녀의 얼굴이 노랗다 못해 붉어 보여 오렌지 소녀라고 별명을 붙였다.

소녀가 침대 옆으로 다가왔다. 어느 날, 소녀가 복도를 지나가다 문이 열린 고영의 병실로 쑥 들어오더니 그 다음날부터 가끔씩 놀러오곤 하였다.

정 여사는 실어증(失語症) 환자처럼 하루종일 말을 하지 않는 고영이가 그래도 소녀가 나타나면 몇 마디씩 하기도 하고 웃기도 하는 것이 다행이라는 생각이 들어 소녀가 들어오는 것을 말리지 않았다.

"오늘은 안 울었어?"

고영의 말에 오렌지 소녀가 고개를 끄덕였다. 소녀는 창 턱에 놓인 바구니에서 빵을 꺼내어 먹으며 말했다.

"아저씨. 나, 죽는대."

"누가 그래?"

"아빠가."

고영은 분개했다. 아버지라는 작자가 어린애한테 무식하고도 잔인한 말을 하다니. 소녀의 아버지는 술꾼이었다.

"오렌지. 넌 안 죽어. 알았지? 너의 아빠가 농담하신 거야."

"나도 알아."

소녀는 다시 바구니를 뒤져 먹을 것을 꺼내었다. 죽음의 사자가 심술을 부리면 어린아이도 벗어나지 못하는 것이 운명이다. 그는 소녀의 얼굴색이 오늘따라 더욱 붉으스름하다고 생각했다. 소녀의 아버지 말대로 소녀는 정말 죽을 수도 있다.

먹을 것을 뒤져 먹더니 소녀가 밖으로 나가버렸다. 병실이 조용해졌다.

수많은 생명들이 아사(餓死)하든, 홍수 같은 자연재해로 죽든, 그러한 죽음에 자연은 전혀 개의치 않는다. 사계절의 순환을 통해 꽃을 피우고 지게 하고, 다시 그 다음해 피우게 하듯이, 양성(兩性)의 교합을 통해 많은 생명체를 태어나게 만들어 그 중 생명이 끈질긴 종만이 살아남게 한다. 최고영이란 자가 불구가 되든 오렌지 소녀가 죽든 자연은 전혀 동정조차 하지 않는다는 것이다.

고영은 연필을 잡고 산천을 스케치해 나갔다. 산천의 봄 풍경에서는 복숭아꽃과 라일락 향기가 그득하고, 여름에는 옥수수대와 밀밭이 노릇노릇 익어 가고, 가을에는 단풍으로 먼 산이 불타오르고, 겨울에는 눈 쌓인 들판과 걸을 때마다 뽀드득거리는 논길… 논길을 걷고 산길을 걸을 때 감성을 파고드는 주변의 새 소리, 바람 소리, 물 소리, 초목이 살아 숨쉬는 소리… 그는 살아 있는 산천(山川)의 모습을 화폭에 나타내는 것을 좋아했다.

고영이가 고등학교 2학년 때였다. 친구 집에 놀러갔다가 친구 누나의 방에서 화구와 석고와 누드모델 데생과 복사한 명화로 벽에 도배를 한 것을 보고 감탄을 하며, 자신도 화가가 되겠다고 결심을 하였다. 그 순간 대학 진로를 완전히 바꾸었던 것이다. 무엇보다 그를 놀라게 하였던 것은 친구 누나가 그린 누드 그림이었다.

친구가 자신의 누나가 숨겨둔 그림을 보여주겠다며 가는 철사로 커다란 상자에 달려 있는 자물쇠를 열고 그 안에 들어 있는 누드 그림을 꺼내어 보여 주었다. 고영은 누드 그림을 보고 감탄을 했다.

남자의 페니스에 포커스를 둔 누드 그림이었다. 클래식한 색채가 덧씌워진, 붉은 장미 한송이가 끼워진 잔뜩 발기된 페니스의 그림이 인상적이었다.

고영은 그 순간 그림에 매력을 느꼈고, 아버지의 반대에도 불구하고 미대를 지원했던 것이다. 아버지와 아들의 갈등이 시작된 것은 그때부터였다.

고영은 산등선 아래 시골집들을 그려내기 위해 손에 든 연필을 천천히 움직여 나가다 아버지가 화를 못 이겨 폭발한 말을 떠올렸다.

"이놈아! 네놈 좋아하는 그림, 이제 이 애비 간섭받지 않고 실컷 그리게 돼 좋겠다! 앉아서 할 수 있는 일이라고는 그 짓밖에 없을 테니!"

그는 창 밖을 바라보았다. 하늘만 시야에 잡혔다. 다시 걷고 싶다. 뛰고 싶다.

승미의 얼굴이 뭉게구름 속에 피어올랐다. 승미야… 사랑한다, 승미야. 건강하고 행복해야 한다. 좋은 남자 만나서 잘 살아야 한다…

"병신이 된 지금, 앉아서 할 짓이라고는 그림뿐"이라는 아버지의 말이 다시 떠올랐다. 그는 창 밖으로 보냈던 시선을 거두고 연필을 다시 움직였다.

청개구리: 미국의 어느 금융인이 대낮에 수풀에 숨어서 벌거벗은 채 콘돔을 끼고 지나가는 여성을 끌어들여 강간을 하려다 그 여자가 여경이라 붙잡혔대.

고슴도치: 그 남자, 위생관념은 철저하다. 콘돔을 낀 거 보니.

청개구리: 세상이 넓다 보니 별의별 미친놈들이 다아 많다.

고슴도치: 난 요즘 들어 사람들이 무서.

도회가 우경이와 업무 중에 지루함을 어쩌지 못해 메신저로 수다를 떨고 있는데 전화가 왔다.

"아버지, 웬일이세요?"

"일 끝나면 다른 데 가지 말고 병원으로 와."

"병원은 왜요?"

"엄마가 몸이 안 좋아 병원에 입원했다."

"왜요? 어디가 아프시길래?"

"아무튼 와. 평택이 일하는 병원으로."

114

"엄마, 아침에도 멀쩡하셨는데… 알았어요. 끝나는 대로 갈게요. 병실은요?"

"5층 509호다."

그녀는 통화를 끝내고 멍한 표정이 되었다.

청개구리: 왜 묵묵이니?

고슴도치: 나 갑자기 바빠졌어.

4시다. 아직 퇴근 시간이 되려면 두 시간 더 기다려야 하지만, 그녀는 도저히 그 시간까지 견딜 수가 없었다. 웬일인지 불길한 예감이 들었다. 그녀는 책상 위에 흩어진 문서들을 대강 정리하고서, 지하주차장으로 내려가 차를 몰아 병원으로 달렸다.

도희는 병실 문을 조용히 열었다. 아버지가 의자에 앉아 있다가 도희를 보자, 어머니가 잠들었으니 조용히 하라는 신호를 하며 일어나 복도로 나갔다.

"엄마, 지금 겨우 잠들었다."

"어디가 아프대요?"

"심장이 나빠졌대. 의사 말로는 갑자기가 아니라 환자 자신이 느낄 수 있는 속도로 진행이 되었대. 어쩐지 숨 차다는 소리를 자주 하더니 심장이 나빠진다는 소리였어. 수술 날짜 잡기로 했다."

유 상무는 한숨을 내쉬며 병실로 들어갔다. 도희는 복도에 놓인 긴 의자에 앉았다. 아버지가 회사에서 저지른 부정이 사실인지 아닌지 오늘은 직접 물어보리라 생각했다가, 갑자기 어머니가 심장이 나빠져

병원에 입원하게 되고 수술까지 해야 된다는 사실에 그녀는 걱정과 혼란에 휘둘렸다.

평택은 수술실에 들어갔는지 전화를 받지 않았다. 곰 인형을 안고 있는 소녀가 다가왔다. 이 꼬마가 어디가 아프기에 얼굴색이 저토록 노란 걸까? 그녀는 소녀가 안방에 걸려 있는 자신의 어릴 적 모습과 많이 닮았다는 것을 느끼고서, 신기하여 소녀의 얼굴을 자세하게 들여다보았다.

"몇 살이니?"

그녀가 물었다.

"다섯 살."

"이름은 뭐니?"

"오렌지."

"응? 뭐라구?"

소녀는 까르르 웃으며 복도 끝으로 달려갔다. 마치 소녀가 환영 속에 나타났다가 갑자기 사라진 것처럼 느껴졌다.

그녀는 의자에서 일어나 병실로 들어갔다.

"내 새끼. 놀랐지?"

잠이 깬 어머니가 아무 일도 없었다는 듯 말했다. 아버지가 냉장고 문을 열어 오렌지 주스를 꺼내 컵에 따랐다. 그 소녀의 이름이 오렌지 라고 했었지.

방금 복도에서 만난 소녀가 다시 떠올랐다. 아버지가 주스 컵을 어머니에게 주었다.

"너도 마셔."

신 여사가 딸에게 턱을 살짝 올리며 마시라는 몸짓을 하고는 고개를 젖혀 주스를 마셨다.

"엄마. 이런 게임, 나 안 좋아해. 뭐야? 병원 침대에 턱 누워 사람 놀라게 하시다니."

"네가 심심할 것 같아 한번 아파 본 거야."

"딸년 두 번 심심하다고 느꼈다간 내 심장이 먼저 떨어지겠다."

유 상무가 투덜거렸다. 그때 유 상무의 핸드폰이 울렸다.

"여보세요? 아, 회장님. 예, 예, 알겠습니다. 예, 회장님… 예, 회장님. 곧 그리로 가겠습니다. 예, 회장님!"

유 상무가 통화를 끝내고 폰을 닫았다.

"도희야, 엄마 옆에 있어. 여보. 갔다 올 테니 아무 걱정하지 말고 푹 쉬고 있어. 알았지?"

유 상무가 문을 열고 밖으로 나갔다.

"뭐야? 엄마가 병원에 있는데… 아이, 짜증 나. 그리고 '예. 회장님. 예. 회장님.' 정말 싫다, 아빠의 그런 모습."

"다아 우리를 먹여 살리려고 하는 말투야."

"…"

"너희들 약혼한 지 너무 오래 되었다. 빨리 결혼식 올리자."

"할 때 되면 하겠지. 엄마, 많이 아파?"

"기계도 오래 사용하면 삐걱거리는데… 아플 나이가 된 거지. 걱정 마. 수술하면 감쪽 같을 테니. 너, 이 시간에 나와도 되는 거니?"

시계를 보니 6시도 채 안 되었다. 신문사가 한창 바쁠 시간대였다.

"다 마무리하고 왔어."

“그럼 다시 안 가도 돼?”

도희가 고개를 끄덕였다.

“엄마. 복도에서 나 어릴 때 모습과 닮은 여자애를 봤는데, 신기할 정도로 닮았어.”

“그래?”

그때 문이 열리고 평택이 들어왔다.

“아이구, 내 의사 사위. 어서 와.”

신 여사는 사위가 될 평택이 들어오자 상체를 일으켰다.

“그냥 누워 계세요, 어머니. 앞으로 조금이라도 불편한 데 있으시면 절대 참지 마세요. 제가 있잖아요.”

“정말 든든해. 앞으로 조금이라도 아프면 달려올게.”

신 여사는 사위가 의사라는 사실이 생각할수록 자랑스럽다는 표정이었다.

도희는 그런 어머니를 물끄러미 바라보며, 가슴에 밀물처럼 스며오는 슬픔을 느꼈다. 어머니의 인생이 그리 행복해 보이지 않고, 언제나 지친 모습으로만 느껴진 탓일까.

삶이란 다 비슷한 것이 아닐까? 결국은 시간이 흐르면 인간은 늙게 마련이다. 엄마의 말처럼 기계도 오래 사용하면 고장이 나듯이, 인간도 신체 기관이 낡아 이렇게 병원 침대에 눕기 시작하는 것이다.

생명공학이 발달할수록 인간의 수명이 길어진다고 했다. 그러나 시간 길이만 연장될 뿐, 결국 인간은 죽게 된다. 인간의 생명에서 ‘시작과 끝’이라는 수학적 공식은 어떤 과학자도 손을 댈 수 없는 영역이다.

"나, 자고 싶다. 잘 테니 두 사람, 밖으로 나가 얘기해."

신 여사가 침대에 다시 누웠다.

그들은 병실 밖으로 나갔다. 병원 복도에서 어슬렁거리는 환자들한 테서 특이한 약품 냄새가 났다.

"아까 복도에서 만난 어떤 여자애 얼굴색이 유난히 노랗던데… 아 니, 붉다는 표현이 적절하겠다. 어디가 아프길래 그래?"

"너, 오렌지 소녀를 만났구나. 백혈병 환자야."

"응. 맞아. 이름이 뭐냐고 물으니 오렌지라고 하더라. 그 애 이름이 야?"

"백혈병이라고… 백혈구가 이상 증가하여 유혈 속에 나타나는 병으 로 얼굴색이 노랗게 뜨고 심하면 붉어지기도 해. 네 차에 치인 환자가 얼굴이 노랗다고 소녀에게 붙인 별명이야."

"그래서 그 소녀가 자기 이름을 오렌지라고 했구나. 불쌍한 아이네. 그 남자, 상태가 좀 어때?"

"힘들어하다가 요즘은 조금씩 안정을 찾는 것 같아. 얼마 전에 한바 탕 난리가 났어. 잘 견딘다고 생각했는데, 어느 날 감정을 폭발하더 라. 그 환자, 하루종일 그림만 그리더군. 그림 잘 그리던데."

그녀는 그 환자가 양쪽 끝이 부풀린 기형적인 접시 그림을 다 완성 했는지 궁금해졌다.

그 그림은 표상과 행동의 관계를 나타내며 일상적인 틀에서 탈출하 려는 의미로 느껴졌다. 접시의 원형을 깨고 양쪽 끝으로 뛰쳐나가는 듯한 접시 그림. 인간은 의식이 존재하는 한에서는 끊임없이 무언가 로부터 탈출하려는 본능이 강하다.

태연하게 하루를 잘 살아가다가도 불현듯 일상적인 관계를 중단해 버리고 자신만의 세계로 침잠해 버리고 싶은 충동 같은 것.

그것은 자신이 단지 작은 공간만을 차지하고 있는 일상적 존재가 아닌, 물질과 환경을 초월할 수 있는 형이상학적 위치로 설정하고 싶어하는 감정일 것이다.

그녀는 기형 접시를 그린 그가 자의식이 강한 남자라는 생각이 들었다. 그들은 엘리베이터를 타고 1층 외래로 내려가, 그녀 어머니의 심장을 수술할 담당의를 만나기 위해 흉부외과로 들어갔다.

어머니를 담당한 의사는 수술 날짜를 서둘러야 한다고 했고, 그녀는 어머니의 심장이 생각보다 더 심각하다는 걸 알았다.

11. 극비 주식작전

유 상무가 탄 자동차가 대치동에 있는 한 일식집 앞에 멈추었다. 그가 차에서 내리자 종업원이 다가와 차 열쇠를 받았다. 카운터에 앉아 있던 여자가, 유 상무가 홀에 들어서자 활짝 웃으며 반겼다.

"화색이 훤언하신 걸 보니 좋은 일이 있나 봐요. 유 상무님, 2층으로 올라가세요."

주인 여자가 교태 섞인 음성으로 반겼다. 유 상무와 주인 여자가 계단을 올라갔다.

"유 상무님. 오늘, 서빙 후 2차까지도 가능한 예쁜 애가 들어왔어요."

"에이, 이 사람아. 오늘 회장님이 오셔. 주책 떨지 마."

"어쩔 수 없네요. 저 방이에요."

주인 여자가 가리키는 방은 한쪽 구석에 위치한 조용한 방이었다.

방문 앞에 구두가 여러 켤레 놓여 있는데 방안에서 낯익은 말 소리가 새어나왔다. 어디선가 들어본 듯한 음성이었다. 유 상무는 인기척을 한 뒤 방문을 열었다. 방에 앉아 있던 사람들이 대화를 잠시 끊고 방으로 들어서는 유 상무에게 시선을 돌렸다. 회사 경리부 소속인 주식 담당 오 부장, 조찬간담회에서 강의를 했던 김병렬 박사, 그리고 처음 보는 젊은 남자가 앉아 있었다. 방문 밖으로 새어나온 음성은 김 박사의 것이었다.

"늦게 와서 죄송합니다. 바이어 상담이 늦게 끝나는 바람에…"

유 상무가 방에 들어서자, 앉아 있던 사람들이 동시에 일어나 반갑다는 인사와 함께 명함을 꺼내었다. 오 부장이 사람들을 소개했다.

"김 박사님. 이 분은 우리 회사 유 상무님이시고, 이 분은 유명한 김병렬 박사님, 그리고 이 분은 Y증권사 박우석 차장입니다."

모두들 소개가 끝나자 자리에 앉았다. 아가씨가 음식들이 담긴 쟁반을 들고 들어왔다. 뒤따라 큰 헛기침을 하며 최 회장이 나타났다. 앉았던 사람들이 다시 한 번 우르르 일어나 최 회장을 영접했다.

"회장님, 오셨습니까?"

유 상무가 정중하게 말했다.

"김 박사. 아이구, 죄송합니다. 차가 막혀 늦었습니다. 자, 자, 앉으시죠."

최 회장이 김 박사의 손을 굳게 쥐었다 놓았다. 모두들 자리에 앉았다. 또 다른 아가씨가 쟁반을 들고 들어와 식탁에 음식을 놓았다. 유 상무는 두 번째 들어온 아가씨를 보고는, 괜찮게 생긴 걸 보니 주인 여자가 말한 그 아가씨라는 느낌이 들었다.

122

"오늘, 회 제일 싱싱한 걸로 준비했어요."

아가씨가 손님들 앞에 음식이 담긴 접시들을 가지런히 놓으며 잽싸게 손님들의 표정을 훑어보다가, 유 상무와 눈이 마주치자 한쪽 눈을 살짝 감았다 뜨며 신호를 보냈다. 저 요망한 것이 회장님 앞에서 교태를 흘리다니… 누구 밥줄 떨어지는 거 보려고 그래! 유 상무가 험상궂은 눈초리를 치켜 뜨며 노려보자, 아가씨가 찔끔 놀라는 표정이 되어 눈을 내리깔았다.

"주인 불러 와!"

"예."

오 부장의 말에 아가씨가 사라지더니 잠시 후 주인 여자가 나타났다.

"무엇을 해 드릴까요?"

주인 여자가 활짝 웃으며 방안에 둘러 앉은 손님들을 일시에 훑어보았다.

"음식들 한꺼번에 다 들여오고, 우리가 방문을 열고 나가기 전까지 아무도 이 부근에 접근시키지 말아요."

오 부장이 말했다.

"예, 알겠습니다."

주인 여자가 사라진 뒤, 두 명의 여종업원이 회와 스끼다시와 복분자 다섯 병을 한꺼번에 방으로 들여오느라 분주하게 움직였다.

"자, 한잔들 하시죠."

최 회장의 말에 오 부장이 복분자술을 들고 최 회장 앞으로 들어올렸다. 최 회장이 작은 사기잔을 내밀었다. 붉은 자줏빛 술이 작은 사기잔에 차르르 담겨졌다. 오 부장이 이 잔 저 잔 돌아가며 따랐고, 마지막 남은 자신의 술잔은 증권사 박 차장이 따라 주었다.

잔들이 가볍게 서로 부딪쳤고, 술잔이 여러 번 비워졌다 채워졌다. 그 동안 서두삼아, 이런저런 시국과 경제에 대한 이야기들이 오갔다. 오 부장이 차 사장도 이 자리에 참석하기로 하였는데 급한 일로 외국 출장을 가게 되어 불참했다고 말했다.

차 사장은 세경물산이 자회사를 매각한 자금으로 합병한 코바트라는 회사의 CEO였다. 코바트는 암 진단용 DNA칩 개발업체다.

"김 박사님 덕분에 코바트와 합병하게 된 건 우리 세경물산의 행운입니다. 우리의 자금과 코바트의 기술력이 시너지 효과를 나타낼 겁니다."

"저야말로 최 회장님 같은 거목을 알게 되어 영광이지요. 만날 사람은 언젠가는 만난다는 말이 있듯이, 기업도 서로의 연이 맞는 기업과 M&A 하게 되면 그 폭발력은 시장을 정확하게 파고 들 수밖에 없습니다. 자, 회장님. 제 잔 받으시지요."

김 박사가 자신의 잔을 홀쩍 마시고 그 잔을 최 회장에게 내밀었다.

김 박사는 강의로 인기몰이에 성공하자 아예 기업 사냥꾼으로 발 벗고 나섰다. M&A를 성사시켜 주며 챙기는 커미션의 단가가 높기 때문이다.

"코바트와의 합병과 그에 대한 내용들은 정식으로 계약이 체결되고 공시가 나가기 전까지는 극비입니다."

"네, 회장님."

김 박사는 세경물산과 코바트와의 M&A를 성사시킨 브로커였다.

회장은 유 상무에게조차 브로커가 누군지 이제껏 비밀로 하였다.

"제가 몇몇 CEO들에게 코바트와의 합병을 성사시키려고 시도를 해봤지만 그들은 고개를 저었습니다. 결과는 거부 의사를 한 그들이 자신들의 무지(無知)로 시장에서 황금알을 낳을 수 있는 DNA칩 개발을 놓친 거지요. 그런데 최 회장님께서는 바이오가 시장에서 크게 부상할 수 있다는 예측을 그대로 실천에 옮기시지 않으셨습니까. 절대 후회하시지 않으실 겁니다."

"운이 좋은 거지요."

"이 시대는 생물학 분야가 각광받는 시대입니다. 19세기는 화학의 시대이고 20세기는 물리학의 시대, 21세기는 분자생물학의 시대입니다. 분자생물학 분야는 화학, 물리학, 생물학 분야가 통합되어 있어 마치 공상과학 소설이 현실적으로 실현되는, 정말 놀라운 일들이 벌어지는 시대입니다. 우리 나라는 황 교수가 줄기세포로 한 몫을 단단히 한 거지요."

"줄기세포가 정말 성공할 수 있을까?"

최 회장이 혼잣말처럼 중얼거렸다. 유 상무는 최 회장의 아들이 교통사고로 척추를 다쳐 하반신 마비가 되었다는 사실을 떠올렸다. 최 회장이 착잡한 표정으로 담배를 한 개비 뽑아 입에 물었다.

김 박사는 최 회장의 아들이 최근에 척추 환자가 된 것을 모른 채 생명공학 어쩌구 하면서 떠들어댔다. 유 상무는 최 회장의 심기를 의식하고 다른 화제를 끌어내기 위해 입을 열었다.

"김 박사님, 인지도가 높으셔서 여러 단체에서 강의 요청이 쇄도하겠습니다."

"자주 오는 편입니다."

그때,

"박우석 차장! 시작하지."

"네."

최 회장이 증권사 박 차장을 부르는 바람에 유 상무와 김 박사가 조용해졌다. 박 차장이 가방을 끌어당겨 노트와 볼펜을 꺼내었다.

"주식작전을 통해 비자금을 만들 계획이고 이 계획은 극비입니다."

유 상무는 주식작전이라는 말을 듣는 순간 심장이 두근거렸다.

"큰손들이 벌써 바이오 관련 중심주를 집중적으로 매입했다는 루머가 들립니다. 줄기세포는 전세계가 감탄한 획기적 내용들이기에 큰손들이 일제히 포석으로 삼아 한 판 크게 벌리려는 계획이라는 소문 말입니다.

다행히 세경물산이 코바트와 합병하게 되어 그런 폭발적인 작전에 동참할 수 있는 조건이 된 것입니다. 주식장에 큰 판이 곧 벌어질 것입니다. 세력들이 바이오 관련 종목을 거의 매집 마무리하는 단계라는 정보이고, 매집이 끝나면 주식 전광판이 벌겋게 달아 올라 상상을 초월할 시세로 분출할 것입니다."

"흐음."

최 회장이 헛기침을 했다. 모두들 잔뜩 긴장된 얼굴로 박 차장의 다음 말을 기다렸다.

"A, B, C 단계로 시작할 겁니다. A단계는 일차적으로 세경물산에서, B단계는 오늘 사정이 있어 불참하게 된 코바트의 차 사장님이시고, C단계는 모두들 동시에 가담하고 끝내는 겁니다."

126

유 상무는 증권사 박 차장이 하는 말이 무슨 의미인지 영 이해가 되지 않았지만 행운이라는 생각이 들었다. 작전에 끼어들어 잘하면 주식 투자로 잃었던 돈을 찾을 수 있겠다는 생각에 가슴이 둥둥 울렸다.

"통정 매매는 극비에 거래시켜야 하니 절대 비밀이 누설되지 않아야 합니다. 요즘 금융감독원의 감시도 만만치 않거든요."

"통정 매매라는 것이 뭐지?"

최 회장의 질문이었다.

"표현이 듣기 거북하시겠지만, 서로 짜고 허위 거래하는 것을 통정 매매라고 합니다. 이를테면 허위 매수, 허위 매도 등 모든 수법을 동원해 주가를 조작하는 거지요."

유 상무는 최 회장을 흘낏 바라보았다. 주가 조작에 대주주가 동참한다는 루머가 사실이었다. 최 회장이 요즘 들어 부쩍 비자금 조성에 더욱 열을 올렸다. 그 많은 돈을 두고서도 욕심을 내는 걸 보면 최 회장은 돈을 지상 최대의 가치로 설정한 것이 틀림없었다.

"만일 실패할 경우는요?"

유 상무가 불쑥 한마디 했다. 박 차장이 작전 진행에 필요한 내용들을 쭈욱 설명하다가, 순간 입을 다물고 유 상무를 바라보았다. 유 상무는 모두의 시선이 자신에게 쏠리자, 마치 자신이 찬 물을 끼얹은 격이 된 것 같아 입을 꾹 다물었다.

"실패하지 않기 위해 작전을 짜는 겁니다. 절대 실패하지 않습니다."

"박 차장님은 세력들이 서로 콜 하려는, 그 방면의 대가이고 전문가입니다."

최 회장에게, 박 차장을 소개시켰던 오 부장이 박 차장의 능력을 부각시켰다. 박 차장이 미소를 띠며 다시 작전 계획을 이어나갔다.

"작전 때마다 손발이 되어 움직이는 조직원이 있습니다. 그들은 작전 멤버로서 목숨을 담보로 한 자들이지요. 내일부터 작전에 들어갈 것이고, 회사에서는 주가 시세가 최고치에 근접하는 시점에 호재를 공시해 주는 것으로 작전 드라마는 종결짓게 됩니다."

유 상무는 이러한 작전들 때문에 수많은 개미 투자자들이 피를 흘리고, 자기 역시 가진 돈 주식하다 다 털렸다는 생각에, 아무리 진정하려 해도 흥분이 되었다. 한편으론 기회라는 생각이 들었다.

"이번 작전은 1000원짜리 주가를 10배인 1만 원까지 시세를 상승시킨 뒤 주가를 전량 처분하는 겁니다. A가 2000원 가격대에서 주식을 매집하고, B는 A가 매집한 물량들을 높은 가격으로 연속적으로 매수하며 가격을 상승시킵니다. 다시 C 는 B가 매수한 물량들을 더 높은 가격으로 매수하며 주가를 상승시키고, 이러한 릴레이 방법으로 상승시키는 과정에서 눈치 빠른 개미(일반투자자들)들이 동승하기도 할 테고, 그러한 개미들은 자신도 모르게 작전에 동참하는 격이지요. 개미들이 최대한 높은 가격에 매수하도록 유인하여 호재를 공시하는 날, 작전의 종결 포지션인, 전량을 매도하고 빠져나오는 겁니다. 말하자면 치고 빠지는 수법입니다."

박 차장의 계획안이 다 끝나자 방 안은 잠시 조용해졌다. 방 밖에서는 주인 여자가 아무도 접근 못하도록 종업원에게 주의를 준 뒤, 저 사내들이 무슨 비밀 회담을 하기에 부근에 얼씬도 못하게 하는 걸까 궁금하여, 발 딛는 소리를 죽여 살금살금 다가가 귀를 기울였지만 원체 작은 소리로 말들을 하는지라 웅성거리는 소리만 들릴 뿐 전혀 알아 들을 수가 없었다. 호기심 많은 주인 여자도 엿듣기를 포기하고 아래층으로 내려가 버렸다.

"우리의 성공을 위하여 한잔들 합시다."

방 안의 모사꾼들이 성공을 위한 잔을 높이 쳐들었다. 내일부터 박 차장이 주식시장에서 노를 저어 "어기"하면 그들이 "여차" 하는 게임이 벌어질 것이다. "어기" "여차" "어기" "여차"… 유 상무의 뇌리에 돈이 가득 실린 배 한 척이 왔다갔다 하였다.

"일이 잘 끝나면 외국이나 한번 갔다 옵시다. 골프채 좋은 거 하나씩 선물하지요."

최 회장의 말에 모두들 웃었다.

"좋지요. 코브라를 잡아 그 자리에서 코브라의 고환을 꿀꺽 삼키면 정력에 그렇게 좋을 수가 없다는데, 코브라를 취급하는 사람을 잘 알고 있습니다, 회장님."

김 박사의 말에 유 상무는 어이가 없었다.

'저런 놈을 보았나! 강단에서 점잖을 빼던 인물이 코브라의 고환이라니… 정력 보강에 좋다는 쓸개즙을 받으려고 살아 있는 곰의 쓸개에 호스를 박는다는 뉴스를 보았지만, 저 놈은 말린 물개의 성기를 사다 놓고 마누라 뱃살 위에 힘 있게 올라타기 위해 먹어댈 생각을 하고 있다니… 돈 있는 놈들이 개 같은 행동은 있는 대로 다 한다고 치자. 이 박사놈은 도대체 책 한 권 내고 유명해지자 돈을 얼마나 벌었기에 코브라 고환 어쩌구 저쩌구 하냐고. 미친놈!'

그러나 최 회장은 달랐다.

"김 박사가 고리타분하지 않아 좋소."

최 회장이 큰소리로 웃었다. 방 안 분위기가 비밀회담을 끝내고 본격적으로 술판이 벌어지자, 눈치 빠른 주인 여자가 회담이 끝났다는 것을 알고 싱싱한 회를 서비스로 담은 접시를 들고 방으로 다가갔다.

12. TFT 전략가

"도희야, 출근해야지."

신 여사가 잠에서 깨어나 병실의 간이 침대에 누워 있는 딸을 불렀다. 신 여사의 음성에 힘이 없었다.

도희가 몸을 일으켰다. 그녀는 여러가지 괴로운 생각에 뜬 눈으로 지새다, 새벽이 가까워서야 겨우 잠이 들었었다. 그녀는 일어나 어머니의 어깨에 다정하게 손을 얹으며 바라보았다.

"엄마. 불편한 일이 있으면 평택 씨 불러요."

"알았으니 빨리 가. 늦을라."

"우리 엄마, 어쩌다… 수술까지 하게 되네. 에고, 내가 엄마 땜에 못 살앗!"

"그러게 말이다. 어제 평택이가, 너 아침에 나가기 전에 먹으라고 빵이랑 우유랑 사다 놓았잖아. 그거 먹고 가. 평택이가 널 끔찍히 생각하는구나. 꼭 먹게 하라고 당부하더라."

그녀는 냉장고 문을 열고 우유를 꺼내었다. 효녀 노릇 따로 없다. 빈 속으로 출근하는 게 안타까운 어머니 앞에서 빵과 우유를 잘 먹는 것도 효녀다. 그녀는 빵을 별 맛도 느끼지 못한 채 꾸역구역 입안으로 밀어넣었다.

"엄마. 밥 오면 남기지 말고 다 드셔야 돼요. 알았죠?"

"알았어. 자식 없는 사람 서럽겠다."

그녀는 병실에서 나와 엘리베이터를 타고 아래층으로 내려갔다. 오렌지 소녀가 1층 외래 복도에서 그녀의 옆을 지나갔다. 그녀는 소녀를 물끄러미 바라보다 '정말 어릴 적 나와 많이 닮았네' 라는 생각이 또 들었다.

그녀는 병원 내벽에 걸린 커다란 시계를 보자, 잘못하다 출근이 늦겠다는 생각이 들어 걸음을 빨리 했다.

그녀는 신문사에 도착하자마자 생명을 위협하는 먹거리 대란에 대해 기사를 작성했다. 광우병과 돼지 콜레라, 조류 독감이 한꺼번에 발생되어 농림부와 소비자들이 당황하고 있었다.

광우병의 원조격인 영국에서 병든 소의 육류를 갈아 소가 먹는 사료에 섞었다고 했다. 소에게 자신의 종족인 소를 먹였으니 어찌 미치지 않겠는가.

물불 가리지 않는 인간의 횡포였다. 도희는 현행 축산물 유통구조에 문제가 있다는 소비자들의 항의와 농림부장관의 회견에 대해 기사를 작성한 뒤, 복도로 나가 자판기에서 커피를 뽑아 창가로 갔다. 광화문 네거리가 한눈에 들어왔다.

우경이 도희가 일어나 복도로 나가는 것을 보고는 뒤따라 나갔다.

"뭘 생각해?"

"우경아. 처음 신문사에 들어왔을 때 이 자리에 서서 광화문 네거리를 내려다보며 생각한 것이 있어. 기자는 어떤 일이 있어도 양심을 가져야 하고, 진실을 밝히는 일 앞에서 두려워하지 말아야 한다고."

"지금은 변질됐냐?"

우경이 엷은 웃음을 머금은 채 말했다.

"저 아래, 사람들을 봐. 정말 많은 사람들이 오가고 있어. 다들 개미처럼 부지런히 살고 있다. 그런데 저렇게 살아간다는 사실이 왜 이렇게 슬프게 느껴질까?"

"생활이 그대를 속일지라도 슬퍼하거나 노여워 마라. 슬픔의 날 참고 견디면 기쁨의 날 오는 것이려니… 사는 게 다 그런 거지 뭐."

"호주 과학자들이 2004년, 플로레스섬의 한 동굴에서 난쟁이 유골들을 발굴했다는데, 이 인류를 소설 〈반지의 제왕〉에 나오는 난쟁이 종족 이름을 따 '호빗족'이라고 불렀대. 저 아래 드글거리는 인파들이 호빗족으로 갑자기 둔갑하게 되면 거리는 텅텅 비워져 보이겠지."

"말하고 싶은 게 뭐야?"

"호빗족이 되면 먹는 양이 작아 먹을 게 모자란다고 으르렁거리며 싸우지도 않을 텐데 말이다."

"그래도 난쟁이 나라는 꼴불견이야. 지금 이 크기가 딱 알맞아. 시시하게 감상에 빠지지 말고 우리 다음주에 신나게 놀자. 어제 잘 나가는 게임업체 사장을 만났는데, 그 사장이 한번 쏘겠다니까 같이 가자."

우경의 눈이 빛났다.

"너랑 무슨 관계인데?"

"선 본 남자."

"매력 있게 생겼니?"

"생긴 건 별로인데 굉장히 재미있는 사람이더라. 특히 말빨은 끝내주고."

"두 사람 만나면 꽤나 시끄럽겠네."

"그 남자, TFT 전략가야."

"그게 뭔데?"

"게임이론의 'Tit for Tat(TFT)' 라는 전략개념인데… TFT 전략은 말하자면 '맞대응' , '눈에는 눈' , '이에는 이' 전략이야."

"요즘 정치판에서 쓰는 전략이네."

"TFT 전략은 먼저 상대에게 협력하는 자세를 보인 후, 상대가 협력으로 나오면 앞으로 계속 협력하고, 만약 상대가 비협력으로 나오면 그에 따라 나도 비협력으로 대응하는 전략이야. 다양한 전문가 계층을 상대로 한 실험에서 여러 전략들 중 TFT 전략을 사용한 사람들의 이익이 가장 높다고 했다며, 자신은 TFT 전략 옹호자가 되기로 했대."

"너무 빡빡한 것도 안 좋을 텐데… 그 전략이 비즈니스에만 국한되지 않고 연인 사이에도 적용하게 되면 문제는 심각해져. 이를테면 여자가 삐쳤을 때 남자도 맞대응이라며 같이 삐치면 사랑은 비지떡이 될 거 아냐."

"듣고 보니 그러네… 그래도 그 남자 귀여워. 특히 반짝거리는 눈빛이 꼭 우리집 귀염둥이 푸들 같애."

"뭐? 후후. 그 사람, 지금 귀 간지럽겠다. 푸들과 연장선상에 놓인 걸 알게 되면 어떻게 맞대응하게 될까? 암튼 잘해 봐."

도희는 다 먹은 종이컵을 손으로 구겨 휴지통에 던지고는 사무실로 들어갔다.

"기지배, 쌀쌀맞긴…"

우경이 투덜거리며 뒤따라 들어갔다.

13. 애플데이

2005년 10월 24일 월요일.

도희는 어머니를 퇴원시키기 위해 원무과로 갔다가 회장 부인을 만났다. 그녀가 고개를 숙여 인사를 하자, 정 여사는 아들이 오늘 퇴원한다고 했다. 그녀는 정 여사를 다시 만나게 되자, 생각하고 싶지 않은 일들이 회오리처럼 떠올랐다. 그녀는 무거운 마음으로 엘리베이터를 타고 병동으로 올라갔다. 병실로 들어가니 어머니가 두 팔을 획획 휘두르며 몸을 풀고 있었다.

"엄마. 집에 간다니까 좋아서 그러지?"

"그래. 벌써 퇴원해도 되는 걸, 너의 아비, 너, 평택이, 이 세 사람 등쌀에 못 이겨 이제껏 붙들렸는데 얼마나 지겨웠다구. 빨리 짐 싸고 나가자. 평택인 수술실에 들어간다고 퇴원하는 거 못 본다고 하더라."

신 여사는 나가기 전에 햇살이 비쳐드는 병실 내부를 다시 한 번 휘

둘러보았다.

'휴우… 내가 심장 수술을 다 하게 되다니… 정말 끔찍한 일이다. 내가 딸이 없었다면 이번에 견디지 못했을 것이야.'

신 여사는 침대에 커다란 가방을 벌려 놓고 짐을 챙겨 넣는 도희를 바라보다, 문득 잃어버린 딸 도미가 떠올랐다. 가족이 있어서 아플 때 위로가 되는데, 그 애는 지금 어디에서 살고 있을까? 그토록 찾아 헤맸건만 찾을 길이 없었다.

신 여사는 눈시울이 붉어지더니 눈물이 주르르 흘렀다. 신 여사는 딸에게 눈물을 보이지 않으려고 창으로 걸어가 밖을 내다보는 척하며 눈물을 훔쳤다.

"엄마, 사과할게."

도희가 짐을 꾸리다 말고 어머니에게 다가가 뒤에서 꼬옥 끌어안았다.

"네가 사과할 일이 뭐가 있냐? 오히려 이 에미가 사과할게. 수술이니 뭐니 부산을 떨었잖아."

"엄마. 오늘이 무슨 날이냐 하면요. 사과데이랍니다, 애플데이! 사과의 계절 10월에 사과를 주고받으며 둘(2)이 서로 사과(4)한다 라는 의미로 만들어진 말이라구. 사과데이 날, 누군가에게 한 번은 써먹어야 하잖아. 그래서 엄마한테 해본 거야."

"기집애. 이쁜 짓은 골라서 하네."

"엄마가 아무 말도 안 하고 심각하게 있으니까 나조차 괜히 기분이 다운되잖아."

"어떻게 끊임없이 말을 할 수 있니? 가만히 있을 때도 있지."

"마마. 인간은 진공 상태를 무서워하는지라, 침묵이 길어지면 못 견뎌 하고, 그래서 그 빈 공간을 말로 채우려고 하는 바이옵니다."

"저렇게 말을 잘하니 사회부 기자를 하지."

"엄마, 빨리 나가요. 다 챙겼어."

도희가 가방에 마지막 짐을 챙겨 넣으며 말했다.

"알았어."

신 여사는 어느새 눈물이 사라지고 입가에 미소가 번졌다.

모녀는 병실을 나와 엘리베이터를 타고 아래로 내려갔다. 도희는 정 여사와 비서로 보이는 건장한 두 명의 남자와 휠체어를 탄 고영이가 눈에 띄어 그들에게 다가갔다. 그들은 유리문 앞에서 운전기사가 차를 대기하는 걸 기다리고 있었다.

"오늘 퇴원하시네요."

도희가 고영을 보고 인사를 하자 고영은 다른 곳으로 눈을 돌렸다.

"옆에 계시는 분은 어머니신가?"

정 여사는 신 여사를 유심히 쳐다보며 물었다.

"예."

도희가 대답했다. 영문을 모르는 신 여사는 멋쟁이 부인과 말쑥한 양복을 입은 건장한 두 명의 남자와 휠체어에 앉아 있는 젊은 남자를 휘둘러보았다.

"도희야. 이 사람들이 누구시니?"

"어머니, 인사하세요. 아버지가 다니시는 회사, 회장님 사모님이세요."

"아이구, 몰라뵈었네요. 반갑습니다. 이런 곳에서 뵙게 되다니… 정말 고운 자태이시고 미인이시네요."

신 여사는 회장 사모님이라는 말을 듣는 순간 주눅 든 표정이 되어 버렸다. 도희는 그런 어머니 태도에 갑자기 짜증이 났다.

"정말 뜻밖에 만나게 되어 반갑습니다."

정 여사가 신 여사의 푸석한 얼굴을 바라보며 말했다.

"그렇네요… 휠체어 탄 청년이 아드님 되세요? 많이 닮은 것 같아서…"

"네, 아들입니다."

도희는 어머니 말에 소스라치게 놀라며, 정 여사에게 인사를 한 뒤 서둘러 어머니를 데리고 그 자리에서 벗어났다.

신 여사는 집으로 돌아가는 승용차 안에서 끊임없이 딸에게 물었다.

"도희야, 네가 그 사람들을 어떻게 알게 되었니? 그리고 회장 아들은 언제부터 불구자가 됐을까?"

그 질문이 계속 이어지자, 묵묵히 듣고만 있던 도희가 더 이상 참지를 못하고 짜증 섞인 말로 쏘아붙였다.

"엄마 땜에 산만해서, 운전도 제대로 못하겠어!"

그제서야 신 여사는 입을 다물고는 속으로 중얼거렸다.

'돈이 최고라지만 돈이 아무리 많으면 뭐 해? 아들이 불군데…'

14. 또 하나의 딸

오후 5시. 세경물산 회의실. 환등 슬라이드의 타이틀을 작은 막대봉으로 가리키며 출하 사항을 보고하는 영업 부서 유광훈 상무에게, 테이블 양편에 앉아 있는 최 회장과 임원들이 시선을 집중했다.

"도표에 나타난 전 품목의 생산량이 지난해보다 12퍼센트 다운되었습니다. 그 주된 원인은 원·부자재 수급에 차질이 생겼고, 그리고 다변국으로의 공급선을 더 확대하지 않고 공급선을 일본 쪽에다 비중을 많이 두다가 일본 공급이 위축되자 생산량 한계를 가져 온 데 있습니다. 다음은 품목별 생산 실적입니다."

유 상무가 환등기 위의 슬라이드를 바꾸며 말했다.

"품목별로 보아도 특이하게 가중치를 줄 만한 품목이 없습니다."

"이 따위 생산량인데 노조 인간들은 임금을 올려달라고 하니… 죽일 놈들! 다시 첫번째 슬라이드로 바꿔 봐!"

140

최 회장이 호통을 쳤다. 유 상무는 급하게 첫번째 슬라이드로 바꿨다.

"최근 3개월 동안의 생산 출하를 설명해 봐. 확실한 출하 감소에 대한 원인을 제대로 짚지도 않고 그냥 넘어가면 어쩌자는 거야? 최근 3개월이 가장 저조한데 그에 대한 이유를 더 상세하게 설명해봐!"

"네, 회장님."

유 상무는 첫 번째 슬라이드 타이틀을 다시 설명해 나갔다. 중역들은 무거워진 회의실 분위기에 긴장이 되었다.

"다들 정신 자세가 틀려먹었어! 지금 죽느냐 사느냐인데 멍청한 위인들이 가만히 앉아 봉급이나 타 먹을 생각을 하다니… 유 상무! 일본보다 미국, 중국으로 공급을 확대하라고 했는데 지금 와서 무슨 소리야!"

최 회장이 유 상무를 질타했다.

"죄송합니다."

유 상무는 진동으로 해놓았던 핸드폰이 주머니 속에서 연속 울렸지만, 그대로 슬라이드에 시선을 고정시키고 설명해 나갔다.

신 여사의 전화였다. 식은땀 나는 회의가 끝나자 유 상무는 복도로 나가 아내에게 전화를 했다.

"무슨 일이야?"

"여보, 우리 딸 도미 찾게 광고 내요. 나, 그 애가 너무 보고 싶어 미치겠어요."

신 여사는 심장 수술을 하게 되자 잃어버린 딸이 더욱 생각났고, 아무 시간이고 가리지 않고 남편에게 불쑥 전화를 하여 허전한 마음을 풀었다.

"알았어. 퇴근하고 곧장 갈 테니… 도희한테 아무 말 하지마."

"알았어요."

유 상무는 무거운 표정으로 자신의 책상으로 걸어갔다.

잘 견디다가 한 번씩 잃어버린 딸이 생각나면 아내는 견디지를 못했다. 아내는 안방에 도미의 어릴 적 사진을 걸어두고는 하루도 빠지지 않고 돌아오라고, 찾을 수 있도록 도와달라고 취침 전에 하느님에게 기도했다.

도희는 그 사진이 일란성 쌍둥이 동생인 도미의 사진인 줄 모르고 자신의 어릴 적 사진이라고 알고 있었다.

유 상무는 손목시계를 보다가 "오늘은 더 일찍 가야지" 하고 혼잣말을 했다.

15. 애니미즘

도회는 공원묘지 안으로 들어갔다. 가을 끝자락이라 봉분에 덮인 잔디도 황달 환자처럼 누렇게 뜬 색깔을 나타내고 있었다. 묘지 아래에 모습을 드러낸 숲속 나무들도 갈색과 누런 색깔로 물들어 가을의 마지막을 알리고 있었다.

십자가와 조각 비문으로 새겨진 비석들이 좁은 길을 사이로 정렬되어 있었다. 사람 그림자도 없는 묘지의 정적. 그 정적은 인간 세계에서 영원히 입을 다물어버린 침묵이다.

묘지는 안으로 들어갈수록 숲속 쪽으로 이어졌다. 어느 무덤 앞에 돌로 만든 천사가 앙증스런 자태로 서 있었다. 이 무덤을 지키는 수호신이었다. 그녀는 천사의 얼굴을 쓰다듬으며, 인간은 살아 있을 때나 죽었을 때도 수호신이 필요한 존재이고, 절대적으로 혼자가 되기를 싫어한다는 생각을 했다.

앞으로 더 걸어가니 할아버지가 잠든 무덤이 나타났다. 걸음을 멈추었다.

그녀는 가지고 온 싱싱한 국화꽃을 제단에 놓았다. 가방에서 청하와 오징어를 꺼내 제단에 올리고는 큰절을 했다. 그녀는 할아버지 무덤에 청하를 골고루 뿌렸다.

눈을 들어 하늘을 올려다보니 가을 하늘이 너무나 청명했다. 망자(亡者)들이 잠든 곳은 하늘도 땅도 조용하여 마치 무덤 속과도 같은 정적이 감돌았다. 그녀는 할아버지 봉분에 기대었다. 이 땅 밑에서 할아버지는 벌써 한 줌 흙이 되었으리라. 해골이 된 채… 인간의 육체라는 것이, 물과 단백질로 이루어진 육체라는 것은 부패성 물질로 구성된 인체구조물이고, 결국은 무덤 속에서 분해될 운명이다. 묘지와 동떨어져 서로 부딪치며 이 일 저 일에 얽매인 채 살아가는 도심의 인간들, 그들도 결국은 하나 둘 묘지로 사라지고 흙으로 돌아갈 것이다. 나의 죽음도 언제가 될지 모른다. 결국은 여기 조용하게, 너무나 조용하게 잠들어 있는 망자들처럼 나도 수명이 다 하면 죽을 것이다.

의학도 결국은 죽음을 조금이라도 더 멀리 하려는 전쟁일 뿐이다. 죽음은 인간이 탄생하는 동시에 주어지는 운명이 아닌가. 시간의 길이 차이일 뿐, 모든 사건들은 삶과 죽음에 이르는 도정(道程)에서의 변형에 지나지 않는 것이다.

그렇게 생각에 잠겨 있을 때, 이름 모를 새가 푸드득거리며 눈앞에서 자유롭게 날아간다. 울음소리도 예쁜 새, 누구의 영혼에 기웃거리며 울고 있을까.

어디선가 암소 목에 달린 방울소리 같은 것이 들려왔다.

"이 지독한 영감탱이, 술독에 빠질 영감탱이! 차라리 술로 목욕을 하고, 술로 밥을 지어 먹지!"

술을 좋아했던 할아버지한테 악을 바락바락 지르던 할머니와 그런 잔소리를 듣기 싫어했던 할아버지. 할아버지가 먼저 돌아가시자 할머니는 "술꾼이라도 좋으니 오래 살아나 있을 것이지"라고 투덜거리시다가, 현재는 미국에 살고 있는 딸의 집으로 훌쩍 떠나 계신다.

그때, 27일까지 회장 아들과 결혼하겠다는 말이 없으면 아버지의 비리를 문제 삼겠다는 정 여사의 말이 떠올랐다. 그녀는 기어코 도희를 협박해 며느리로 만들려는 작정이었다.

"할아버지. 아버지가 아주 고약한 사람이 되었어요. 돈 때문에 나쁜 짓을 다 했더군요. 할아버지. 아버지를 어떻게 해요? 그리고 엄마가 심장이 많이 나쁘대요. 수술을 하였지만 워낙 악화된 상태에서 했기 때문에 쇼크를 받으면 안 된대요."

어머니의 수술은 심장이 워낙 악화된 상태에서 이루어진 것이었다. 만약 정 여사가 아버지를 고발하게 되면 어머니는 그대로 쓰러지실지 모른다. 아… 무서운 일이다.

그녀는 봉분에 엎어져 눈물을 주르르 흘렸다.

어젯밤 꿈에 할아버지가 나타나셨다. 꿈에 할아버지가 나타나자 왠지 할아버지 귀신이 도와줄 것이라는 생각이 들었다. 이런 감정은 미신(迷信)의 일종인 애니미즘(종교의 원초적인 형태의 한 가지. 자연계의 모든 사물에 영혼이 존재한다는 생각이나 신앙)이지만, 물에 빠지면 지푸라기라도 붙들고 싶은 심정으로 그녀는 오래 전에 돌아가신 할아버지 산소를 찾아와 흐느꼈다.

해가 기울었다. 붉으스름한 하늘이 묘지를 부드럽게 감쌌다.

그녀는 돌아가기 위해 걸음을 옮겼다. 그때 핸드폰이 울렸다. 평택이었다.

"응, 말해."

"어디야?"

"무덤 속이야."

그녀가 묘지 사이를 빠져나오며 말했다.

"뭐라구?"

"묘지라구."

"헛소리하지 말고 빨리 와. 보고 싶다."

그의 음색이 침울하게 느껴졌다.

"무슨 일 있었어?"

"어떤 인간이 병원에 실려오자마자 죽었어. 취해야겠다. 둔촌 네거리에 있는 돼지나라 고깃집으로 와."

"죽은 사람이 누군데?"

"만나서 얘기하자."

그녀는 평지로 내려와 길가에 세워 둔 승용차로 걸어갔다.

가랑비가 내리더니, 서울에 도착할 때쯤 되자 싱겁게 그쳤다. 그녀는 평택이 말한 불고기집 앞에 차를 세우고 안으로 들어갔다. 워낙 덩치가 큰지라 평택이 눈에 금방 들어왔다. 그녀는 그가 앉아 있는 테이블 앞으로 다가가 의자를 당기고 맞은편에 앉았다. 그러자 그가 그녀를 빤히 바라보았다.

"어디 갔었는데?"

"할아버지 산소."

"누구랑?"

"나 혼자."

"야, 혼자 다니지 말라. 미친놈한테 납치라도 당하면 어떻게 하려고 그래? 내가 너 때문에 불안해 못 살겠다."

"별 걱정 다 한다. 그나저나 우리 의사 아저씨가 왜 울적하다고 난리지? 뭔 일 있어?"

"오늘 교통사고로 죽은 인간이 무정자증으로 괴로워하던 친구다. 바보 같은 놈. 그렇게 죽을 놈이 왜 그렇게 우울하게 살았는지."

"왜 그랬대? 왜 교통사고를 냈는데?"

"마주 오는 차와 정면으로 충돌했더라."

"술 마시고 운전했나?"

"마주 오던 운전자가 음주였대. 그 인간, 생전에 그저 꿀꿀한 표정으로 어슬렁어슬렁 돌아다니고, 노래방에서 노래를 불러도 '떠나간다' 는 가사가 있는 노래 따위만 불러대더니… 결국 떠났어. 자신이 무정자증이라는 그 이유만으로도 불행의 극치를 달린 놈이었는데…"

평택은 숨을 몰아쉬며 꺼억거리는 소리를 내었다. 슬픔을 이기지 못해 터져나오는 신음소리였다.

'당신 가엾어 어쩌지. 그 친구도 잃고 나도 잃게 될 텐데…'

그녀는 그의 넓은 가슴이 북북 찢어질 거라고 생각했다.

"세상 사는 게 참 힘들다."

"죽기 위해 살아가는 것 같지?"

"그 죽은 남자도 참 불쌍한 인생이다."

"복도 더럽게 없는 자식이지."

"그러게."

"갑자기 주변에 불행한 사람들이 왜 이렇게 많아졌지?"

"네가 나이를 먹었다는 증거다."

그들은 주거니 받거니 하며, 유리문 밖으로 보이는 도로에 어둠이 완연하게 깔리는 것을 간간이 바라보았다. 잔이 비워지면 또 다시 채우고 하였다. 두 사람은 마침내 식당 안의 손님들 중에 가장 많이 취한 손님이 되고 말았다.

16. 위기 탈출

유 상무는 꿈인지 생시인지 모를 정도로 행복에 겨워 숨이 차오를 지경이 되었다. 유 상무는 주식작전에 편승해 매수하였던 주식이 많이 올라 예전에 잃었던 돈을 다 만회할 수 있게 되었다는 생각을 하게 되자 십년 묵은 체증이 뻥 뚫리는 기분이었다. 황홀할 지경이었다. 아직 주식을 매도하여 현금화는 시키지 않았지만 평가액은 어마어마할 정도로 증액되었다.

기업이 하는 역할은 정말 대단했다. 기업과 사회. 기업과 증권시장. 기업은 사회와의 다양한 관계 형성 위에 토대를 둔 씨앗이다. 기업 실적에 따라 증권시장 참가자들의 희비애락이 움직이는 증권시장. 기업의 마인드가 사회 환경에 부합되고 시장에 먹혀들면 그 기업의 주식을 보유한 주주들은 덩달아 부자가 될 수 있다.

유 상무는 그러나 마음이 깔끔하지가 않았다. 황 교수의 획기적 줄기세포에 기생하여 돈판이 벌어진 증권시장에서, 자신도 내부자 거래를 통한 작전으로 돈을 벌게 된 범법자다. 사회부 기자인 딸아이가 그러한 비리들을 고발하는데, 아비란 자가 이런 부도덕한 행동을 하고 있으니… 유 상무는 한편으로는 죄의식이 들었다.

그러나 유 상무는 더 이상 회장에게 주눅 들지 않아도 된다는 한 가지 이유만으로도 즐거웠다. 대주주 내부자 거래, 비자금 조성, 분식회계 등 회장의 약점을 한 손에 움켜쥔 자신을 회장이 좌지우지할 수 없다는 생각이 들자 유 상무는 어깨에 힘이 들어갔다.

유 상무는 회장실로 걸어갔다. 노크를 하고 들어가니 벌써 코바트 차 사장과 김병렬 박사, 증권사 박 차장, 주식 담당 오 부장 등 주식작전 맴버들이 회장 둘레에 다 모여 있었다. 금융감독원에서 이 사실을 알게 되면 당장 죄의 심판을 받게 될 사람들이었다.

"성공이요."

김 박사가 걸걸한 음성으로 늦게 나타난 유 상무에게 호탕하게 웃으며 말했다.

회장실의 분위기는 이제껏 볼 수 없었던 풍요로운 웃음바다가 되었다. 비자금에 혈안이 되어 있는 최 회장이, 주식작전으로 한 방에 단위가 큰 비자금을 챙기려고 모의한 자들을 집결시킨 현장이었다. 김 박사는 유 상무가 나타나자 잠시 끊어졌던 말을 다시 이어나갔다.

"우리 시장에서도 M&A를 보는 시각이 바뀌어야 합니다. 유럽계 펀드들이 한국에 와서 한국의 허술한 공시제도를 이용하여 지분을 대량 취득한 후 적대적 인수, 합병을 하여, 그 회사의 주가가 오르면 기업의 시스템을 활성화해 기업을 살리려는 것보다 증권 시장에 지분을 팔아버리고 손을 털어버리는 행태를 비난하지만, 그러한 기업 사냥을 무조건 비판만 할 것이 아닙니다. 자본주의 경쟁 사회에서는 수익 창출을 위해 어떠한 방법도 비난해서는 안 되고, 회사를 시장에 매각하여 이윤을 취하는 것도 인정을 해야 합니다."

기업 사냥꾼으로 변신한 김 박사의 말을 듣고 있던 유 상무는, 김 박사가 말한 어떠한 방법이든 관계없다는 그의 발상이 무척 위험하다는 생각이 들었다. 하기야 그 자신도 그 죽일 놈의 증권사 부장한테 홀려 투자했다가 돈 다 날리게 되는 통에 원자재를 빼돌렸던 데까지 생각이 미치자, 더 이상 김 박사 의중에 딴죽 걸 자격이 없다는 생각이 들었다. 스스로 자신이 비겁하다고 생각했다.

"나는 코바트를 매각하지 않고 끝까지 갈 거요. 코바트를 매각한다는 것은 돈을 싫어한다는 것밖에 되지 않지. 기업 목적의 우선 순위가 수익 창출 아닙니까. 박 차장, 마무리는 언제 할 거야?"

최 회장이 주식작전을 진두 지휘한 증권사 박 차장에게 묻자, 회장의 말꼬리를 잡고 무언가를 또 말하려던 김 박사가 입을 다물었다.

"이번 주 안에 마무리를 할 것입니다."

박 차장이 말을 이어나갔다.

"오늘 오전 장부터 바이오주들에 대한 하락 신호가 나타났습니다. 코스닥 시장에서 바이오주의 대표격이라고 할 수 있는 P사가 장 초반 급등세를 이어나가다 개인투자자들의 추가 매수세 위축과 더불어 급락세로 돌변했고, 줄기세포 관련주들이 '뉴스민감주' 라는 사실로 크게 증권시장이 출렁이자 당국이 작전을 밝히기 위해 움직인다는 정보가 들어왔습니다. 개인투자자들의 투자심리도 경계로 돌아선 징후가

뚜렷합니다."

"그렇다면 한 주를 끌 게 아니라 며칠 만에 종결지어!"

최 회장이 성급해졌다. 잘못하다가는 다 된 밥에 재 떨어져 못 먹을 수도 있기 때문이었다. 주가가 고공 상태까지 올라 계산면에서는 큰 수익이 난 상태이지만, 처분하여 현금화시키기 전까지는 마음을 놓을 수가 없는 곳이 또한 주식시장이었다.

"가급적이면 빨리 마무리짓겠습니다."

박 차장 역시 불안한 건 마찬가지였다. 소문 듣기에 벌써, 작전세력들을 뽑아내기 위해 조사가 발동했다는 정보가 증권시장에 돌아다니고 있었다. 위험이 다가온다는 징후였다. 갑자기 분위기가 착 가라앉았다.

"자. 우리 다음주에 술 한잔 합시다."

최 회장이 분위기를 돌리기 위해 한 마디 하자 모두들 다시 표정 관리를 하였다. 유 상무는 입을 한일 자로 꾹 다문 채 비장한 표정이 되어, 제발 끝까지 작전이 성공하기를 간절히 기도했다. 자신은 이번 투자로 죽느냐 사느냐의 기로에 처해 있었다. 그는 제2 금융권에까지 아파트를 담보로 대출받아 작전에 편승하였는데, 잘못되면 영원히 이 지구상에서 사라져야 한다. 가족들을 거지로 몰락시킨 죄목으로 말이다. 유 상무의 얼굴에 초조함이 나타났다.

다음날.

유 상무는 회사에 출근도 하지 않고 9시가 되기 전에 증권사로 갔다. 증권사에 도착을 하니 자신의 예전 계좌를 엉망으로 만들었던 증권사 직원이 반갑다는 웃음을 함빡 머금고 다가왔다.

"이 시간에 어쩐 일이십니까? 제가 연락을 수시로 드리는데…"

직원은 유광훈이라는 자가 투자 실패로 빈털터리가 되었다가 어느 날 뭉칫돈을 가져와 바이오에 관련된 코바트라는 회사 주식을 계속 사 모으더니, 보유한 주식의 주가가 쉬지 않고 고공 행진을 하는 것에 놀라워했다. 직원은 이 자가 어디서 고급 정보망을 뚫은 것이 분명하다는 생각을 했다.

"커피 마시겠습니까?"

직원은 아부성 웃음을 흘리며 친절한 태도를 보였다.

유 상무가 시계를 보니 9시에 개장되는 증권시장이 시작되기 20분 전이었다.

"동시호가에 전량 매도 오퍼 내요."

"네? 아직 바이오 열풍이 식지 않았는데요?"

"식든 말든 무조건 팔아요. 이 사람이 참. 뭘 그리 멀뚱히 쳐다보고 있어요, 시간 얼마 남지 않았는데… 아닌 말로 갑자기 줄기세포에 대해 부정적인 말이라도 나오게 된다면 팔지도 못하게 하한가 행진이 이어질 텐데… 난 주식으로 두 번 망하고 싶지 않아. 빨리 매도 오퍼 내욧!"

"네! 알겠습니다."

직원은 유 상무가 보유하고 있는 주식을 매도하기 위해 주문을 넣었다.

작전을 지휘하는 증권사 박 차장이 자신의 신호 없이 매도하면 안 된다고 했고, 작전에 동참한 사람들은 박 차장의 지시로 팔라는 수량

만큼만 매도할 수 있었다. 한꺼번에 물량들을 시장에 내놓으면 개미들도 놀라 우르르 다 매도에 동참할 것이고, 그렇게 되면 주가는 팔지도 못한 채 급락해 버리고 작전은 실패로 돌아간다고 했었다.

그러나 유 상무는 웬지 불안하여 박 차장의 지시를 기다릴 수가 없었다. 더 욕심도 넬 필요 없이 이 가격에 팔면 그 지긋지긋한 돈 걱정에서는 벗어날 수 있다는 생각에 회사 출근도 하지 않고 일찌감치 증권사에 나온 것이었고, 자신이 보유한 주식을 매도하기로 밤새도록 결심한 것을 뜸들이지 않고 실천하고 있었다.

장이 시작되고, 오전 장 내내 유 상무가 보유한 주식들이 팔리기 시작했다. 유 상무의 핸드폰이 진동으로 계속하여 울렸다. 폰 액정을 보니 회사에서 자신을 찾는 전화였다. 유 상무는 무시해 버리고 컴퓨터에 눈을 박은 채 자신의 주식이 매도 체결되는 것만 체크하였다. 마침내 전량 매도 완결.

"수고했소!"

유 상무가 의자를 밀치고 일어나 매도 오퍼를 낸 직원의 어깨를 툭 쳤다. 유 상무의 얼굴에 웃음이 떠올랐다.

"존경스럽습니다. 대단한 실력입니다. 다아 팔렸습니다. 전량 다 말입니다."

직원의 웃음소리가 아무리 크게 울려도 유 상무의 속으로 터지는 웃음보다 더 클 수는 없었다. 유 상무가 증권사에서 빠져나와 회사에 도착해 사무실로 들어가자, 직원들이 유 상무를 보고 놀라는 표정을 지었다.

"유 상무님 대체 어디에 계셨습니까? 여기저기 다 찾고 난리가 났습니다. 회장님이 기다리고 계십니다."

"조심하십쇼. 회장님 지금 폭발 직전입니다. 노발대발이십니다."

유 상무는 직원들이 한 마디씩 하는 걱정을 들으며 복도로 나갔다. 발 딛는 소리를 죽이고 걸어가 회장실 문을 노크했다.

유 상무가 잔뜩 긴장하여 회장실로 들어섰다. 최 회장이 유 상무를 보는 순간, 테이블에 놓인 재떨이를 들고 유 상무를 향해 던지려다 말고 부르르 떨더니 재떨이를 제자리에 다시 내려놓았다. 순간 유 상무는 움찔하다가 간신히 평정을 찾았다.

"대체 어디 있다가 지금 나타난 거야. 이 정신 나간 놈아! 핸드폰은 어떻게 된 거야? 불통이고! 이 미친 놈이!"

"죄송합니다. 그럴 일이 있었습니다."

"간이 부었군."

유 상무는 자신이 생각해도 간이 부었다는 생각이 들었다. 회장의 눈을 눈치껏 살짝 들여다보니 분노로 열이 올라 벌건 호랑이 눈빛이 되었다. 유 상무는 즉시 눈을 내리깔고 죄송하다는 말만 연발했다.

"오늘 홍콩 바이어 상담 있다는 거 몰랐어?"

"죄송합니다."

최 회장의 호통에 유 상무는 고개를 푹 숙여 죽는 시늉을 했다.

"대체 어디 있다가 지금 나타난 거얏!"

"갑자기 몸이 아파 병원에 갔다 왔습니다."

"핸드폰은 왜 안돼!"

"배터리가 떨어졌습니다."

"그렇다면 연락을 해야 할 거 아냐? 이젠 간이 부을 대로 부었군."

"죄송합니다."

그러나 유 상무는 속으로는 오히려 미소를 짓고 있었다.

그러나 유 상무는 속으로는 오히려 미소를 짓고 있었다.

17. 나를 닮은 너

'인생은 거래의 연속이고 산다는 것은 생명을 담보로 한 거래이다. 현대의 풍조는 이기지 않으면 죽음뿐이라는 인식이 지배적이다. 그래서 기를 쓰고 오감을 이용하고 육감까지 발달시키려고 한다. 자신의 고통을 이기는 자가 세상을 지배할 수 있고 인생에 패배하지 않는다. 번개처럼 빠르고 강철처럼 단단함과 물처럼 부드러움이 동시에 요구되는 현대다. 가시 돋힌 장미가 되어야 한다.

세상은 점점 빠르게 변화를 일으키며 인식 기능이 낮은 자들을 위협하고 있다. 성공을 하기 위해서 자신을 변화시켜야 하고 한층 더 노력하여야 한다. 그래야 보상을 받게 되는 것이다. 성공하고 또 성공하기 위해서는 구하고 또 구하라. 그리고 세상을 불평하는 자와 가까이 하지 마라.'

도희는 사무실 책상에 턱을 괴고 노트에 적힌 체크포인트를 읽었다. 구하고 또 구하라… 그러나 불구가 된 회장 아들과 결혼해 달라는 정 여사에게서 벗어날 수 있는 방법을 아무리 쥐어짜내어도 구할 수가 없었다. 정 여사가 오늘까지 확답을 하지 않으면 아버지의 비리를 회장에게 노출시키겠다고 했다.

그녀는 사무실을 둘러보았다. 거의 다 퇴근을 하고 텅 비어 있었다. 그녀는 멍한 시선으로 시간이 흐르는 것을 의식했다.

밤 9시. 그녀는 고뇌하다가 결론을 내렸다. 아버지, 어머니가 불행해지는 걸 원치 않았다. 그녀는 참담한 심정으로 정 여사에게 전화를 했다. 신호가 몇 번 가더니 정 여사의 음성이 들려왔다.

"여보세요?"

그녀는 가만히 있었다.

"말하세요."

정 여사는 도희라는 것을 알고 긴장했다.

"저어… 아드님과 결혼하겠습니다."

도희가 간신히 입을 떼고 침울하게 말했다.

"고마워."

"조건이 있습니다."

"말해 봐요."

"회사 지분을 주세요. 적절한 보상이라 생각합니다."

"그러지요. 한번 만나요. 아니, 이제 자주 만나야겠지. 결혼 준비도 해야 되고… 힘든 선택이었을 텐데 고마워요. 마음이 심청이네. 앞으로 내가 잘해 줄게."

"그럼 끊겠습니다."

"또 통화해요."

도희는 통화를 마치고선 자신의 인생은 끝이라는 생각이 들었다. 도살장에 끌려 가는 개의 심정이 이럴 것이다. 그녀는 〈개 같은 인생〉이라는 어느 영화 제목이 생각났다.

그때 핸드폰이 울렸다. 우경이었다.

"전번에 강 기자가 말한 너하고 꼭 닮았다는 여자, 지금 여기 있어."

"뭐라구? 어디에 있다구?"

"강남에 있는 도틸나이트클럽이야. 그 여자 만나려고 강 기자가 말한 클럽에 우리가 갔을 때, 그 여자가 그날로 어디론가 가버려 우리의 궁금증이 불발로 끝났었잖아. 강 기자가 말한 그 여자가 지금 여기에서 노래 부르고 있어. 정말 너무 신기해. 너랑 똑같애. 일란성 쌍둥이 같애. 남남끼리 이렇게 닮을 수가 있을까? 혹시 너의 부모님, 둘 중에 하나를 잃어버렸다거나 한 건 아닐까? 너 어렸을 때 말이야. 호호호."

우경의 웃음소리가 더 크게 울렸다. 순간 그녀는 어떤 생각이 떠올랐다.

"너, 일찍 사라지더니 그곳으로 날아갔었구나. 내가 지금 빨리 갈게."

"어, 안돼! 나, 지금 데이트 중이야. 분위기 깨지 마. 안 돼! 오지 마!"

"다른 테이블 잡을 테니 넌 신경 쓰지 말고 데이트나 하라구."

"그 약속 꼭 지켜라."

"알았어."

도희는 서둘러 사무실을 빠져나왔다.

그녀가 탄 승용차가 우경이 말한 나이트클럽 앞에 도착했다. 나이트클럽 안으로 들어가자 정신을 쏙 빼버릴 정도의 요란한 밴드 소리에 귀가 멍멍해졌다. 댄스 플로어에는 남녀들이 뒤엉켜 몸을 흔들고 있고, 사이키델릭 조명이 빙빙 돌아가며 현란한 빛을 쏘아대었다.

그녀는 핸드백에서 커다란 선글라스를 꺼내었다. 그녀는 테이블을 죽 훑어보다가 중앙 테이블로 걸어갔다. 우경이가 어떤 남자 옆에 딱 붙어 앉아 있었다.

"뭐야? 007 작전처럼 선글라스로 얼굴 다 덮어버리고."

우경은 도희를 올려다보고 말하더니 깔깔 웃었다.

"앉으란 말 안 해?"

도희가 말했다.

우경의 옆에 앉은 남자가 영문을 몰라 두 여자를 번갈아 쳐다보더니, 사태 파악을 하고는 벌떡 일어났다.

"앉으세요. 우경이 친구시죠? 반갑습니다."

도희는 선글라스를 벗고 손을 내밀었다. 남자가 그녀의 손을 잡으며 미소를 지었다. 도희는 맞은편에 앉았다. 우경이가 입술을 비죽 내민 모습이 귀엽게 비쳐 빙그레 미소를 지었다. 남자는 언젠가 우경이 말한, TFT 전략(맞대응)의 옹호자란 느낌이 들었다. 남자는 보통 키에 당차게 생겼다. 우경이 남자와 도희를 번갈아 바라보며 소개를 했다.

"이쪽은 나의 흥미를 유발한 남자고… 이쪽은 내가 가장 좋아하는 짝꿍."

"반갑습니다. 심두규입니다. 잘 부탁드립니다."

"유도희입니다. 철없는 우경이 잘 부탁드릴게요. 멋진 여자예요."

"한잔 하시죠."

맞대웅이 도희에게 잔을 건네었다.

"감기약 먹어 오늘은 술 못 마시게 되었답니다. 제가 한잔 따라 드릴게요. 우리 우경이, 이 순간 행복하게 해주시라는 의미로."

도희의 말에 맞대웅이 잔을 내밀었다. 도희는 술을 따랐다.

"반갑습니다."

세 사람이 잔을 부딪쳤다. 도희는 물컵을 들고 건배했다. 그녀는 오늘은 술을 한 방울도 마시고 싶지 않았다.

무대 위에서는 남자가 노래를 부르고 있었다. 우경이 자리에서 일어나 맞은편에 앉아 있는 도희 옆에 앉더니, 밴드 소리와 가수의 노래 소리에 시끄러워 도희 귀에 입술을 바짝 갖다대었다.

"너랑 똑같애. 강 기자가 놀랄 만하더라. 내가 지배인 불러 물어보니, 그 여자가 밤 무대에 두 번 간격으로 노래 부른대. 그여자 이름이 아리래."

"아리래?"

"아리래가 아니고 아리."

"…"

"친구야, 내 파트너 어때? 일전에 맞선 보고 두 번째 보는 자리야."

"네 맘에 들어?"

우경이가 고개를 끄덕였다.

"두 사람 성향을 알 만하다. 두 번째 만나 이런 곳에 오는 걸 보니, 두 사람 만약 결혼한다면 세월을 이곳에서 보낼 것 같다."

"호호호. 세상 재미없게 살 필요 없잖아. 난 저 남자, 맘에 꼭 들어."

"잘해 봐. 확실하게 잡으려면 너무 노골적으로 몸을 꼬지 마. 나, 일어나 다른 테이블 하나 잡을 테니 맘껏 데이트해라."

"알았어. 너랑 같이 있어 주지 못해 미안하지만, 올해는 꼭 노처녀 딱지 떼라는 울 엄마 명이야. 이해해 주라. 호호. 빨리 일어나 갈수록 날 돕는 거다. 내일 보자."

도희는 우경을 가볍게 포옹하며 귓속말로

"네 남편감으로 딱이다."

라고 속삭이고는, 자리에서 일어나 앞에 앉아 있는 남자를 향해 손을 내밀었다.

"만나서 반갑구요. 파트너와 함께 왔는데 가봐야겠네요. 즐거운 시간 되세요."

"그분도 이리 오라고 하세요. 같이 합석하시죠."

남자가 일어나 눈을 동그랗게 뜨며 아쉽다는 표정으로 악수를 했다.

"아닙니다. 오늘은 파트너와 화해하는 자리라‥"

"아, 그렇습니까? 될 수 있으면 싸우지 마십시오. 어느 한쪽에서 양보하면 절대 싸울 일이 없습니다. 그럼 다음에 꼭 다시 만납시다. 그분하고 즐거운 데이트 되십시오."

도희는 그들로부터 벗어났다. 맞대응 수호자가 맞대응답지 않게 마지막 한 말을 떠올리자 슬그머니 웃음이 나왔다.

'우경의 말처럼 남자가 귀엽게 생겼네. 두 사람 궁합이 맞겠어.'

도희는 우경 커플을 궁합 맞음으로 결론 내리고는, 다시 선글라스를 끼고 웨이터를 불렀다.

"구석진 곳에 테이블을 잡아 주세요."

웨이터가 안내를 했다. 도희가 자리에 앉아 웨이터에게 기본메뉴를 주문하자, 잠시 후 웨이터가 맥주 세 병과 과일 안주를 가져왔다. 웨이터가 맥주 한 병을 뚝딱 따더니 그녀 앞에 놓인 잔에 따라주며 느끼한 웃음을 흘렸다.

"부킹해 드릴까요? 좋은 꽃미남 많습니다."

그녀는 핸드백을 열어 지갑을 꺼내었다. 만 원권 두 장을 집어 웨이터에게 주었다. 웨이터의 눈이 확 떠지더니, 그녀에게 들리지 않을까 봐 더 큰 소리로 말했다.

"확실한 남자, 부킹해 드리겠습니다."

"부킹 관심 없고 아리라는 가수를 불러주세요. 꼭 만나고 싶으니까."

"아리 씨를 아세요? 누구라고 할까요?"

"만나면 반가운 여자라고 하세요."

"알았습닷!"

도희는 안다고 하면 불러줄 것 같아서 거짓말을 했다. 웨이터가 허리를 굽실거리더니 알았다는 표정으로 물러갔다.

댄스플로어는 남녀들의 열정으로 불꽃이 팍팍 일고 있었다. 춤추는 무리들이 숨가쁘게 흔들어댔다. 그러다가 빠른 템포가 지나가고 블루스 곡이 흐르자, 어지럽게 흔들어대던 무리들의 열정이 차분히 가라앉았다. 그들은 쌍쌍이 끌어안고서 블루스를 추었다.

남자 가수가 퇴장하고 여가수가 나타나 애잔하게 블루스 곡을 불렀다. 도희는 그 여가수를 보는 순간, 자신과 많이 닮았다는 것을 인정하지 않을 수 없었다. 아리라는 이름은 분명 업소용 가명일 것이다.

환한 무대 조명이라 마이크를 잡고 열창하는 여자의 얼굴 생김새가 또렷하게 보였다. 마치 쌍둥이처럼 닮아 있었다. 도희의 높은 지능지수가 빠르게 회전하기 시작했다.

'돌아가신 할아버지가 영혼의 기운으로 나를 도우시는 게 분명해. 저 여자는 나를 궁지에서 벗어나게 할 수 있는 열쇠가 될 수 있어. 바위섬의 어떤 남자부터 시작하여, 강 기자와 우경을 통해 저 여자는 내 앞에 나타난 것이다.'

도희는 부드러운 음성으로 노래하는 아리에게 감탄을 했다. 블루스 곡이 끝나자 무대 조명이 꺼지고 잠시 홀 전체에 어둠이 깔렸다가 휘황찬란한 조명이 다시 터지기 시작했다. 남자 가수가 무대에 올라가고 빠른 템포의 음악소리가 요란하게 터졌다.

우경의 테이블은 도희가 앉아 있는 테이블과 거리가 멀어 두 사람이 무엇을 하는지 보이지도 않았다. 잠시 후 웨이터와 함께 아리라는 여자가 나타났다. 아리는 어느새 화장을 지우고 옷을 갈아 입은 상태였다. 아리는 도희가 낀 선글라스의 크기와 비슷한 크기의 커다란 선글라스를 끼고 테이블 앞에 선 채 도희에게 물었다.

"누구세요?"

선글라스가 가리고 있어서 방금 무대에서 노래를 부른 여자인지 전혀 알 수 없는 모습이었다.

"잠깐 앉으세요."

도희가 자리를 권하자 아리가 맞은편에 앉았고 웨이터는 사라졌다. 아리는 도희의 얼굴이 선글라스에 가려 자신과 닮았다는 것을 전혀 몰랐다.

"여기 너무 시끄러운데 다른 데로 자릴 옮기면 안 될까요? 할 이야기가 있어 그래요."

"나를 아세요?"

아리가 속으로 '대체 이 여자는 누구야?' 하고 의아해 할 때 도희는 순간 바위섬이 떠올랐다.

"부산에⋯ 바위섬 아시죠? 해운대에 있는⋯"

무대를 빼고 룸 전체가 어두운 조명이라 맞은편에 앉은 아리의 표정을 살필 수는 없었지만, 아리가 바위섬이라는 말에 민감하게 반응을 나타내는 것을 느낄 수 있었다. 순간 아리가 벌떡 일어나 분장실 쪽이 아닌 출입구 쪽으로 빠른 걸음으로 걸어갔다. 도희가 벌떡 일어나 아리의 뒤를 따라갔다. 아리의 행동은 마치 도망가는 것처럼 느껴졌다.

"손님, 계산하셔야죠."

웨이터가 입구에서 도희의 팔을 잡으며 계산을 요구했다. 아리의 모습이 시야에서 완전히 사라졌다.

"왜 그래?"

우경이가 화장실에서 나오다가, 카운터에서 웨이터가 도희의 팔을 잡았다가 놓는 것을 보고는 다가와 물었다.

"네가 나 대신 계산 좀 해 줘. 내일 줄 테니."

"알았어. 근데 왜 그래?"

의아해하는 우경을 남겨두고 도희는 밖으로 뛰어나갔다. 그녀는 도로에서 모범택시를 세워 차 안으로 들어가는 아리를 발견했다. 마침 빈 택시가 보여 손을 들어 세웠다.

"아저씨. 저기 모범택시 보이죠. 뒤따라 가주세요. 놓치지 마세요."

"남편 애인이요?"

"예?"

그녀는 운전기사의 말을 이해하지 못했다가, 곧 무슨 의미인지 알고는 고개를 끄덕였다.

"그래요, 아저씨가 도와주세요. 절대 놓치면 안 돼요, 돈은 더 드릴 테니…"

"알았습니다."

운전기사는 흥미를 느끼며 신바람난 표정이 되었다.

운전기사는 앞에서 달리는 모범택시를 놓치지 않기 위해 바짝 따라붙었다. 앞에서 달리는 모범택시는 분당 방향으로 달리더니 성남 모란시장 어귀에 멈추었다. 아리가 차에서 내렸다.

도희는 택시에서 내려 아리의 눈에 띄지 않게 미행을 했다. 아리가 좁은 골목길로 들어가더니 칠이 거의 벗겨진 대문 앞에 서서 벨을 눌렀다. 서너 명의 사람들이 아리의 뒤에서 걸어가는 바람에 도희는 몸을 숨길 수 있었다.

아리가 대문 안으로 들어갔다.

도희는 아리의 집 앞에서 20분이나 서성거리더니 칠이 벗겨진 집 대문으로 다가섰다. 그녀는 손을 뻗어 벨을 눌렀다. 잠시 후 대문이 열리더니 아리의 모습이 나타났다.

"아니, 당신… 뭐 하자는 거지? 날 미행하다니!"

아리는 기가 막히다는 표정으로 도희를 노려보았다. 도희는 선글라스를 벗었다. 두 여자의 눈이 마주쳤다. 순간, 아리의 눈망울이 커질 대로 커졌다. 아리는 잠시 눈을 감았다가 떴다.

"많이 닮았네."

"그러게요."

"그래서 미행했어요?"

"예."

"정말 희한한 일이네… 바위섬에서 날 봤어요?"

"아뇨. 바위섬에 대한 나쁜 추억이 있나 보죠? 바위섬이라고 말하자 도망 가는 걸 보니. 바위섬에 놀러갔다가 어떤 남자가 나를 보더니 자신과 아는 여자로 착각을 했었는데, 댁을 보자 그 남자가 착각할 만하다는 생각을 했어요."

"갑자기 머리 어지럽네."

"나도 당신을 처음 보는 순간 어지러웠죠."

"아무튼 나도 댁을 보니 나랑 왜 닮았는지 이해가 안 갈 정도지만… 그렇다 치고, 지금 몇 시인지 알아요? 그리고 당신, 정신 상태가 좀 이상한 여자 아냐?"

아리의 말이 날카로워졌다.

"우리 거래할까요?"

"아닌 밤중에 홍두깨라더니… 무슨 의미지요?"

"나 대신 어느 남자의 아기를 낳고 1년만 살아주면 원하는 대로 돈을 주겠어요. 댁이 내가 되는 거죠. 마음 내키면 여기로 연락 주세요."

아리가 도희가 내민 명함을 받아들고 훑어보더니 갑자기 도희의 뺨을 후려쳤다.

"미친 년! 살다살다 별 년 다 보네!"

아리가 화를 내더니 대문 안으로 들어가 버렸다.

도희는 정말 자신이 미친 것 같았다. 아, 엄마… 나, 어떻게 해? 도희의 두 눈에서 두 줄기 눈물이 솟구쳤다. 그녀는 뺨을 한 대 맞고 나서야 자신이 처음 보는 상대에게 무슨 짓을 했는지 깨달았고 이성이 돌아왔다. 평택과 헤어져야 한다는 사실, 불구가 된 회장 아들과 계약 결혼을 해야 된다는 사실, 아버지의 비리, 어머니의 심장 수술, 모두가 허구가 아닌 사실들… 벼랑 끝에 선 심정이 된 그녀는, 자신이 생각해도 미친 것이 분명하다고 생각했다.

"자러 가자고…"

그때 술 취한 남자가 골목길로 들어서더니 도희에게 다가와 말을 걸었다. 술꾼의 역겨운 냄새와 토할 것 같은 말에 그녀는 정신이 번쩍 들어 도로 쪽으로 달렸다. 그녀의 따각거리는 구둣굽 소리가 요란하게 보도를 울렸다. 그녀는 달리다가 빈 택시가 눈에 띄자 손을 들었다.

18. 난치병 화가

정 여사는 고영의 방으로 들어갔다.

아들이 연필로 스케치를 하고 있었다. 스케치의 뼈대를 보니 계곡이었다. 그녀는 아들의 등 뒤에서 그림을 가만히 들여다 보았다. 자연의 왕성한 숨결이 느껴지고, 싱그러운 녹음과 계곡 아래로 촬촬 흘러내리는 물소리가 들리는 것 같았다.

그녀가 아들의 어깨 위에 한쪽 손을 얹었다.

"내 아들, 어쩜 이렇게 잘 그리니… 그림 멋있다."

"…"

정 여사는 아들의 어깨를 어루만졌다. 고영이 사고 후 거의 말문을 닫아 정 여사는 마음이 답답했다.

"줄기세포 허브에 등록하러 가자. 다행인 게, 척수 손상 기간이 오래 된 환자는 우선 연구 대상에서 제외한다는데 우린 치료 대상이 될 수 있어. 내일 접수하러 가자, 응?”

“마음대로 하세요.”

“알았어.”

정 여사는 아들의 어깨를 한 번 토닥이더니 거실로 나갔다.

대문 벨 소리가 울렸다. 춘천댁이 벽에 부착된 비디오폰을 보더니
스위치를 눌렀다. 정 여사가 주방으로 들어가려다 말고 물었다.

“아줌마, 누구예요?”

“승미 아가씨예요.”

승미가 정원을 거쳐 거실로 들어왔다.

“어머니, 저 왔어요.”

정 여사는 승미를 보고도 그리 반가운 기색이 아니었다. 신 여사는
아무 말도 건네지 않고 승미를 냉랭하게 바라보다 고영의 방으로 들
어갔다. 승미는 당황한 표정으로 거실에 남겨졌다. 춘천댁은 승미에
게 작은 소리로, 사모님 심기가 안 좋은 것 같다고 알려주었다.

“승미 왔어. 어떻게 할까?”

“보내세요.”

“그러자꾸나.”

정 여사는 어차피 승미 어머니 성격에 파혼은 기정사실이라 생각했
다. 정 여사는 아들의 방에서 나왔다. 승미가 거실에 우두커니 서 있
는 것이 눈에 들어왔다. 승미가 슬픈 표정으로 정 여사를 바라보았다.

“만나지 않겠단다.”

정 여사는 승미가 가엾어 보였지만 파혼할 수밖에 없다는 사실을
인정하지 않을 수 없었다. 아마 자신도 딸을 가진 상태에서 승미 엄마

와 같은 처지가 되면 마찬가지로 파혼하자고 했을 것이다.

"어머니. 이제껏 못 온 건… 사정이 있었어요. 미안해요."

"말 안 해도 알아. 오히려 너한테 미안할 뿐이야. 그냥 돌아가고 앞으로 오지 마라. 그리고 너의 어머니 말씀처럼 파혼하는 것이 좋을 것 같다."

"어머니…"

승미가 울먹이더니, 정 여사를 지나쳐 고영의 방으로 들어갔다. 고영은 방문 열리는 소리가 나자 승미라는 것을 짐작하고서도 고개조차 돌리지 않고 여전히 그림을 그렸다. 승미는 자신을 바라보지도 않는 고영에게 다가갔다.

"나 왔어."

고영은 귀머거리처럼 여전히 반응이 없었다. 승미는 고영의 손에서 붓을 빼앗으며 말했다.

"날 봐. 왜 그러는데? 왜 날 멀리 하려고 그래? 얼굴 돌리지 말고 날 보라니까."

그러고는 고영의 얼굴을 두 손으로 감쌌다. 두 눈이 마주쳤다. 고영은 침통한 표정으로 승미의 손을 잡고 얼굴에서 떼어냈다.

"이 상황에서 너를 본다는 건 고통이라고 분명 말했잖아. 나 혼자 있게 놔둬라."

"그게 날 위한다는 방법이라고 생각하는 거지. 그런 바보 같은 생각을…"

"날 혼자 놔두라니까."

"싫어. 차라리 같이 죽어버리자."

승미가 고영을 꼭 껴안자 그는 뿌리치지 않고 그대로 있었다. 마지막 포옹일 수도 있겠다는 생각에 그는 도저히 뿌리칠 수가 없었다. 사랑하는 여자였고, 헤어져도 영원히 가슴에 묻어둘 승미였다.

"절대 안 헤어질 거야."

승미가 울먹였다. 거실에서 승미의 어머니인 송숙자의 말소리가 크게 들렸다. 송 여사는 승미가 사라진 것을 알고 뒤따라 고영의 집을 찾아왔던 것이다. 정 여사는 미간을 있는 대로 찌푸렸다.

"내 딸 어딨니?"

송 여사가 흥분된 음성으로 정 여사를 향해 다그쳤다. 정 여사는 팔짱을 낀 채 송 여사의 그런 모습을 바라보다 입술을 꼭 깨물었다. 춘천댁은 '또 이 무슨 난리냐'는 표정으로 정 여사와 송 여사를 번갈아 쳐다보았다.

"어디 있냐구!"

송 여사가 소리를 지르자 승미가 고영의 방에서 뛰어나왔다.

"엄마, 이러지 마, 제발… 이러면 나 죽어…"

"그래, 차라리 죽자. 같이 죽자구. 난 이 꼴 못 봐!"

"두 사람 다, 빨리 나가!"

정 여사가 소리를 질렀다.

"아무리 딸이 소중하다지만 불구가 된 내 아들한테 이럴 수는 없어!"

정 여사는 분노에 바들바들 떨었다.

송 여사가 고영이 방으로 들어가 고영의 손을 덥석 잡았다.

"고영아, 정말 미안하다. 승미 놓아주라. 이 아인 내 생명이야. 응, 놓아줘. 이렇게 부탁할게."

고영은 승미 어머니의 애절한 눈빛과 마주치자 마음이 떨렸다.

"알겠습니다, 죄송합니다."

"미안하다."

송 여사는 고영의 말을 듣고 다소 안정이 되었다.

정 여사와 승미도 고영의 방안으로 뒤따라 들어왔다. 정 여사는 아들의 어두운 표정을 보고 벌어진 사태를 짐작하고는 감정이 격앙되었지만, 꾹 참고서 말했다.

"우리 고영이 결혼해."

그러자 방안이 순간 조용해졌다.

"고영 씨, 그게 무슨 의미야?"

승미가 고영에게 물었다.

"송 사장. 우리 고영이 다른 아가씨와 결혼하기로 했으니까 승미 데리고 빨리 나가줘. 거짓말이 아니라 사실이니까. 그때 파혼하자고 했던 말 깊이 생각해 보고 파혼이 좋겠다는 생각을 했어. 마침 결혼할 아가씨가 나타났어."

"거짓말이지? 고영 씨, 거짓말이지?"

승미는 고영의 손을 잡으며 물었다.

"상대는 신문사 여기자고 사실이야."

정 여사는 힘주어 한 번 더 말했다. 송 여사는 정 여사의 성격상 거짓은 아니라는 생각이 들자 그제야 안심이 되었다.

"미안해. 미안하단 말밖에 할 수 없어… 정말 미안해."

송 여사는 정 여사와 고영을 바라보지 않고 고개를 숙여 방바닥을 내려다보며 미안하다는 말만 서너 번 하고는, 울고 있는 승미의 손을 잡아 끌고 현관 밖으로 나갔다. 그들이 가버리자 집안이 조용해졌다.

"유 상무라고 알지. 그 사람 딸이 너하고 결혼하기로 했다."

정 여사의 말에 고영은 갑자기 웃음을 터뜨렸다. 정 여사는 아들의 웃음이 그치도록 기다렸다.

"지금 소설 쓰세요?"

"아니야. 결혼 날짜 빨리 잡자."

"어떤 거래를 했는데요? 돈요? 유 상무 집이 가난해요?"

"그런 건 아니야."

"계약결혼이군. 어머니의 작품이고. 좋아요, 하겠어요."

정 여사의 두 눈에 눈물이 글썽이더니 기어코 주르르 볼을 타고 흘러내렸다. 정여사는 거실로 나와 주방으로 들어가더니 양주장에서 술을 꺼내었다. 냉동실 문을 열어 얼음을 꺼내고는 유리컵에 얼음을 넣었다. 화가 잔뜩 고인 심정을 달래기 위해서 양주로 목을 축이려고 했다.

그때 벨 소리가 또 들렸다. 춘천댁이 다용도실에서 일하다가 거실로 나와 비디오폰을 보며 말했다.

"사모님. 이번엔 한 비서가 어떤 여자애를 데리고 왔는데요… 열어요? 말아요?"

춘천댁은 정 여사가 자꾸 사소한 일에도 신경질을 내자 주눅이 들어 열까 말까 물었다.

"여자애? 열어줘요."

춘천댁이 스위치를 누르자 한 비서가 오렌지 소녀를 데리고 거실로 들어왔다. 정 여사는 눈을 크게 뜨고 오렌지 소녀에게 물었다.

"네가 여긴 왜 온 거니?"

소녀는 쌀쌀맞게 묻는 정 여사의 음성에 놀라 대꾸도 하지 않고 가만히 있었다.

"애, 왜 데려왔어?"

정 여사가 한 비서를 바라보며 물었다.

"최 실장님이 데려오라고 했습니다."

최 실장은 고영을 말하는 것이었다.

"왜?"

거실에서 소녀의 말소리가 들리자 고영이 방에서 나왔다.

"헤이, 오렌지. 이리 와."

휠체어를 굴리며 거실에 나타난 고영을 보자 오렌지 소녀는 표정이 당장 밝아졌다.

"대체 뭐니?"

정 여사가 고영에게 물었다. 고영은 소녀의 얼굴을 들여다보며 웃음을 지었다. 소녀는 그제야 안심이 된 듯 살며시 웃음을 머금었다.

"조금 있다 말씀드릴게요. 당분간 우리와 같이 지낼 거예요."

소녀의 아버지가 딸의 치료비를 감당 못해 잠적해 버리자 병원에서 고영이에게 전화를 했다. 고영이 퇴원하기 전에, 아무래도 소녀에게 무슨 일이 생길 것 같아 간호원에게 소녀에게 어떤 일이 생기면 연락을 하라고 전화번호를 가르쳐 주었었다. 그래서 간호원이 보호자가 잠적해 버리자 고영에게 연락을 하였던 것이다.

정 여사는 아들과 소녀를 번갈아 보더니 언짢은 표정으로 안방으로 들어가 버렸다.

19. 여기자와 씨받이

토요일. 도희는 신문사에서 5시에 나와, 전문의가 여의사인 개인 산부인과를 찾았다.

배가 자주 아프고 생리가 4개월이 지나도록 멈추어 있어 약국을 찾아 증상을 말했더니, 약사가 산부인과에 가보라고 하였다. 그녀는 난색을 하며 약사에게 아직 미스라 산부인과 가기가 거북하다고 말했었다. 그러자 4개월이나 생리불순에다 배가 며칠이나 아픈 걸 보면 아무래도 단순한 증상이 아닐 것 같다며, 더 심각해지기 전에 전문의 진찰을 받아보라고 하여 할 수 없이 산부인과를 찾았던 것이다.

그녀는 대기실에서 차례를 기다리고 있다가, 간호원이 유도희를 호명하자 일어나 원장실로 들어갔다.

"어디가 불편하세요? 미혼이시네요."

접수시 환자의 병력 등을 작성케 한 차트를 보며 원장이 물었다. 도희는 의자에 앉았다.

"생리에 이상이 온 것 같아서요. 그리고 배가 자주 아파요."

"마지막 생리가 언제였죠?"

성격 좋아 보이는 원장이 도희의 눈을 들여다보며 대답을 기다렸다.

"4개월 전에 있었고 지금껏 없어요. 최근에 스트레스를 많이 받았는데 그 때문인지요?"

"검사해 보죠."

원장이 검사에 필요한 항목들을 휙휙 날려 적더니 도희에게 주었다. 그녀는 종이를 들고 원장실에서 나와 간호원이 앉아 있는 접수대로 갔다. 간호원이 말했다.

"환자분. 먼저 계산부터 해주세요."

그녀는 지갑을 열어 계산을 하였다. 그녀는 대기실에 앉아 있는 임산부들을 흘끗 쳐다보더니 검사실로 들어갔다.

도희는 검사를 다 마치고 결과가 나오기를 기다리며 대기실 의자에 앉았다. 10분 후 간호원이 다시 그녀를 호명하자 그녀는 간호원에게 다가갔고, 간호원은 검사 결과가 나왔으니 원장실로 들어가라고 했다.

"환자분, 폐경이 빨리 왔네요. 배 아픈 건 스트레스성이니까 안정을 찾으면 괜찮아질 겁니다."

원장이 호기심어린 표정으로 도희를 바라보았다.

"폐경이라뇨? 폐경이라면 나이 든 여자한테 오는 거 아닌가요?"

"일반적으로는 그렇죠. 환자분, 일란성 쌍둥이예요?"

"아닌데요."

"일란성 쌍둥이였는지 물어본 건, 쌍둥이 여성은 조기폐경이 될 가능성이 일반 여성에 비해 높기 때문입니다. 그리고 쌍둥이는 자궁을 공유하기 때문에 혹시 쌍둥이인지 물어본 겁니다. 특히 일란성 쌍둥이는 배아가 둘로 갈라지기 때문에 나중에 난소 조직과 난자가 될 세포가 어느 한쪽에 더 많이 몰려 있어 쌍둥이 중 한 사람에게만 조기폐경이 올 수 있지요. 환자분이 일란성 쌍둥이라면 나중에 생식 기능이 정상인 쌍둥이로부터 난소 하나를 이식받아 아기를 가질 수가 있어요. 그런데 환자분은 쌍둥이가 아니라니… 특이하네요."

그녀는 원장의 말을 듣고서 깊은 절벽 아래로 떨어지는 심정이 되었다.

도희는 산부인과에서 나와 무작정 거리를 걸었다. 그녀는 높은 곳에서 아래로 가볍게 몸을 날리고 싶은 심정이었다.

터벅터벅 걷고 또 걸었다. 늦가을이다. 후두둑 은행잎이 떨어지며 온통 노랑색으로 장식된 거리. 은행잎이 가장 예쁘게 보일 때는 노랗게 물들 때이고, 병아리가 예쁜 것도 노랑색 때문이 아닐까.

그녀는 자신이 처한 고민과는 전혀 다른 쪽으로 생각이 떠오르자 쓴웃음을 지었다. 그래, 병아리색으로 노랑색이 가장 적절해. 빨강 병아리, 파랑 병아리, 검정 병아리, 초록 병아리… 상상만 해도 병아리색으로 그건 아니었다.

"환자분, 폐경이 빨리 왔네요"라는 산부인과 원장의 말이 떠올랐다. 그녀는 마음에 구멍 하나가 크게 뚫린 허전함을 어쩌지 못하고 그저 행인들 속에 파묻혀 터벅터벅 걸었다. 그러다가 핸드폰을 꺼내어 우경에게 문자를 날렸다.

　은행잎과 은행알이 툭 떨어져
　길 걷다 깜짝 놀라 지켜봤어.
　산다는 게 아름다워.

그러나 그녀의 속마음은 문자로 보낸 내용과는 달랐다. 길지 않은
시간 동안에 산다는 게 너무 힘들어졌다. 우경한테서 곧장 응답 메시
지가 왔다.

　요즘 소월길 다닐 때면
　너무 아름답게 은행잎이 날리는데
　정말 이뻐. 같은 맘이야.

나이 31세. 작은 나이는 아니지만 폐경이라니… 일란성 쌍둥이도
아니면서 말이다. 알고 보니 난 임신이 안 되는 몸이었다. 여자가 아
닌 여자.
아, 엄마… 나라는 거 뭐가 이렇게 복잡하게 만들어진 거야, 재수없
게. 정 여사가 내가 아기집도 활용 못하는 무용지물이라는 걸 알게 되
면 어떤 태도를 나타낼까? 아버지에 대한 관계항들이 나빠질까?
아, 머리가 터져버릴 것 같다. 나, 평택의 아기를 낳고 싶다. 그가
아기를 얼마나 좋아하는 사람인데… 그녀는 갑자기 다가온 현기증에
아뜩해하더니, 그대로 길거리에 쓰러지고 말았다.

도희가 눈을 떴다. 평택이 자신을 내려다보고 있었다. 1인용 병실. 오른 팔에 링거를 연결한 주사바늘이 꽂혀 있었다. 그녀는 눈을 껌벅이더니 손을 뻗어 그의 얼굴을 만져보았다.

"꿈이 아니네. 그런데 내가 왜 여기 누워 있지?"

"길에 네가 쓰러졌다고 어떤 남자한테서 전화가 왔어. 그 남자가 네 핸드폰에 통화를 많이 한 번호를 찾아 연락했다더라. 너 참 골고루 한다. 내가 너 때문에 불안해 못 살겠다. 무슨 스트레스를 받았기에 길거리에서 쓰러지냐고? 다 말해, 해결해 줄게."

"나… 엄마 보고 싶어."

그녀는 갑자기 설움이 복받혀 눈물을 펑펑 쏟아내었다. 그는 영문도 모른 채 울기 시작한 도희를 달래느라 정신이 없었다.

"휴우… 나이만 먹었지 가끔 어린애 같애. 엄마 찾는 거 보면… 고슴도치, 서른 한 살 맞아?"

"평택아. 이번 토요일에 나하고 신나게 놀아줘."

"좋아."

그녀는 링거를 맞지 않는 팔로 그의 목을 휘감아 당겼다. 그의 얼굴이 그녀의 얼굴에 포개어졌다.

K신문사 편집국.

도희는 한국이 저출산 문제가 심각한 데 대한 기사를 작성했다. 나라의 가장 소중한 재산은 사람인데, 국가의 자산인 인구가 감소되면 국가 운영뿐 아니라 문화 가치를 승계할 인적 자원이 없어 사회는 퇴보가 될 것이 자명하다. 사회가 다변화되고 경제가 중요시되는 현실이 되다 보니, 출산 파업에 가까운 현상이 나타났다. 그러고 보니 과거에 비해 거리에 꼬마들이 드물다는 생각이 들었다. 심각한 사회 현상으로 부각되는 저출산 문제였다.

그녀는 사랑하는 평택을 꼭 닮은 아기를 낳을 수 없다는 사실을 생각하자 또 다시 기절할 것만 같았다. 폐경이라니… 젊은 나이에 폐경이라고 했다. 평택아, 나 죽고 싶다. 왜 자꾸만 나한테 불행한 일만 생기는 거지?

평택이 자신을 닮은 분신이 이 세상에 태어나면 '고슴도치'라는 고약한 별명과는 차원이 다른 '꼬마 요정'이니 뭐니 예쁘디 예쁜 별명은 다 갖다 붙이며 사랑스러워 할 텐데… 그녀는 생각할수록 절망에 빠졌다.

컴퓨터 옆에 던져놓은 핸드폰이 울렸다.

"여보세요?"

"…"

상대가 말이 없다.

"여보세요?"

그녀는 전화를 걸어놓고 말없이 숨소리만 내고 있는 상대가 누구인지 궁금했다.

"말씀하세요. 누구세요?"

"나, 1년 동안 당신이 되어줄게. 대가는 5000만 원. 오케이? 내 뒤를 미행해 나더러 씨받이가 되어 달라고 했던 여기자, 유도희 씨 맞죠?"

아리라는 여자였다. 도희를 닮은 여자. 그 여자가 전화를 하여 씨받이 대가로 5000만 원 달라는 말에 도희는 순간 말이 막혔다.

"노래 부르던 아리라는 여자?"

"그래요. 언제 어디서 만나면 될지 말해요."

"오늘 만나요. 퇴근 후 시간을 낼 테니 만나요. 지금 폰에 찍힌 번호로 문자 날릴게요."

"알았어요."

상대의 전화가 툭 끊어졌다. 그녀는 핸드폰을 그대로 손에 쥐고서 멍하니 컴퓨터 화면에 시선을 고정시킨 채 앉아 있었다. 아리라는 여자와 통화한 내용이 사실이었는지 환청인지 구분이 되지 않았다.

"돈 갚아!"

우경이 자판기에서 커피를 뽑아 와 도희에게 내밀며, 며칠 전에 나이트클럽에서 빌려 준 돈을 달라고 했다. 도희는 컵을 받아 들고 커피를 한 모금 마셨다.

"표정이 왜 그래? 꼭 한 방 먹은 것 같아."

우경이 고개를 수그린 채 앉아 있는 도희의 얼굴을 바라보았다.

"또 잔소리. 돈 줄 테니 빨리 네 자리로 돌아가 주라. 내 생각 흐트러뜨리지 말고…"

도희는 손에 쥐고 있던 종이컵을 책상 위에 올려 놓고 가방에서 지갑을 꺼내어 돈을 세어 주었다. 우경은 돈을 받으며 눈을 커다랗게 이리저리 굴렸다.

"얼씨구, 점점 가관이네. 나이트클럽에서 네가 마신 술값을 나한테 계산하도록 하고 나갔으면, 그날 밖으로 나간 후의 이야기들을 나한테 들려줘야잖아. 돈도 물론 받아야 되지만."

"벌써 며칠 지난 일이라 들어봤자 재미없어. 그러니 지금은 제발 네 자리로 돌아가라, 응? 나, 생각중이었거든."

"무엇을?"

"…"

"좋아, 가주지. 그런데 너, 갈수록 나한테 냉랭하게 구는 거 배로 갚을 테니 염두에 두어."

"알았어. 미안."

우경은 입술을 비죽거리며 자기 자리로 돌아갔다.

도희는 핸드폰 문자 메시지를 열어 만날 장소와 시간을 아리에게 발송했다. 아리한테서 즉시 '알았다'는 답이 왔다.

그녀는 있을 수 없는 일들이 있을 수 있게 된 사태들에 놀라워하며 온 신경조직이 마치 고무줄이 팽팽하게 당겨진 것 같은 느낌이 들었다. 그녀는 커피를 몇 모금 마셨다.

그녀는 퇴근하자마자 인사동에 있는 프레이즈빌딩 지하 주차장에 차를 주차시켜 놓고 1층에 있는 인사로라는 레스토랑으로 들어갔다. 분위기가 아늑하여 자주 들르는 레스토랑이었다. 낯이 익은 지배인이 아는 체를 했다.

그 여자는 아직 나타나지 않았다. 시계를 보니 저녁 7시 30분이었다. 순간 그녀는 무엇에 놀란 것처럼 벌떡 일어나 밖으로 나갔다.

'이런 바보같이, 나를 알고 있는 레스토랑에서 나를 닮은 여자를 만나서 어떻게 하겠다는 거지?

그녀는 아리에게 전화를 했다. 아직 약속 장소에 도착하기 전이었다.

"미안하지만, 약속 장소에 아는 얼굴이 있어 그러니 약속장소를 바꿔야겠어요. 만나기로 했던 빌딩에서 그대로 직진해 걸으면 작은 네거리가 있는데, 거기서 좌측으로 꺾어 들어와, 다시 좌측 골목길로 꺾자마자 들풀이라는 찻집이 있어요. 그곳에서 기다릴게요."

"뭐 그리 복잡해요. 알았어요, 찾아갈 테니."

도회는 차를 그대로 빌딩 주차장에 둔 채 밖으로 나왔다. 인사동 거리가 오늘따라 더 붐비는 것 같았다. 개량한복을 입은 사람들이 눈에 많이 띄고, 벙거지 모자에 수염을 기른 화가들이 오가며 이쪽저쪽 전시장을 돌아다니는 게 보였다.

화가들, 배고프지 않을까? 요즘 같은 불황에 그림도 잘 팔리지 않을 텐데. 그녀는 고영이라는 남자는 아버지가 재벌이고 게다가 걷지도 못하는 불구자라 그림 그리기에는 적절한 조건이라는 생각이 들었다가, 그러한 생각이 질이 나쁘다는 걸 즉시 깨닫고 얼굴을 붉혔다.

그녀는 들풀이라는 찻집으로 들어갔다. 종로와 인사동은 옛날에 지은 건물들이 많아 공간이 넉넉하지가 않은 데가 많았다. 그나마 들풀이라는 찻집은 테이블 사이가 넓직하여 비밀스런 말을 하기 안성맞춤이었다.

조용한 쪽에 테이블을 차지하고 앉자마자 아리가 나타났다. 아리는 처음 봤을 때의 옷차림 그대로였고 그때 보았던 선글라스를 쓰고 있었다.

두 여자는 마주 앉았다. 도회가 먼저 말문을 열었다.

"나와 우리 가족이 담긴 CD를 줄 테니 그걸 보고 나로 변신할 자신

184

있어요?"

아리가 고개를 끄덕이고는 도희에게 물었다.

"그런데 왜 이런 일을 꾸며야 하지요?"

"알 필요 없이 거래에 필요한 이야기만 하지요."

"좋아요. 세상 살다 보면 별 신기한 일도 다 있다지만, 아무튼 이 정도 닮은 꼴은 처음이네."

아리가 깔깔 웃다가 종업원이 다가오자 입을 다물었다. 둘 다 녹차를 주문했다. 곧이어 두 개의 찻잔이 테이블 위에 놓이자 녹차향이 은은하게 풍겼다. 도희가 녹차를 한 모금 마시고선 말했다.

"상대 남자는 성불구자이니까 댁을 건드리지 않을 거예요. 그러니 그 집의 후손만 낳아주면 끝나요."

"씨받이로까지 전락할 지경이면 나도 끝난 인생이네."

도희는 아리의 말을 듣고 바늘에 쿡 찔린 듯 가슴이 떨렸다. 그러고 보니 지금 두 여자가 마주앉아 엄청난 일을 꾸미고 있지 않은가. 분명 자궁을 빌리는 대가로 돈을 주고받는 질 나쁜 상거래였다. 도희는 상식적으로 용납이 안 되는 범죄를 저지르고 있다는 죄책감 때문에, 그리고 씨받이가 되어주기로 한 여자의 처지에 동정이 가자 머리가 아팠다. 도희도 도희지만 아리의 인생도 딱하기 짝이 없었다.

"아무튼 도와줘서 고마워요. 사례는 충분히 하겠어요. 이틀 후 여기서 이 시간에 다시 만나요. CD를 줄 테니…"

"그러죠. 참, 바위섬에서 만났다던 그 남자, 어떻게 생겼나요?"

"아, 그 남자요? 별 특징이 없는 남자라서 잘 기억이 나지 않네요. 그 남자, 스쿠버다이빙을 하기 위해 어선을 타다가 나를 보더니 아는 체를 했어요."

"누군지 알겠어요. 그 병신 같은 새끼, 아직 죽지 않고 살고 있었
네."

아리는 거칠게 살아왔던 여자가 분명하다고 도희는 생각했다. 아리
가 하는 말 가운데 마구잡이 말들이 섞여 나왔기 때문이다.

"돈은 어떻게 줄 건데요?"

"나의 신원은 댁이 확실하게 알고 있지만, 나는 댁에 대해 아는 것
이 전혀 없어요. 그러니 댁이 돈을 받고 잠적해 버리면 난 댁을 찾을
방법이 없어요. 댁이 나이트클럽에 나타나지 않으면 찾기가 힘들다는
의미죠. 댁이 임신이 되는 날 돈의 반을 주겠어요."

"기자라 빡빡한 걸까? 철저하시군. 알았어요. 그런데 만약에 임신
이 안 되면 어떻게 하지요?"

"몇 번 하다 안 되면 없었던 일로 하고 그 집에서 나오세요. 그래도
돈은 지불할게요. 그럼 댁이 손해는 아니지요."

"좋아요."

그렇게 구두로 합의하고 두 여자가 동시에 자리에서 일어났다.

"혹시 우리가 전생에 쌍둥이였나?"

아리가 일어나며 한 마디 했다. 도희는 아무런 응답도 하지 않은 채
밖으로 나와 그녀와 헤어졌다.

도희는 프레이즈빌딩 지하주차장으로 내려가 승용차에 시동을 걸
고 지상으로 올라왔다. 복잡한 종로를 지나서 올림픽 대교를 타기 위
해 방향을 돌렸다.

'그 여자. 나와 너무 닮았어. 쌍둥이도 아닌 남남끼리 그렇게 닮을

수가 있다니… 혹시 어머니가 쌍둥이를 낳았다가 하나를 남에게 줘버
린 건 아닐까? 엄마에게 물어봐야겠어. 내가 쌍둥이는 아니었는지…
내가 일란성 쌍둥이라면 분명 아리가 나와 연관이 있을 것이다. 남남
끼리 그렇게 닮을 수 있다는 건 희귀한 일이다. 아리, 불쌍한 여자다.
돈 때문에 씨받이가 되기로 결심한 여자.'

자동차는 어느새 그녀가 살고 있는 아파트 숲으로 들어가고 있었다.
그녀는 열쇠를 꺼내어 현관문을 열고 집 안으로 들어갔다. 어머니
가 홍합을 커다란 냄비에 끓이고 있었다. 홍합이 우러난 국물에서 시
원한 바다 냄새가 거실 가득 배였다. 그녀는 문득 바위섬이 떠올랐다.
"잘 왔다. 손 씻고 와. 홍합 먹자. 너의 아빠 일찍 온다더니 늦어지
네."
"그러고 보니 아빠한테 잘 보이려고 홍합 끓였구나. 맞지?"
"그래, 어쩔래?"
"어쩌긴 어쩌겠어요. 엄마, 우리 옛날에 가난했어?"
"아니, 먹고 살만 했어. 왜애?"
"혹시… 나, 일란성 쌍둥이는 아니었어?"
신 여사가 하던 동작을 멈추고 도희의 얼굴을 뚫어지게 바라보았
다. 그녀가 어머니가 들고 있는 국자를 낚아채더니, 홍합 국물을 떠서
후후 불더니 한 모금 마셨다.
"아빠가 뭐라고 그러셨니?"
"아니. 혹시나 해서 물어봤어… 왜 있잖아, TV 같은 데 보면 이산가
족 상봉할 때 먹을 게 없어 자식을 고아원에 버렸다가 다시 찾게 되어

울고불고 하는 거. 혹시 나 어렸을 때 우리집 살기가 힘들어서, 쌍둥이를 낳았다가 한 애를 다른 집에 주었다거나 그런 스토리 같은 건 없었나 물어본 거야."

신 여사는 딸 손에 쥐어져 있는 국자를 빼앗아, 큰 냄비에서 푹 삶겨 껍질을 벌린 채 자꾸 위로 끓어오르는 홍합을 휘휘 저었다.

'이 아이가 그 사실을 알고서 말하는 걸까?'

궁금했지만 신 여사는 시치미를 떼고 말했다.

"분명히 너 혼자 이 세상에 태어났다. 쌍둥이라니? 빨리 손 씻고 와라. 바깥 먼지 잔뜩 묻은 손으로 국자를 만지지 말고. 에고 지저분해라. 빨리 씻고 오라니까."

"알았어요."

그녀는 욕실로 걸음을 옮기며, 아리와 쌍둥이가 아닐까 하는 생각이 과대상상이었다는 것을 확인하고 편안한 마음이 되었다. 만약에 자신이 쌍둥이였다면 씨받이니 뭐니 거래를 하려는 아리가 가장 유력한 피붙이라는 생각이 얼핏 스쳤었다. 그러나 다행히도 혼자 세상에 나왔다지 않은가.

신 여사는 딸이 욕실로 들어가자 눈에 눈물이 가득 고이더니 흘러내렸다. 도희까지 잃어버린 쌍둥이 동생 생각에 괴로워하는 것을 부부는 원하지 않아 이제껏 도희에게 비밀로 했는데… 도희가 언젠가 병원에서 어릴 적 모습을 닮은 소녀를 보았다고 했는데, 혹시 그 꼬마가 잃어버린 도미의 딸은 아닐까? 딸이 엄마를 닮았으면 그 소녀의 엄마가 도미일 가능성도 있지 않을까? 신 여사는 욕실에서 샤워배스 물줄기 쏟아지는 소리를 들으며 큰 소리로 물었다.

“도희야! 병원에서 너 닮은 여자애 봤다고 했지?”

물소리가 조용해지더니, 욕실 문이 조금 열리며 도희가 밖을 내다보다 어머니와 눈이 마주쳤다.

“왜요?”

“그 애 만날 수 있니?”

“평택 씨한테 물어보면 알 수 있어. 병원 기록을 보면 주소가 있을 테니… 그런데 왜 그래요?”

“널 닮았다기에 그저 궁금해서 그래.”

“세상에 닮은 사람이 한둘이야?”

욕실문이 다시 닫히고 물줄기 소리가 들렸다. 신 여사는 주방으로 걸어가 부지런히 음식들을 식탁 위에 늘어놓으며, 내일 평택에게 그 소녀의 주소를 알아봐야겠다고 생각했다.

도희가 샤워를 끝내고 주방으로 들어왔다.

“야, 이 냄새 죽이네. 엄마, 초고추장 어딨어? 아, 배고파.”

“여기 있잖아. 너의 아버지가 빨리 들어오시면 같이 먹을 수 있을 텐데…”

신 여사는 고개를 들고 벽에 높이 걸린 시계를 올려보더니, 고개를 숙인 채 젓가락으로 홍합살을 파내어 입으로 가져갔다. 모녀는 각자 생각에 잠겨 식탁 위에 홍합 껍질이 수북이 쌓이도록 말을 나누지 않았다.

20. 강요된 운명

토요일. 영화관에서 많은 관람객들이 상영이 끝나자 거리로 쏟아져 나왔다. 도희와 평택은 〈베니스의 상인〉이라는 영화를 관람하고 영화관을 나와 거리를 돌아다니며 데이트를 즐겼다.

두 사람은 청계천으로 걸어갔다. 고가도로를 걷어내고 맑은 물이 흐르도록 복원된 청계천은 아름다웠다. 빌딩 속에 갇혀버린 서울의 중심가에 맑은 물이 흐르고 징검다리가 놓여져 고향의 시냇물을 그리워하는 사람들에게 아련한 향수를 주었다.

그들은 손을 잡고 징검다리를 건너고, 벽화가 그려진 길을 천천히 걸으며 늦가을의 맑은 공기를 들이마셨다. 어느새 초겨울을 연상시키는 찬 기운이 감돌고 있었다.

그들은 복구된 청계천의 운치를 즐기다가 빠져나와, 택시를 타고 삼청각으로 갔다. 택시에서 내리자 저녁 노을이 걸쳐 있는 붉게 물든 산자락이 눈에 들어왔다.

그들은 삼청각이라는 음식점으로 들어갔다. 입구에 손님들의 시선을 잡기 위해 절구통이나 항아리 같은 소품들이 놓여져 있었다. 그들은 커다란 유리창을 통해 바깥을 볼 수 있는 테이블로 걸어갔다. 두 사람은 마주 앉았다.

그들은 웨이터가 오자 장어 요리와 와인 한 병을 주문했다. 음식이 오자 두 사람은 장어구이를 안주로 와인을 마시면서 영화 이야기를 나누었다.

"오늘 〈베니스의 상인〉 영화 괜찮았지?"

"응."

"샤일록의 집요함이 현명한 판결 앞에 항복하는 게 인상적이더라. 다음주엔 〈이터널 선샤인〉 보러 가자."

"어떤 줄거린데?"

"주인공들이 헤어졌다가 그가 그녀를 다시 찾아갔지만 그녀는 그를 알아보지 못해. 그녀는 그와 사랑했던 기억들이 너무 아파 라쿠나라는 첨단 서비스 업체에서 그에 대한 기억들을 지웠는데, 그 사실을 알게 된 그가 열 받아 자신도 그 업체를 찾아간다는 줄거리래. 재미있을 것 같아."

"별로 재미있지 않을 것 같은데…"

"재미있대. 보러 가자."

평택은 〈이터널 선샤인〉을 보러 가자고 한 번 더 말하다가, 도희가 더 이상 대꾸를 하지 않자 입을 다물었다.

"상대를 소유할 때까지 온갖 달콤한 말로 목매달다가 다시 시들해져 끝나버린 사랑들이 얼마나 많을까?"

그녀가 시들한 표정으로 말하더니, 젓가락으로 양념고추장에 버무려 구워진 장어를 한줌 떼어내 입으로 가져갔다.

"난 너를 위해 죽을 수도 있어."

평택이 말했다.

"새빨간 거짓말은 하지 마."

"진심이다. 난 너를, 수로 부인을 사랑한 노인이 절벽에 핀 꽃을 꺾어 바치는 심정으로 사랑해."

"그 사랑도 갑자기 덮치는 권태에 잡히게 되면 별 수 없게 돼."

"내 사랑은 인텔리데이팅(Intellidating)이다."

"그건 무슨 소리야?"

"배꼽 아래 욕구만을 위한 스피드데이팅(Speed dating)이 아니라 아가페적 사랑을 의미하는 거야."

"찜질방에 갔을 때 아줌마들끼리 하는 말을 들어보면 결혼 후 배꼽 아래 부위도 상당히 중요하다던데… 암튼 그게 무슨 의미인지 모르겠지만."

"뭐? 하하하. 난 말이다, 널 위해서라면 배꼽 아래든 위든, 뭐든 다 잘할 수 있다."

"…"

"나가자. 이 뒤로 돌아가면 선녀탕이 있대."

"선녀탕?"

"나무꾼과 선녀가 놀고 있다고 하니, 해가 지기 전에 빨리 가보자. 해 떨어짐 선녀가 두레박을 타고 천상의 나라로 올라가 버린대."

"좋아. 나도 그 두레박 타고 하늘로 올라가 버릴래."

"날 두고?"

"그럴 수도 있어."

"내가 먼저 올라가 기다리면 된다."

"집요한 남자."

"사랑은 집요할수록 진국이지."

"많이 집요해라."

평택은 웃으며 도희의 손을 잡고 밖으로 나갔다.

좌측으로 돌아가니 숲이 이어졌다. 키가 큰 침엽수림을 지나고 단풍이 빨갛게 물든 나무들을 지나 더 안으로 들어가니 폭이 좁은 다리가 나타났다. 다리까지 걸어가는 길에는 작고 반짝이는 하얀 자갈이 깔려 걸을 때마다 뽀드득거리며 함박눈이 내린 눈길을 걸을 때 나는 소리가 들렸다. 그녀는 한 발 한 발 천천히 걸을 때마다 구두 밑창에 힘을 주어 그 소리를 즐겼다. 뽀드득 뽀드득.

다리를 건너자 조그만 웅덩이가 나타났다. 선녀탕이라는 팻말이 보였다. 선녀탕 둘레에는 안개가 자욱하고 사방으로 어둠이 깔리고 있었다. 어디선가 종달새 소리가 들려왔다.

"선녀탕이라 이름 지은 사람, 감성이 풍부할 것 같아. 정말 선녀탕 같다."

그녀가 말했다.

하얀 바지저고리에 머리띠를 질끈 맨 나무꾼이 나무 뒤에 숨어, 두레박을 타고 내려와 선녀탕에서 나신(裸身)으로 목욕을 하는 선녀를 황홀하게 바라보고 있는 듯한 착각이 들었다.

그녀가 그의 품에 슬며시 파고들었다.

"나무꾼. 우리, 오늘 진짜로 합칠까?"

"뭐? 으하하핫!"

그가 숲속이 떠나갈 정도로 웃어젖혔다.

"자기야말로 왜 분위기 깨는데?"

"좋다, 합치자. 뭉치자구."

"정말이다?"

"그래, 합치기 위해 출발!"

그가 그녀의 손을 잡아 끌었다.

'이 남자가… 날 잡아 먹기 위해 기다렸다는 듯이 그러네….'

그들은 택시를 타고 시내로 들어갔다. 그는 운전기사에게 힐튼호텔로 가자고 했고, 택시는 한참을 달리다 호텔 앞에 멈추었다.

그는 호텔로 들어가더니 그녀를 데리고 지하 2층에 있는 제씨라는 나이트클럽으로 들어갔다. 외국인들이 많이 들락거리는 나이트클럽이었다. 무대 위에서 쇼가 한창 벌어져 관람자들의 열기가 후끈 달아올라 있었다.

"꽤나 북적거리는군."

그가 쇼가 잘 보이는 빈 테이블을 찾아 두리번거리다 보이자 않자, 결국은 구석진 곳의 빈 테이블을 발견하고 그녀를 데리고 갔다. 구석이라도 쇼가 보일 수 있는 위치였다.

그가 그녀를 옆에 앉혔다. 웨이터가 다가오자 그가 양주와 과일 안주를 주문했다.

"너, 무슨 일 생겼지? 다 들어줄 테니 말해 봐. 길거리에서 쓰러진 일 하며, 뭔가 일이 생긴 게 분명해. 혼자 고민하지 말고 말해봐."

그가 말했다.

"눈치가 너무 빠르네."

그녀는 그의 시선을 비켜 무대 쪽을 바라보았다. 모두들 한결같이 분위기에 취해 흔들거리고 있었다.

"우리, 헤어져."

그녀가 농담처럼 말했다. 웨이터가 술과 안주를 테이블 위에 올려놓고 사라졌다. 그가 얼음통에서 집게로 얼음을 꺼내 두 개의 유리컵에 담고 양주를 따랐다.

"아무래도 결혼을 앞둔 여자들의 불안 심리 같다. 시간이 지나면 괜찮아지겠지. 자, 마시자."

그가 잔을 들었다. 그녀는 잔을 들고 그의 잔에 살짝 부딪쳤다.

'그래, 지금 확실하게 말해버리자. 오늘 말을 하지 않으면 더 힘들어질 테니…'

그녀는 생각을 정리하고는 그의 눈을 정면으로 쳐다보며 말문을 열었다.

"아빠가 주식 투자하다 실패했고, 회사 공금을 빼돌렸어. 그 사실을 알게 된 회장 사모님이 나한테 자기 아들과 결혼해 달라는 조건으로 아버지의 비리를 덮겠다고 했어. 우리 엄마는, 아빠한테 어떤 일이 생기면 못 사실 분이야. 아버지가 저지른 액수가 너무 커서 어떻게 해볼 수도 없어."

그의 표정이 심각하게 변했다.

"얼만데? 내가 해줄게."

"사모님은 돈이 문제가 아니라 그 이유를 볼모로 나를 통해 후손을 얻겠다는 거야. 아무튼 우리는 헤어져야겠다."

"집에서 알아? 이런 황당한 일들을?"

"…오늘 말하려고."

"어머니한테 나하고 파혼한다는 말이 더 충격이다. 그 돈, 내가 어떻게 해볼게. 의사 자격증으로 대출받으면 돼. 얼마래?"

"7억."

7억이란 숫자에 그의 표정이 일그러졌다.

"우리 아파트도 한도껏 대출에 걸려 있어."

"내가 그 사모님 만나서, 그 돈은 살아가며 계속 갚아나가겠다고 사정해 볼게."

"우리가 해결하기엔 불가능한 액수야."

그녀는 더 이상 그를 마주보는 게 참담하여, 일어나 입구로 걸어갔다. 그가 카운터에서 계산을 하고 뒤따라 나왔으나, 그녀는 호텔 앞에 서 있는 택시를 잡아 타고 사라지는 중이었다. 그는 호텔 입구에서 그녀가 탄 택시가 사라지는 것을 멍하니 지켜보았다.

그녀는 거리에 그를 혼자 남겨둔 채 집으로 돌아왔다.

아버지를 미워하지도 말자. 언젠가 술에 취해 어머니 병실에 나타나 풀 죽은 음성으로 "다 먹고 살기 위해 하는 짓이다"라고 한 말은 그저 나오는 소리가 아니었다. 아버지는 엄마와 날 행복하게 해주려고 돈에 대한 욕심을 가졌을 테고, 실패하자 만회하기 위해 회사 돈에 손을 대었을 것이다. 운명은 귀신도 어쩌지 못한다고 했다. 우리 가족의 운명이 이런 것이라면 유광훈 씨의 딸인 내가 기꺼이 현대판 심청이가 되어 주겠어.

"밥 먹었어?"

"예."

소파에 앉아 주말 연속극을 보고 있던 신 여사가 거실로 들어서는 도희를 향해 크게 말한 뒤 다시 연속극으로 눈을 돌렸다. 아버지도 함께 TV를 보고 있었다. 어머니가 심장 수술을 한 후 아버지의 생활이 많이 달라졌다. 예전엔 토요일이든 일요일이든 거의 밖에서 살다시피 한 아버지가 주말은 될 수 있는 한 어머니 옆에 붙어 있었다.

"아버지!"

"왜?"

유 상무가 서 있는 딸을 올려다보았다. 그녀는 아버지를 보자 정말 회사 돈을 손 댔는지 물어보고 싶었다. 그러나 아버지와 눈이 마주치자 말문이 닫혀버렸고 될 대로 돼라는 자포자기 심정이 되었다. 자신이 회장 며느리가 되면 아버지의 돈 욕심이 저지른 행위도 보호를 받을 테지. 그녀는 그대로 서 있었다.

"왜? 할 말이 있니? 손이라도 씻고 와."

신 여사가 입술을 약간 벌리며 도희더러 손 씻고 오라고 한 번 더 말한 뒤 TV로 시선을 돌렸다. 삼각 관계가 벌어지는 드라마였다. 어느 부부가 이혼하기 위해 법정으로 들어가는 장면이 나오고 있었다.

TV 드라마에 정신 없을 정도로 빨려들어간 아버지와 어머니. 어머니의 표정은 마치 자신이 처한 상황처럼 처량하게 일그러졌다.

도희가 잠시 머뭇거리다가 입을 열었다.

"…저 오늘, 평택이하고 헤어졌어요. 그 사람도 동의했고… 그리고 회장님 아들하고 결혼하겠어요."

"뭐라구?"

신 여사가 놀라며 시선을 돌렸다.

"너… 지금 제 정신으로 말하는 거니? 여보, 애가 지금 하는 말 들었죠? 다시 말해봐. 무슨 소리냐구?"

"평택 씨, 무정자증이래."

"그건 또 무슨 소리야?"

신 여사가 소파에서 벌떡 일어나, 서 있는 도희의 눈을 들여다보았다. 도희가 어머니의 놀란 눈을 피해 소파에 앉자 신 여사도 다시 앉았다. 유 상무가 리모컨으로 TV를 껐다. 거실이 갑자기 소리가 뚝 끊어져 조용해졌다.

"그래서 결혼 같은 거 하고 싶지 않고 독신이 되겠대."

도희가 고개를 숙이며 자신의 발등을 내려다보았다.

"이젠 어쩔 수 없게 되었어."

"그럼 평택이가 씨 없는 수박이란 말이야? 이 무슨 일이냐?"

"줄기세포로 회장 아들은 몇 년만 기다리면 다시 걸을 수 있게 돼."

"이 기집애가! 여보, 애가 지금 하는 말… 정말 기가 막혀. 대체 무슨 도깨비 같은 말이니?"

신 여사가 옆에 앉은 도희의 어깨를 세게 때렸다.

"평택이가 무정자라고? 그래도 왜 하필이면 회장 아들이냐고! 절대 안 돼. 아, 여보… 나, 약 좀 갖다 줘요. 절대로 안 돼! 여보, 빨리 안정제 가져와요. 나, 심장 떨려 죽겠어."

유 상무가 안방으로 들어가더니 약을 꺼내고는 주방으로 들어가 컵에 물을 따라 가지고 왔다. 신 여사가 고개를 뒤로 젖혀 약을 먹었다. 도희는 소파에서 벌떡 일어나 방으로 들어갔다.

"도희야!"

신 여사가 딸 방으로 따라 들어가려는 걸 유 상무가 붙들어 다시 소파에 앉혔다. 신 여사가 씩씩거리다가 기어코 눈물을 흘렀다.

"여보, 나 못 살아… 흑흑. 이 일을 어떻게 해? 농담이 아닌 것 같아. 아까 도희 표정 봤지? 지금 평택이한테 전화해 보자. 대체 어떻게 된 일인지…"

"가만 있어봐."

유 상무는 전화하려는 아내를 말리며 무언가 깊은 생각에 잠겨들었다. 그는 황 교수의 줄기세포가 불발로 끝나지 않고 성공할 수 있게 된다면 5년이라는 세월은 아무것도 아니란 생각이 들었다. 회장과의 사돈 관계라… 5년… 결혼하고서도 둘 중 한 사람이 외국으로 유학가 공부 끝날 때까지 떨어져 사는 젊은 기러기 부부도 많은데… 5년을 왜 못 기다린단 말인가? 그 죽일 놈의 돈 때문에 자살하는 사람도 있는데, 수천 억대의 재벌가 며느리가 되기 위해서 그깟 5년이라는 세월은 아무것도 아니지.

그리고 탐욕스러운 회장과는 다르게 그 아들은 인간 됨됨이가 괜찮은 인물이지 않은가. 회장이 아들을 경영 수업을 익히게 하려고 임원 회의 때 참석을 시키는데, 가까이에서 여러 가지를 살펴보면 회장 아들은 괜찮은 젊은이다. 가끔 회장실에서, 그 아들이 그림을 포기하지 않는 걸로 인해 회장이 아들에게 호통을 쳤지만, 결국엔 하나밖에 없는 그 아들이 물려받을 그룹이다. 유 상무는 사고 난 날 병실에 갔을 때, 마취에서 깨어나지 못한 채 핏기 가신 하얀 얼굴로 누워 있는 회장 아들의 모습이 떠올랐다.

"이 손, 놔요. 이 기집애가 정말 미쳤어."

신 여사가 유 상무가 잡고 있는 손을 뿌리치려 하자, 유 상무가 더욱 힘을 주고 잡은 채 일어나 신 여사를 안방으로 데려갔다. 신 여사는 안방으로 힘에 의해 끌려 들어가자 화가 나 씩씩거렸다. 유 상무가 침대에 아내를 앉혔다. 그러고는 아내의 화장대에 놓여진 컵에 물이 담긴 걸 보고서 물었다.

"저 물, 먹어도 돼?"

신 여사가 화가 풀리지 않은 표정으로 고개를 끄덕였다. 유 상무는 물로 목을 축인 뒤 침대에 앉아 있는 아내 곁으로 가 나란히 걸터앉았다.

"당신, 흥분하지 말고 내 말 잘 들어봐. 황 교수가 5년 후 치료가 가능하다잖아. 도희가 5년만 참으면 재벌 며느리가 된다구. 회장은 밥맛 떨어지지만 그 아들은 내가 잘 알아. 괜찮은 아들이야. 게다가 평택이가 자신이 아기를 낳을 수 없다는 걸 알고 파혼하겠다잖아."

"…"

신 여사는 금방이라도 남편을 잡아 먹을 기세로 노려보았다.

"도희가 회장 아들하고 언제 그렇게 가깝게 된 거지?"

유 상무가 팔짱을 끼고서 고개를 갸웃거리며 중얼거렸다. 신 여사가 더 이상 못 참겠다는 표정으로 벌떡 일어서더니, 베개로 유 상무를 마구 때리며 소리를 질렀다.

"당신 친아버지 맞아요? 돈에 미친 남자 같아! 당신, 정말 왜 그래요? 절대 안 돼!"

"당신, 세경물산 자산이 얼만 줄 알아? 우리 같은 사람 하루 24시간

뼈 빠지게 일해도, 몇 세대가 그렇게 일해도 못 따라 갈 재산이야. 당신, 도희 하는 대로 가만히 있어. 그 녀석이 아무래도 실속파인 나를 닮았나보다."

유 상무는 딸이 자신이 저지른 비리 때문에 현대판 심청이가 되기 위해 평택과 헤어지고 장애자가 된 회장 아들과 결혼하겠다는 것도 모른 채, 현대는 실리가 필요한 사회라고 속으로 생각했다.

"정말 세상 말세야. 당신 같은 사람은 절대 복제도 되어선 안 되는 탐욕꾼이야! 당신, 보기 싫어!"

안방에서 신 여사의 화난 소리도 시간이 지나자 잦아들고 거실은 조용한 정적에 잠겼다.

도희는 이불 속에 얼굴을 묻고 참았던 눈물을 쏟아내었다. 평택아, 미안해. 어쩔 수 없었어. 너를 무정자증이라고 거짓말을 할 수밖에 없었어. 다른 방법을 아무리 생각해도 떠오르지 않았어. 너를 잃은 난… 죽은 목숨이야. 그러나 난 널 꼭 다시 찾을 거야. 어떤 방법으로든 꼭 널 다시 만날 거야. 그녀는 울다 지쳐 더 이상 눈물도 나오지 않았다. 그녀는 밤새도록 뜬 눈으로 보냈다.

21. 계약결혼

강남의 어느 호텔에서 고영과 도희의 결혼식을 올렸다. 양가는 친척들과 아주 가까운 사람들만 초대하였다.

우경은 측은한 눈빛으로 웨딩드레스를 입은 신부를 바라보았다.

'정말 독한 계집애. 눈물을 잘도 참고 있네.'

결혼식의 분위기는 마치 초상집 같은 분위기가 되었다. 신 여사는 잘 참고 있다가 휠체어를 탄 고영이와 도희가 양가의 부모에게 절을 할 때 눈물을 흘리고야 말았다. 정 여사 또한 눈물을 주르르 흘렸다.

우경은 신랑 최고영을 뚫어져라 바라보며 가엾다는 생각이 들었다. 무슨 운명이기에 저 거추장스러운 휠체어를… 소나기 내리는 날. 도희의 자동차에 치였다고 했었지. 도희야, 일단 결혼했으니 잘 살아라. 우경은 울적한 마음으로, 하객석에 앉아 연신 눈물을 닦아내는 신랑 어머니와 신부 어머니를 바라보았다.

그때 하객석 뒤쪽에서 선글라스를 쓴 채 바라보다가, 눈물을 흘리고는 밖으로 달려나가는 여자가 있었다. 고영의 약혼녀였던 승미였다.

신혼부부는 식이 끝나자 곧바로 용인에 있는 별장으로 갔다.

정 여사와 신 여사는 각각 자기 집으로 돌아가자마자 침대에 쓰러져 버렸다. 정 여사는 결혼식날 세상에서 가장 사랑하는 아들이 휠체어를 타고 신랑 입장을 하는 것에 가슴이 미어졌고, 신여사는 왜 딸이 장애자가 된 회장 아들과 결혼을 하겠다고 고집을 부렸는지 아무리 이해하려 해도 할 수가 없었다. 신 여사는 딸의 고집을 끝까지 꺾지 못한 자신에 대한 원망에 살이 떨렸었다. 두 어머니는 각각 복받쳐오르는 서러움을 참지 못하고, 식이 끝나 집으로 돌아가자마자 침대에 엎드린 채 통곡을 하였다.

용인에 있는 별장. 도희는 소파에 앉아 벽난로에 지펴진 불길을 바라보았다. 시간은 어김없이 흘러 가을이 끝나고 겨울이 되었다. 첫눈이 내렸다. 첫눈이 내리면 아무리 바빠도 평택과 밤새도록 거리를 돌아다녔던 기억들이 떠올랐다. 첫눈이 내리다니… 나 혼자서 어떻게 하라고 첫눈이 내려…. 눈송이가 점점 더 커졌다.

'그는 지금 어떻게 살고 있을까? 평택아, 미안해. 그리고 사랑한다.'

별장에 온 지 2주일이 지났다. 고영은 방에서 꼼짝도 하지 않았고 도희는 말문을 닫은 채 지내고 있었다. 다음 주 화요일에 고영과 도희는 인공수정을 하기 위해 서울로 올라가 산부인과에 가기로 예약이 되어 있다. 도희는 고영의 방문을 노크하고 잠시 기다렸다가 문을 조심스레 열었다.

고영은 붓으로 붉은 색 물감을 화폭에 칠하고 있었다.

"여기 온 지 벌써 2주일이 지났네요."

"…"

도희가 처음으로 말을 걸었다. 고영은 대꾸도 하지 않고 여전히 그림에 집중했다. 독수리를 그리고 있었다. 붓으로 붉은 물감을 찍어 독수리 눈에 칠했다.

"왜 이 방에서 꼼짝도 하지 않아요? 저한테 신경 쓰지 말고 거실에 나오세요. 방에만 있음 건강에 좋지 않아요."

"방해가 되니까 나가줘."

그녀는 그대로 서 있었다.

"그 여자를 위해 나하고 결혼했지요?"

"당신은 돈 때문에 약혼자를 버린 거야? 약혼자가 닥터라 웬만해서는 먹고 살 텐데 더 욕심이 났나? 아무튼 불구자가 되어도 시집 온 여자가 있어 다행이지."

그는 쓴웃음을 지었고 그녀는 당황했다. 정 여사가 무슨 말을 한 걸까? 아니, 함부로 말할 분이 아니다. 자신은 불구가 되어 사랑하는 여자와 파혼을 했지만, 내가멀쩡한 약혼자와 헤어져 이 집안에 며느리로 들어왔다는 것은 누가 보아도 돈 때문에 한 결혼이라 생각할 것이다.

그녀는 시어머니가 된 정 여사의 계획으로 이 집안에서, 이 시간에, 평택과 헤어져 비참한 심정으로 나날을 살아가고 있다는 사실에 새삼격한 감정이 부글부글 끓어올랐지만 힘껏 억제해 나가고 있었다.

"언제든지 떠나도 괜찮아…"

고영은 자신의 결혼으로 인해 승미를 자유롭게 놓아준 의미 하나만으로 도희의 역할은 충분하다고 생각했다. 그는 승미가 지금 어떻게 살고 있는지, 불현듯 승미가 떠올라 가슴이 미어졌다. 한순간의 사고로 인해 모든 것을 한꺼번에 잃게 된 사실… 간신히 억제했던 감정들이 또다시 끓어올랐다.

"나가 줘!"

화가 잔뜩 난 말투였다. 그녀는 그 심정이 이해가 되어,

"내일 서울 갔다 오겠어요."

라고 말하고는 방 밖으로 나갔다.

그녀는 팔짱을 낀 채 유리창을 통해 정원을 내다보며 깊은 생각에 잠겼다. 하얀 눈이 더 많이 내리고 있었다.

저 남자, 그래도 자살 소동을 하지 않아 다행이었다. 건강했던 사람이 어느 날 감당하기 힘들 정도로 신체의 일부가 파손이 되면 인생을 포기하려는 충동을 느낀다는데, 저 사람은 하루종일 그림에 매달린 채 도인(道人) 같은 생활을 보내고 있다. 면도도 하지 않은 채.

도희는 고영이가 끝까지 강한 정신으로 살아가기를 진심으로 바랐다. 정 여사의 계략으로 평택과 파혼을 했지만, 최고영 저 사람은 자신의 상처만 하더라도 너무 큰지라 증오의 대상에 포함할 수가 없었다.

그녀는 자신의 방으로 들어가 커다란 가방에 옷가지와 필요한 짐들을 챙겨 넣었다.

22. 뒤바뀐 두 여자

다음날이었다. 도희는 꽤 큰 여행용 가방을 승용차 뒷좌석에 싣고 서울을 향해 달렸다.

그녀가 탄 승용차는 서울로 진입하자 여의도 방향으로 달리다 어느 오피스텔 지하차고로 내려갔다. 그녀는 차를 세워놓은 뒤 뒷좌석에 실었던 여행용 가방을 꺼내었다.

그녀는 엘리베이터를 타고 8층으로 올라가 803호실로 걸어갔다. 그녀는 열쇠로 문을 열고 안으로 들어갔다. 20평 남짓한 썰렁한 내부 공간. 아무 장식도 없이 컴퓨터와 침대, 그리고 식탁이 있을 뿐이다.

그녀는 가방을 컴퓨터가 놓인 책상 옆에 두었다. 그녀는 실내를 휘 둘러보다, 앞으로 해야 할 일들을 정리하기 위해 생각을 집중했다.

10개월 동안 아리가 나의 역할을 할 것이다. 10개월은 아리가 임신을 하고 출산하는 데 소요되는 세월이었다. 아리라는 여자, 영악하고 눈치가 빨라 실수없이 출산 때까지 연기를 잘해 줄 것이다. 그녀는 쓴 미소를 지으며, 이 모든 시나리오의 원작자는 정 여사였지만 마무리는 나의 의도대로 될 것이라고 생각하며 여행용 가방을 열었다.

옷가지들을 꺼내어 옷장에 하나하나 걸었다.

시계를 보니 오후 2시였다. 그녀는 오피스텔에서 나와 아리와 만나기로 한 장소로 차를 몰았다. 여의도에서 잠실까지 차가 막히지 않는 시간대라 30분 만에 도착을 했다. 아리가 잠실 롯데월드 곰돌이상 앞에 서 있었다.

도희가 아리 앞에 차를 세워 클랙션을 짧게 눌렀다. 아리가 차 문을 열고 옆좌석으로 들어왔다.

"CD를 통해 댁을 닮으려고 노력했는데… 이 정도면 변신에 성공했지요?"

도희는 아리를 보고 놀라지 않을 수 없었다. 자신의 모습과 그대로였다. 헤어스타일과 체중까지도 완벽하게 변신했다. 너, 나 구분이 안 되는 두 여자.

"거울 속의 나를 보는 것 같네요. 수고했어요."

도희는 엷은 미소를 지으며 차의 시동을 걸어 앞으로 달려나갔다. 승용차가 용인으로 진입하여 별장 가까이 당도하자 갓길에 멈추었다.

"나는 여기서 내릴 테니 이 차를 몰고 가세요. 저기 붉은 별장 보이죠? 저 별장이에요. 한 번 더 부탁하는데, 될 수 있음 말을 하지 마세요. 그 사람하고도 각 방을 쓰니 그렇게 알고… 나는 여기서 내릴 테니 잘해 보세요."

"알겠어요."

도희가 승용차에서 내리자, 아리가 운전석으로 옮겨 앉아 승용차를 몰고 앞으로 달려나갔다. 도희는 자동차가 시야에서 사라질 때까지 서 있다가, 지나가는 빈 택시를 발견하고 손을 들었다.

아리는 별장으로 들어갔다. 고영이가 거실 유리창을 통해 밖을 내다보다 아리가 들어오자 휠체어를 굴려 자신의 방으로 들어갔다. 주방에서 일하던 아줌마가 아리가 거실로 들어서자 도희로 알고 말했다.

"서울 사모님한테서 몇 번이나 전화가 왔었어요. 시키신 대로… 목감기로 목이 부어 말하기가 힘들다고 변명을 했어요."

가정부 아줌마는 다시 주방으로 들어갔다. 아리는 일하는 여자가 자신을 도희로 알고 하는 말을 듣고는, 이곳에서 도희의 역할을 완벽하게 해낼 수 있겠다는 생각이 들었다. 아리는 거실에 우두커니 서서 속으로 중얼거렸다.

'이 시간부터 나는 아리가 아니라 도희다. 넉넉잡아 1년만 미친 짓을 하면 난 씨받이 값으로 5000만 원을 받고, 신용불량자가 되어 도망다니는 짓거리를 하지 않아도 되고 나의 딸을 찾을 수도 있어. 그나저나 그 인간이 애를 데리고 어디로 간 거야?

아리는 도희가 알려준 방으로 들어갔다. 그녀는 화려하게 치장된 방을 둘러보고 묘한 표정을 지었다. 이 방의 진짜 주인은 자신을 씨받이로 고용하고 서울 어느 오피스텔에서 1년 간을 숨어 지낼 것이다.

그녀는 샤워를 하기 위해 옷을 벗고 욕실로 들어갔다. 거울에 비치는 육체. 그녀는 손바닥을 펼쳐 자신의 둥근 배를 쓰다듬었다. 자궁,

씨받이, 임신, 아기, 출산. 불구자인 남자의 씨를 받아 아기를 낳아 주는 조건으로 거래한 5000만 원. 섹스를 하지 않아도 되는 인공수정이라는 사실이 그나마 덜 비참했다. 상대 남자가 섹스를 할 수 없다는 것이 다행이었다. 자궁만 빌려 주면 되었다. 모든 게 상품화로 취급되는 현대 풍조에 한 몫 하고 있다는 생각에 그녀는 쓴웃음을 지었다.

한편으로는 고영이라는 남자가 어떻게 생겼는지 궁금하였다. 도희라는 여자는 왜 그 남자와 결혼을 했을까? 이 별장을 보니 돈이 넘쳐 나는 집이 분명할 테고, 돈이 탐이 나 결혼을 한 것이 분명하다고 아리는 생각했다.

그녀는 욕실에서 나와 현관문을 열고 정원으로 나갔다. 정원에는 둥글고 반듯한 넓직한 돌들이 징검다리처럼 V자 형으로 깔려 있었다. 그녀는 현관에서 대문을 향해 직선으로 놓여 있는 돌멩이를 하나하나 밟으며 끝까지 갔다가 되돌아와, 다른 갈래로 놓여 있는 돌을 따라 갔다. 마지막 돌이 놓여 있는 곳에 커다란 유리창이 있었다. 유리창을 들여다보니 굉장히 큰 방에서 휠체어에 탄 남자가 그림을 그리고 있었다. 저 남자다. 귀공자처럼 생겼네. 쯧쯧. 가엾은 일이다.

그때 고영이 고개를 돌려 정원 쪽을 내다보다 그녀와 눈이 마주쳤다. 그녀가 손을 흔들며 웃음을 보냈다. 그러자 그의 표정에 약간의 변화가 일더니, 시선을 돌리고 다시 그림을 그리기 위해 손을 놀렸다.

그녀는 그 자리를 떠나지 않고 한동안 그의 모습을 뚫어져라 바라보다가, 유리창에서 물러나 나무들 사이로 걸었다. 하나, 둘, 셋, 넷, 다섯, 여섯 번째 나무 앞까지 걸어가자 연못이 있었다. 그녀는 구부리고 앉아 푸른 물때가 긴 연못을 바라보았다. 잘생긴 물고기들이 평화

롭게 놀고 있었다. 한 마리당 얼마나 할까? 그녀는 모든 게 돈으로 꾸며져 있는 별장에 감탄을 했다.

아리가 도희가 되어 별장에 나타난 지 이틀이 지났다. 그 사이에 아리는 고영과 거실에서 딱 한 번 마주쳤다.

오후였다. 비서가 오렌지 소녀를 데리고 별장에 나타났다. 아리는 거실로 들어서는 비서와 소녀를 보고는 너무 놀라 소리를 지를 뻔하였다.

'선유다! 내 딸 선유… 이 아이가 어떻게 여기를 온 거지? 대체 어떻게 된 거지?'

"아. 병원에서 만난 아줌마다. 아줌마!"

소녀는 아리를 병원에서 만난 도희로 알고 아는 체를 했다. 도희라는 여자와 내 딸은 어떤 관계일까? 아리는 비서를 바라보았다.

"잘 지내셨습니까?"

비서가 인사를 했다. 아리는 고개를 가볍게 끄덕였다. 비서가 선유를 데리고 고영의 방으로 들어가자, 아리는 묘한 표정이 되어 소파에 앉아 생각에 잠겼다.

생활 능력 없는 남자를 만나 힘겹게 살다가 사채를 쓰기 시작했고, 결국은 이자에 이자가 붙어 눈덩이처럼 불어난 사채를 갚을 길이 막막해지자 선유가 두 살 때 가출했었다. 숨어서 딸이 자라는 모습을 지켜보다, 6개월 전 남편과 선유가 행방불명이 되어 찾아 헤매고 있는 중인데 이 별장에서 만나게 되다니… 내 딸이 이 집 식구들과 어떤 관계인지 알아봐야겠어.

그때 고영의 방에서 선유의 웃음소리가 들렸고 비서가 거실로 나왔다.

"안녕히 계십시오."

"네, 지금 가시게요?"

"네."

비서가 아리에게 공손히 인사를 하고 현관 밖으로 나가자 아리도 뒤따라 나갔다. 육중한 철책문에 다다르자 비서는 다시 한 번 인사를 하였다. 그때 아리가 말했다.

"저 아이에 대해 얘기해 주세요."

비서가 문 밖으로 나가려다 말고 멈추어 서서 아리를 바라보았다.

"사모님한테 실장님이 아무 말씀 안 하셨습니까?"

"네."

비서는 결혼식 때 본 이후로 두 번째 보게 되는 사모님이었으므로 아리가 도희로 바꿔치기 된 사실을 전혀 알 수가 없었다. 결혼식에 참석한 비서조차 속을 정도로 두 여자가 닮은 것이다.

"저 여자애는 우리 실장님이 사고가 나 입원했던 병원에 백혈병으로 입원한 환자였어요. 어느 날 병원비를 마련하지 못한 보호자가 미안하다는 쪽지 한 장 남겨 놓고 환자를 병원에 버리고 도망갔지요. 실장님이 저 애의 보호자가 나타날 때까지 돌보고 있습니다. 병이 심하여 실장님이 수술도 받게 하였는데 수술 결과도 잘 되었다고 합니다. 실장님, 좋은 분이십니다. 어쩌다 사고가 나 저렇게 되었지만 멋진 분이십니다."

"그렇게 되었군요. 잘 돌아가세요."

비서가 아리를 향해 고개를 다시 한 번 숙인 뒤 대문 밖으로 나갔
다. 비서가 탄 승용차가 떠나는 소리가 들렸다.

23. 인공수정

"정말 다행이다. 착상이 되었어. 축하한다."

"정말 고마워. 한번 만나자. 내가 친구 덕에 산다. 좋은 일식집 예약해 놓을게. 정말 고맙다."

정 여사는 산부인과 친구와 통화를 끝내고 송수화기를 내려놓았다. 며느리가 인공수정에 성공했다는 소식이었다. 정 여사는 흥분을 도저히 가라앉힐 수가 없어서 최 회장에게 그 사실을 알리려고 전화번호를 누르려다 멈추었다. 최 회장은 일본에 출장 가 있었던 것이다.

'아이 참. 지금 일본 계시다는 것도 잊어버리다니…'

정 여사는 혼잣말로 중얼거리다가, 춘천댁이 눈에 띄자 웃으며 말했다.

"아줌마. 우리 며느리가 임신을 했다네."

"아이고, 정말 축하드립니다, 사모님. 정말, 눈물이 나올 정도로 기쁘네요."

춘천댁이 정 여사한테서 호들갑 떤다는 말을 듣지 않을 정도로 함께 기뻐해 주었다.

"아줌마. 오늘 나하고 백화점에 아기용품 사러 가요."

"네, 정말 축하드려요."

"지금 나가요."

정 여사는 외출 준비를 했다. 당장 신생아용품을 사고 싶었고, 며느리에게 줄 선물도 잔뜩 사고 싶었다. 우리 며느리, 정말 고맙다. 정 여사의 입가에는 웃음이 떠나지 않았다. 며느리가 복덩이라는 생각이 들어 흐뭇했다.

정 여사가 춘천댁을 데리고 백화점에서 신생아용품을 사는 시간에, 아리가 도희한테 전화를 하였다. 도희는 아리의 음성을 듣게 되자 긴장이 되었다.

"착상되었대요."

아리가 임신을 했다. 다행이다. 도희는 비로소 안심이 되었다.

"수고했어요. 한 번만에 착상이 되어 다행이네요."

"그러니 약속한 돈 입금시켜 주세요."

"알았어요."

"…"

도희는 아리가 대답이 없자 지금 분명 착잡한 심정일 거란 생각이 들어 이렇게 말했다.

"출산 때까지 산모도 아기도 건강하기를 기도할게요."

"자궁이 튼튼해서 다행이네요."

"네?"

"그렇지 않다면 이런 돈벌이를 할 수 없었겠죠."

"미안하고… 그리고 고마워요. 오늘 돈 입금시킬게요. 전번에 적어
준 통장으로 보내 드리겠어요."

"알았어요. 내가 출산 때까지 잘 숨어 지내기 바랍니다."

도희는 통화를 끝내자, 자신도 가엾지만 그 여자도 정말 불쌍한 인
생이라는 생각이 들어 마음이 울적해졌다.

아리가 과일을 깎아 놓은 쟁반을 들고 고영의 방을 노크한 뒤 문을
열고 들어갔다.

고영이가 선유의 손에 붓을 쥐어 주고 물감을 묻혀 그림의 한 곳을
가리키며 칠하라고 하자 선유는 재미있다는 표정으로 붓을 놀렸다.
아리는 그러한 모습에 감동되어 넋나간 사람처럼 바라보았다.

그녀가 방에 들어오자 고영의 표정이 굳어졌다. 선유는 어린 마음
에도 이상해진 분위기를 느꼈는지 붓을 놓고 방에서 나가버렸다.

그녀가 과일이 담긴 쟁반을 탁자 위에 놓았다.

고영은 결혼식 다음날부터 면도를 하지 않아 수염이 길게 자라 있
었다. 산 속 도인 같은 느낌을 주었다. 유리창으로 비쳐드는 황혼빛이
휠체어에 앉아 있는 그의 옆모습을 붉으스름하게 물들이자 긴 수염이
붉게 변했다. 그녀는 예전에 읽은 책의 주인공인 붉은 수염의 백작을
떠올렸다. 작가가 붉은 수염을 아름답게 묘사를 했었다. 저녁노을에
물들어 버린 저 수염… 현실이라기엔 너무나 환상적인 실루엣이었다.

그 백작은 성(城)을 가졌고, 이 남자는 풀장과 연못과 울창한 나무들이 있는 멋진 별장을 가지고 있다. 둘 다 붉은 수염이다. 그 백작의 여인이었던 오로라 공주… 나는 이 귀족적인 화가의 아기를 가진 여자… 나도 오로라 공주가 될 수 있을까?

그녀는 휠체어 앞에 무릎 꿇고 앉아, 오른손을 뻗혀 그의 턱 아래로 부드럽게 자란 수염을 살짝 쓰다듬었다. 고영은 흠칫 놀라며 그녀의 손을 덥석 잡았다.

그녀는 그의 눈을 빤히 올려다보았다.

"당신 참 아름다운 사람이네요."

그녀가 속삭였다. 그러자 그는 그녀를 밀쳐내고 휠체어를 굴려 창가로 갔다. 정원의 풍경을 바라보며 화난 음성으로 말했다.

"뭐 하는 짓이야? 나가!"

그녀는 물러나지 않고 가까이 다가갔다.

"우린 부부잖아요. 우리, 잘 지내요. 같이 있는 동안만이라도."

"…"

"당신은 이 아기 아빠예요."

아리가 그의 손을 잡고 임신이 된 자신의 배에 갖다대었다. 그가 뿌리치려다가 말고 가만히 있었다. 고영은 손바닥을 통해 아기의 숨결이 들리는 것 같아 그대로 있다가, 스스로 놀라며 손을 빼내었다.

'미안해요. 내가 당신 아내를 닮은 씨받이 여자라는 것을 당신은 알 턱이 없겠지요. 불쌍한 사람. 아무튼 고마워요, 내 딸을 돌봐주셔서.'

아리는 진심으로 고마워했다.

그녀는 창 밖으로 시선을 둔 그의 뒷모습을 물끄러미 바라보다 방에서 나갔다. 선유가 커다란 곰 인형을 안은 채 주방에서 일하는 아줌마와 재잘거리고 있었다. 아리는 엄마의 얼굴도 모르는 딸을 바라보며 한숨을 내쉬었다. 두 살 때 버리고 가출했으니, 이 어린 것이 내가 엄마라는 것을 어떻게 알 수가 있을까.

아리는 선유에게 곁에 오라고 손짓을 했다. 선유가 다가왔다. 아리가 선유의 손을 잡고 소파로 데려가 옆에 앉혔다. 우리 선유, 그 동안 못 본 사이에 많이도 컸구나. 딸은 아빠를 닮아야 잘 산다는데 넌 이 엄마를 그대로 닮았어.

"아빠는 어디 있어?"

"도망 갔어."

"누가 그래?"

"병원에서."

"엄마는?"

선유는 고개를 가로 흔들더니

"몰라!"

하고 말하며 벌떡 일어나 고영의 방으로 가버렸다. 저 어린 것의 기억에 좋지 않은 일뿐이라는 사실에 아리는 가슴이 미어졌다.

선유야, 우리 1년만 참자. 아니 열 달만 참으면 5000만 원으로… 순간 아리는 5000만 원이 자신이 씨받이로 번 돈이라는 사실에 참담한 심정이 되었다. 어찌 되었건 그 돈으로 빚을 갚게 되면 더 이상 도망 다니지 않아도 되고, 우리 가족이 다시 합칠 수 있게 될 거야. 그나저나 그 인간은 딸을 병원에 버리고 어디로 달아나 무엇을 하며 살고 있는지… 정말 끔찍한 인간이다.

어머니는 지금 어떻게 살고 있을까? 햇빛에 시커멓게 그을은 어머니의 얼굴이 떠올랐다. 여름엔 바위섬에서 회를 팔고, 겨울에는 마땅히 할 게 없어 식당을 돌아다니며 그릇을 씻는 잡일을 하다가, 시비를 잘 거는 성격에 주인과 틀어지면 뛰쳐나와 이것저것 닥치는 대로 일을 하신다. 휴우… 돈 복도 타고 나야 된다더니, 어머니와 난 돈 복은커녕 이제껏 살면서 돈에 허덕인 기억밖에 없다.

씨받이 값 5000만 원으로 빚 4000만 원 갚고 1000만 원으로 길거리 포장마차라도 하던지, 아니면 다시 나이트클럽에 나가 노래를 하던지… 더 이상 도망 다니지 않고 식구들이 모여 살 수 있어.

아리는 선유를 여기서 찾게 된 사실이 마치 꿈만 같았다. 한편으로는, 고영이라는 남자와 선유와 나, 그리고 뱃속에 자라고 있는 아기. 이렇게 네 식구가 별장에서 행복하게 살아가는 상상이 자신도 모르게 떠오르자 쓴웃음을 지었다.

아리는 일어나 주방으로 들어갔다. 냉장고에서 우유를 꺼내어 전자렌지에 넣고 따뜻하게 데워 마셨다. 그녀는 선유를 수술하게 해준 고영에게 은혜를 갚는 길은, 뱃속에서 자라고 있는 그의 아기가 건강하도록 영양 공급을 잘 하는 것이라고 생각했다.

24. 황 쇼크

"여보! 빨리 나와 봐욧!"

9시 뉴스를 보던 신 여사가 비명에 가까운 소리로 욕실에 있는 남편을 불렀다. 유 상무는 아내가 부르는 소리에 샤워를 하다가 대충 끝내고 나왔다.

"왜 그래?"

신 여사가 TV에서 눈을 떼지 않은 채 소리를 질렀다.

미즈메디 병원의 노성일 이사장이 기자회견을 통해, 배아줄기세포는 애초에 없었다고 밝혔다. 유 상무는 갑자기 몸이 와들와들 떨렸다. 그는 소파에 털썩 주저앉았다.

"어떻게 해? 우리 도희 어떡하냐고?"

신 여사가 울먹였다.

"사위가 5년 후 치료된다는 희망에 그나마 위로가 되었는데… 아,

이 일을 어떻게 해!"

"…"

"이 양반이! 내가 당신 때문에 못 살아! 이 일을 어떻게 하냐구! 당신은 돈의 노예가 된 아버지야. 말렸으면 그 집으로 시집가지 않았을 거 아냐. 차라리 씨 없는 수박이래도 평택이와 결혼하는 게 더 낫지… 아이구! 지금 와서 이 말들이 무슨 필요가 있을까?"

유 상무가 정신을 못 차릴 정도로 신 여사는 남편에게 불만을 퍼부어대며 울었다.

"어이가 없는 일이 벌어졌군…"

유 상무가 뉴스를 보며 넋나간 표정을 지었다. 한국뿐만 아니라 전 세계의 난치병 환자들이 희망을 가졌던 환자 맞춤형 줄기세포였다. 세계가 떠들썩했는데… 유 상무는 갑자기 뒷골이 당기자 손을 뒤로 돌려 꾹꾹 눌렀다.

"여보. 도희도 지금 이 뉴스를 보고 있겠지. 아, 머리 아파!"

"제발 진정해!"

유 상무가 신 여사에게 소리를 질렀다. 유 상무는 이 와중에도, 줄기세포를 재료로 바이오 종목들이 급등할 무렵에 최 회장이 낀 주식 작전에서 이익을 취하고 빠져나왔다는 생각에 안도의 한숨을 내쉬었다. 증권시장은 분명히 내일 아침장이 열리자마자 미즈메디 병원 노성일 이사장의 인터뷰로 인해 폭락장이 연출될 것이라는 생각을 하다가, 어느새 돈의 노예가 된 자신을 깨닫고는 침울해졌다. 그는 딸이 회장 아들과 왜 결혼을 하려고 했는지 지금 와서 생각해도 이해가 되지 않았지만, 그때 부모가 되어 강하게 말렸으면 그 결혼은 성사되지 않았을 것이라는 죄책감이 들었다.

　같은 시간대에 세경물산 최 회장과 정 여사도 뉴스를 보며 기절할 지경이 되었다.

　정 여사는 아들에게 전화도 할 수 없을 정도로 참담한 심정으로 며칠을 울고 지냈다. 정 여사는 신생아용품으로 꾸며진 방으로 들어갔다. 며느리가 임신을 하여 집안 분위기가 그나마 생기가 돌았는데… 그녀는 마른 하늘에 날벼락을 맞은 것 같아 기절할 지경이 되었다. 아기 침대 위에 벌, 나비, 잠자리, 꽃잎 들이 오색으로 매달려 있는 모빌이 나풀거렸다.

　"고영아, 너를 어쩌면 좋으냐?"

　정 여사는 복받히는 흥분을 참지 못하고 소리내어 울어버렸다.

　정 여사는 미즈메디 병원 노성일 이사장의 폭로가 있기 전 어느 날, 서울대 수의학과 건물에서 황 교수 강의에 참석을 했었다. 슬라이드를 통해 황 교수의 줄기세포에 대한 설명을 들으며, 아들이 불구자가 되었지만 5년만 참고 견디면 다시 정상인이 될 수 있다는 희망을 가졌었다. 그리고 유 상무의 비리를 볼모로 며느리로 삼은 도희에게 그나마 죄책감이 덜어질 수 있다는 생각을 했었는데, 이 무슨 날벼락이란 말인가.

　그날의 강의 참석자는 중고교생들이었고, 강의 주제는 '우리 나라의 미래인 청소년들에게 줄기세포로 세계에서 선정한 과학자의 대열에 올려진 황우석 교수의 한국 과학의 미래 비전 제시' 와 '황 교수의 성장기에 대한 피력', '어려운 환경에서도 꿋꿋이 과학자의 길을 걸어왔다는 이야기', '줄기세포의 성공 과정' 등이었다.

황 교수는 환등 슬라이드에 심한 난치병으로 괴로워하는 환자의 사진을 띄워 놓고, 자신은 연구실에 가족 사진도 걸지 않고 이 환자의 사진을 매일 바라보며 연구에 정진한다고 해 참석한 청소년들의 감동을 자아내었다.

황 교수는 청소년들에게 자신에 찬 음성으로, 줄기세포로 인해 우리의 젓가락 문화가 포크 문화를 이겼다며 만면에 웃음을 가득 머금고 말하자 모두들 큰 박수를 보내었다. 정 여사는 그 말이 기억에 또렷이 떠올랐다.

"미끌미끌한 콩자반을 집어 올리는 우리 젓가락 문화가 포크로 찍는 문화를 이긴 것입니다."

황 교수의 말이었다. 신(神)이 따로 없었다. 난치병 환자들의 가족에게 황 교수는 신이었다. 강의가 끝나자 황 교수에게 청소년들을 대표하여 줄기세포가 더 증진되라는 의미로 연과 손톱깎기를 선물했다. 연은 줄기세포가 더 비상하라는 의미였고, 손톱깎기는 무균돼지를 의미했다.

강의가 끝나자 세계가 존경을 표하는 자랑스러운 과학자와 사진을 찍기 위해 청소년들이 우르르 몰려들었고, 정 여사 또한 아들 고영이가 몇 년만 더 기다리면 다시 정상인이 될 수 있다는 확신에 눈물을 글썽이며 황 교수에게 다가가 악수를 했었다.

정 여사는 회상이 거기까지 미치자, 그때 황 교수와 같이 사진을 찍었던 청소년들이 그 사진을 들여다보며 지금 어떤 생각을 할까 걱정이 되었다. 분명 어린 마음들이 상처를 받았을 것이라는 생각이 들자,

더욱 참담해져 두 눈에 고여 있던 눈물이 주르르 흘러내렸다.

우경은 도회가 없는 사무실에서 영 일할 마음이 들지 않았지만, 결혼을 약속한 남자와 데이트에 빠져 그럭저럭 도회가 없어진 빈자리를 메울 수가 있었다.

문화부 강 기자가 우경의 옆으로 와 말을 걸었다.

"요새 우 기자가 유 기자 없어서 영 맥을 못 추리는 것 같아. 그러고 보니 유 기자가 이 사무실에서 사라진 지 벌써 몇 달이 훌 지나가 버렸네. 지금 잘 살고 있을까? 안 보니 보고 싶네. 이래서 사람한테 함부로 정 주는 게 아니라고."

"…"

우경이 대꾸가 없자 강 기자가 화제를 바꾸어 말했다.

"사회라는 것이 사건을 끊임없이 만들기 때문에 우리 같은 기자들이 먹고 살 수 있다구. 안 그래?"

그러자 우경이 말을 받았다.

"그러게. 요즘 줄기세포로 난리났어. 네티즌들도 줄줄이 댓글 달며 그 얘기들이야. 전 국민이 줄기세포 때문에 생물학자 되겠다."

우경이 말을 이었다.

"연일 TV고 신문이고 배아줄기세포 진위를 가린다며 생물학에 관련된 전문용어를 발표하고 배아 과정에 대해 상세하게 설명하니, 시청자들이 가만히 앉아서도 생물학자가 되는 거지."

"황 교수는 줄기세포가 바꿔치기 당했다고 주장하고 있고… 대체 뭐가 뭔지 모르겠어."

강 기자가 눈을 동그랗게 치뜨며 말을 받았다.

"검찰 수사 결과가 어떻게 나올지 정말 궁금해. 그래도 개는 진짜라니 그나마 다행이다. 자, 강 기자님. 자리로 돌아가 주실까요? 나 일 해야 되거든…."

강 기자가 떫은 감 씹은 표정으로 어깨를 으쓱이더니 다시 제자리로 돌아갔다.

우경은 기자라는 직업 때문에 사건들을 쉴새없이 접촉하지만, 생명공학에 관련된 대형사건은 오랜만이라는 생각이 들었다.

그때 핸드폰이 울렸다. 도희 어머니였다.

"안녕하세요?"

"우경아, 부탁이 있다. 네가 한번 도희 살고 있는 곳으로 가 보면 안 되겠니? 꿈이 어수선하다. 연락할 때까지 찾아 오지 말라는 문자 메시지가 왔어. 아기를 낳을 때까지만 혼자 있고 싶다며, 출산 때까지 연락도 하지 말라고 하니 걱정이 되어 숨이 막히겠다. 임신을 하면 친정 엄마가 귀찮을 정도로 찾아대는데 이 애는 어찌된 영문인지 코빼기도 보이기는커녕 음성조차 듣지를 못한단다. 미안하지만, 네가 이번 토요일에 별장으로 좀 가봐."

"네. 가 볼게요. 도희가 임신했어요?"

"너한테도 말하지 않았구나. 무슨 영문인지 모르겠다."

"갔다 와서 소식 전할게요."

"그래. 네가 수고 좀 해줘라. 고맙다."

우경은 통화를 끝내고 골똘히 생각에 잠겼다. 도희와 헤어진 평택 씨는 어떻게 지내고 있을까?

25. 다시 찾은 고슴도치

　토요일. 우경은 아침 일찍 차를 몰아 도희가 살고 있는 용인 별장으로 달렸다.

　별장 문이 열려 있었다. 우경은 정원을 가로질러 현관 문을 밀고 안으로 들어갔다. 소파에 앉아 선유에게 그림책을 읽어주던 아리가, 낯선 여자가 거실로 올라오자 "누구죠?" 하는 표정으로 우경을 쳐다보았다. 우경은 아리를 도희로 알고는, 안색이 좋은 데다 밝은 표정을 보자 괜한 걱정을 했다는 생각에 갑자기 괘씸하게 느껴졌다.

　"뭐야! 화려한 궁정에서 빛을 발하고 살면서 사람을 걱정하게 만들다니! 얘는 누구니?"

　우경이가 면박을 주며 소파에 털썩 앉았다. 아리는 소파에서 벌떡 일어나며 '이 여자는 도희 친구' 라는 생각이 들었다.

　'아. 머리 아파. 골치 아프게 되었네. 도희 씨가 아무도 만나지 말

고, 통화도 하지 말고, 말도 될 수 있으면 하지 말라고 주의를 주었는
데… 갑자기 생각지도 못했던, 도희 씨 친구라는 여자가 찾아와 나를
놀라게 하네.'

아리는 말없이 방으로 들어가 경대에 앉아 '지금 목이 부어 한 마디
말도 할 수 없음. 와 주어 반갑다. 다음에 목이 풀리면 만나자. 잘 가.
그리고 나, 잘 살고 있다.' 라고 메모지에 휘갈겨 적었다.

아리는 거실로 나와 그 메모지를 우경에게 건넸다. 우경은 내용을
읽더니 황당한 표정이 되어 아리를 쳐다보았다. 아리는 우경에게 알
았으면 가보라는 표정을 지었다.

우경은 소파에서 일어나며 메모지의 필체를 감정했다. 도희의 필체
는 둥글게 굴리다 아래로 착 떨어지는데 방금 받은 메모지 필체는 사
선으로 날카롭게 떨어지는 필체였다. 그리고 처음 거실에서 얼굴이
마주치자 어딘지 표정이 다르다고 생각했었다. 도희는 누군가를 만났
을 때 반가우면 고개를 옆으로 살짝 돌리며 탐색하듯이 재빠르게 상
대의 눈을 들여다보는 습관이 있는데, 웬일인지 그냥 멍하니 불안한
눈빛이었다. 유 기자가 불구 남편과 살다 보니 정서적으로 문제가 생
긴 걸까?

우경은 어떤 생각이 떠올라 아리를 정면으로 바라보았다.

"그래도 차 한잔은 마시자. 성질 하며… 네 남편은?"

우경이 소파에 다시 앉으며 물었다.

"아저씨, 그림 그리고 있어요."

선유가 고영의 방을 손으로 가리키며 말했다. 아리는 소파에 앉지
않고 여전히 서 있었다.

"넌 누구니? 여기 같이 사니?"

우경은 소녀의 얼굴이 도희를 많이 닮았다는 생각을 하며 물어보자 선유가 고개를 끄덕였다.

"선유야. 2층에 가서 놀아."

아리가 말하자 소녀는 머뭇거리지 않고 2층으로 올라갔다. 그때 일하는 아줌마가 다가와,

"사모님 친구분이세요? 요즘 사모님, 목 감기가 심하게 들어 말하기 힘들어하세요. 차 가져올게요."

하고 말하더니 주방으로 들어갔다.

"야. 목이 부어도 그렇지, 한마디 말 정도는 해봐. 이상한 기지배."

우경이 아리를 올려다보며 말했다. 아리는 시선을 다른 곳으로 돌렸다.

아리는 집요하게 자신을 살펴보는 우경이 부담스러워 빨리 가기를 바랐다. 도희라는 여자가 신문사 기자라고 했는데 이 여자도 같은 기자일까?

우경은 앞에 있는 도희가 가짜 도희라는 걸 금방 눈치챘다. 고슴도치. 대체 넌 어디에 있는 거니? 이 여자는 나이트클럽에서 노래 부르던, 도희를 닮은 아리라는 여자가 분명해. 도희와 이 여자가 무슨 일을 꾸민 거야.

그때 아줌마가 차를 가져와 탁자 위에 놓고는 다시 주방으로 들어갔다. 물을 틀어 그릇을 헹구어내는 소리가 들렸다. 아리가 소파 맞은편에 앉았다.

"그녀는 어디 있어요?"

우경이가 차 한 모금을 마시며 작은 소리로 말했다. 깜짝 놀라, 아리의 눈이 커졌다. 아리가 다시 소파에서 일어났다.

"따라 오세요."

아리는 거실에서 하는 말들이 고영의 방과 주방에까지 들리겠다는 생각이 들자, 소파에서 일어나 우경을 방으로 데려갔다.

"댁도 도희 씨처럼 직업이 기자예요?"

아리는 방문을 닫고는 물었다.

"그래요."

우경은 화려하게 꾸며진 방을 둘러보았다. 이 방의 진짜 주인은 지금 어디에 있는 걸까?

"두 사람이 공범자 같은데 왜 모의를 한 거지요?"

"대단한 더듬이를 가지고 있네요. 궁금한 건 도희 씨에게 직접 물어보세요."

"도희 핸드폰을 당신이 가지고 있나요?"

아리가 고개를 끄덕였다.

"그래서 아무리 전화를 해도 통화가 안 되었어."

우경이 중얼거렸다.

"누구의 전화도 받지 말라고 했어요."

"서로 연락들은 분명 할 테고… 도희 연락처를 가르쳐 주세요."

"말할 수 없어요."

"댁이 누구라고 안 이상, 그리고 친구가 지금 행방불명된 상황에서 댁 말만 믿고 가만히 있을 수 없어요. 더 복잡해지지 않으려면 알려주세요."

아리가 잠시 생각에 잠기더니 도희의 연락처를 적어주었다.

"임신했어요? 최고영이란 사람의 아기를?"

"그래요."

"서로 거래를 했군요. 어떻게 돌아가는지 짐작이 가네."

"…"

"무서운 여자들이네요. 잘 지내요."

우경은 더 머뭇거리지 않고 일어났다.

아리는 유리창을 통해 우경이 정원을 가로질러 대문을 열고 사라지는 걸 지켜보았다.

"골치 아프게 되었네."

그녀는 중얼거렸다.

평택은 강도를 당한 것 같은 심정이었다. 도희는 약혼자의 곁에서 그렇게 떠나갔다.

우경을 통해서 도희의 결혼 소식을 듣기는 하였지만, 결혼식장에도 가보지 않고 꾹꾹 참아내고 있었다.

그러던 어느 토요일, 모처럼 병원 일에서 벗어나 도희를 그리워하며 그녀와 함께 가 보았던 삼청각으로 차를 몰았다. 그는 숲 어귀에 차를 세워 놓은 뒤 숲속으로 천천히 걸어들어갔다.

세찬 바람이 숲속을 훑었다. 그는 살을 베어낼 듯 차가운 기운에 외투깃을 세웠다. 그는 눈을 들어 벗겨진 나뭇가지 사이로 잡히는 하늘을 올려다보았다. 그녀가 장난기 어린 눈망울로 그를 바라보며, 구두에 밟힐 때마다 하얀 자갈들이 뽀드득거리는 소리에 재미있어 하던 모습이 떠올랐다.

'귀여운 고슴도치였는데… 네가 보고 싶다.'

그는 고개를 푹 숙인 채 터벅터벅 걸으며 "7억!"이라고 중얼거렸다.

돈 7억을 구할 수 없어 그녀를 떠나보낸 자괴감에 한동안 퇴근 후 술에 절어 폭음으로 나날을 보냈었다. 그러다가 어느 날 문득 그 옛날 의과생일 때 그녀가 했던 말이 떠올랐다.

"내 애인이 의사가 될 남자라는 사실이 자랑스러워."

그때부터 그는 정신이 번쩍 들어 술을 멀리 하였다.

의사는 어떤 이유로든 의사의 사명으로부터 자유로울 수 없었다. 벗어나서도 아니 되며, 환자의 환부에 온 신경을 집중하여 수술을 해야 할 의무가 있었다. 하물며 의사가 개인적인 이유로 술독에 빠진다는 것은 의사로서의 자격 상실이었다.

그는 운명이 다시 그녀를 돌려주리라 믿기 시작했다. 그는 재회를 꿈꾸며 괴로움을 다스렸고 더욱 환자를 보살피는 데 정성을 쏟았다.

긴 나무 의자가 눈에 띄었다. 눈이 내리기 시작했다.

'고슴도치는 눈이 오면 망아지처럼 거리를 돌아다니며 즐거워했는데… 도희야. 눈만 내리면 너나 나나 더욱 힘들어지겠다.'

그는 의자에 앉아 더욱 굵어지는 눈송이를 바라보다 손바닥을 펼쳐 떨어지는 눈을 받았다.

하얀 눈. 태초의 세계처럼 깨끗한, 흰색의 물의 요정.

눈이 녹으면 물이 된다. 손바닥에 받은 눈이 체온에 서서히 녹아 물이 되었다.

작년 겨울.

첫눈이 내렸을 때 그녀에게 이끌려 지칠 정도로 거리를 돌아다니다가, 그녀를 간신히 카페로 데리고 들어가 따뜻한 커피를 마신 기억이 있었다.

그녀는 여전히 유리창 너머로 휘날리는 눈을 바라보며 커피를 마셨고, 그는 그런 그녀의 모습에 매혹되었다.

그녀는 한동안 거리를 바라보았다. 그러더니 고개를 돌려 그를 지긋이 바라보다 눈꼬리를 모두어 진지한 표정이 되더니, 이윽고 말을 쏟아내기 시작했다.

"물은 이 세상 어떠한 존재와도 화합하며, 항상 높은 곳에서 낮은 곳으로 흐르며. 더할 수 없이 부드러운 성질로 단단한 바위를 뚫고, 어떠한 화마(火魔)도 이겨내며, 둥근 데 가서는 둥글어지고, 네모진 데 가서는 네모지고, 기온이 내려가면 얼음이 되었다가 기온이 올라가면 수증기가 되지만, 물의 본질은 변함이 없어. 물의 본질을 깨닫는 자는 득도(得道)의 경지에 올라 선 인물이야.

때로는 산다는 것이 꿈과 슬픔으로 범벅된 밀가루 반죽 같은 느낌이 들 때 난 물을 생각해. 물은 부드러움이니까… 억새풀처럼 성격이 거칠어질 때 물을 생각하면 다시 마음이 차분해지고 씩씩거리던 성질이 가라앉곤 하지.

회오리 바람이 아무리 세차게 불어대도 아침이 다하기 전에는 그치게 마련이야. 그러니 물의 본질을 깨달아 부드럽게 사는 것이 정·반·합으로 굴러가는 세상 이치에 부합된다는 말씀이야.

헤겔이 역사가 전진하는 과정은 항시 정·반·합의 세 단계를 거친다고 했는데, 살아보니 그런 것 같아. 시계추가 좌의 극단에서 방향

전환을 통해 우 극단까지 가면 다시 좌로 움직여나가고… 왔다가 되돌아가는 게 우리 인생 같아.

지난번에 자기 만나러 병원에 갔다가 산부인과로 가서 신생아실을 들여다 본 적이 있어. 침대에 앙증맞게 누워 있는 갓난아기들이 한결같이 고사리 같은 주먹을 단단하게 쥐고 온종일 울어대는 데도 목이 쉬지 않는 걸 생각하고는 자연의 이치를 새삼 깨달았어. 그 작은 생명들이 바라보는 사람들의 마음을 훈훈하게 녹여주는 걸 보고서, 이 세상에서 물과 갓난아기처럼 부드러운 것이 가장 단단한 것도 마음대로 부린다는 것을 느꼈지.

나도 거친 세파를 취재하기 위해 돌아다니면서도, 눈이 오거나 비가 내리면 마음이 차분해지고 안정이 돼.”

그는 도희가 들려주었던 말을 생각하다가 의자에서 벌떡 일어났다.

그녀에 대한 회상에 갑자기 숨이 멈출 것 같은 고통을 느꼈다.

'널 놓치다니… 돈 7억을 구하지 못해 그 결혼을 막지 못했어. 비를 좋아하는 네가 사고 난 날 비가 징그럽다고 했었지. 아, 도희야… 도희야… 내가 죽일 놈이다. 어떤 일이 있어도 파혼을 하지 말았어야 했다. 내가 미친 놈이다. 그 7억에 얼이 빠져 너를 놓아버리다니… 7억! 7억!'

그는 짐승 같은 신음소리를 속으로 토해내며 굵은 눈물을 뚝뚝 흘렸다.

주위에는 아무도 없었다. 혼자서 몸부림을 치는 그만이 우두커니 선 채 더 굵어지는 눈발에 눈사람이 되었다.

순간 술을 마시고 싶다는 생각이 들었다. 그러나 그는 도희가 말한 물의 성질을 떠올리며, 병상에 누워 있는 환자에게로 돌아가기로 마음을 다잡았다. 술은 도희를 다시 찾게 되는 날 마음껏 마시도록 하자. 기쁨으로 만취를 즐길 수 있는 날이 반드시 올 것이다.

'고슴도치! 너를 꼭 찾을 것이다!'

평택은 숲길에서 뒤돌아 승용차를 세워둔 곳으로 걸어갔다. 그는 승용차를 몰아 병원으로 달려나갔다. 차창에 눈송이가 사르륵 내려 앉았다.

그 시간대에 별장에서 나온 우경은 갑자기 내리기 시작한 눈이 차창에 달라 붙어 시야를 가린다고 투덜대면서, 눈길에 미끄러지지 않게 자동차 속력을 줄여 서울로 달리고 있었다. 그녀는 서울로 진입하자 도희와 파혼을 했던, 평택이 근무하고 있는 병원으로 곧장 달렸다.

평택이 병원에 도착하여 가운으로 갈아 입고 20분이 지날 즈음, 노크 소리가 똑똑 나더니 문을 열고 우경이 나타났다.

"오랜만입니다. 앉으세요."

평택은 우두커니 서 있는 우경에게 말한 뒤, 간호원을 향해 커피를 갖다 달라고 했다.

"저어… 도희하고 연락하세요?"

우경이 의자에 앉으며 물었다.

"연락한 적 없습니다. 요즘 잘 살고 있습니까?"

그러고 보니 평택의 얼굴이 말이 아니게 망가져 있었다. 얼굴 피부에 윤기가 사라졌고 체중도 줄어든 것 같았다.

"지금 도희가 살고 있는 별장에 갔다 오는 길이에요."

“…”

그때 간호원이 커피를 가지고 들어왔다.

“잠시 자리를 비켜주세요.”

“예.”

평택이 말하자 간호원이 커피잔을 내려놓고는 복도로 다시 나갔다. 우경은 평택의 눈을 들여다보며 조심스럽게 말했다.

“그곳에 있는 도희는… 도희가 아니었어요.”

“예? 무슨 말입니까, 그게?”

“도희를 그대로 닮은 여자가 도희 역할을 하고 있어요. 두 여자는 마치 일란성 쌍둥이처럼 닮았어요.”

평택은, 바위섬에서 어떤 남자가 도희에게 자신이 알고 있는 여자로 착각하여 말을 걸어왔던 게 생각났다.

“자세하게 말해봐요. 어떻게 된 건지.”

“별장에 있는 여자는 나이트클럽에서 노래 부르는 여자예요. 지금 도희 역할을 대신하며 세경물산 회장 아들의 아기를 임신했죠. 나도 뭐가 뭔지 모르겠어요. 추측하자면, 두 여자가 거래를 한 것 같아요. 도희와 같이 나이트클럽에서 도희를 닮은 여자를 만난 적이 있어요. 두 여자, 분명히 거래를 했을 거예요.”

“어떤 거래 말입니까?”

“추측을 하면서도, 너무나 황당해 나도 가슴이 두근거려요.”

“…”

“도희가 그 여자를 대리모로… 그런 확신이 들어요.”

“분명해요?”

평택이 긴장되어 의자를 밀치고 일어났다.

"지금 도희가 어디 있는지 알아요?"

"잠깐 기다려 보세요. 그 여자가 도희 연락처를 가르쳐 줬어요."

우경이 핸드폰을 꺼내 아리가 가르쳐 준 번호를 꾹꾹 눌렀다. 신호가 길게 가도록 전화를 받지 않았다. 우경은 다시 번호를 눌렀다. 서너 번 울리자 도희의 음성이 나타났다.

"여보세요?"

"나야, 우경이."

"…"

우경은 특종을 잡은 심정이었다.

"내가 전화할 줄 몰랐지! 야아, 너 정말 황당하다. 대체 어떻게 된 거야?"

"물귀신 따로 없네. 이 번호, 아리가 가르쳐 주었구나."

"도희야. 나 지금, 너 때문에 심장이 멈출 것 같다. 나, 아직 결혼도 하기 전에 말이야. 지금 당장 만나. 지금 어디니? 내가 찾아갈게."

평택은 통화 내용에 귀를 기울였다.

"알았어. 여의도에 숨어 있었다니… 지금 갈게."

우경이 핸드폰을 닫고 의자에서 벌떡 일어나 평택을 바라보았다.

"지금 같이 나갈 수 있어요?"

"나갑시다."

두 사람은 건물 입구에 세워 둔 우경의 승용차를 타고 여의도를 향해 달렸다. 금융감독원을 지나 5분 정도 더 달리니, 도로변에 도희가 알려준 오피스텔 건물이 눈에 띄었다. 우경은 승용차를 멈추고는, 자신은 내일 만날 테니 평택 혼자 먼저 만나라고 하고선, 평택이 내린 뒤에 차를 몰고 사라졌다.

평택은 건물 안으로 들어가 8층에서 내리더니 803호실로 걸어갔다. 그는 벨을 길게 눌렀다.

도희는 인터넷으로 뉴스를 살피다가, 벨이 울리자 벌떡 일어났다. 우경이 빨리도 왔다는 생각을 하며 비디오폰을 보았다.

"아!"

그녀는 소스라치게 놀랐다. 평택이었다. 순간, 가슴속 깊은 곳에서 부터 물기가 치솟는 느낌이었다.

'우경이 알린 게 분명해.'

그녀는 잠시 머뭇거리다가 문을 열었다. 평택은 성큼 들어서더니, 거실로 올라가 그를 바라보는 도희를 와락 끌어안았다.

"속 썩이는 고슴도치!"

"…"

그녀는 왈칵 눈물이 솟아나왔다. 눈물을 흘리는 것이 이렇게 좋은 기분일 수 있다니… 평택을 만나는 일은 늘 좋았지만, 이렇게 좋은 기분은 처음이었다. 너무나 행복했다. 하루도, 아니 일순간도 잊지 못했던 사람이 나를 안고 있다.

그녀는 울음을 참아가며 그의 품에서 빠져나오더니, 깜짝 놀라며 물었다.

"왜 이렇게 말랐니? 밥도 안 먹은 사람처럼… 꼭 새가슴 같아."

그녀는 그의 가슴에 손을 대고서 꾹꾹 눌렀다.

"비약하는 건 여전하구나. 새가슴이라니? 근육 덩어리 가슴을⋯ 하기야 네가 속 썩이는 바람에 밥맛이 떨어진 건 사실이지. 피가 말라 죽을 뻔했다, 네 잔소리 듣지 못해서. 그러니 이제 제발 내 곁에 붙어 있어라."

"나, 유부녀가 아닌 것 같애. 자기 말을 듣고 있으면⋯"

"내가 돈을 꼭 만들 테니 조금만 기다려."

"후후. 돈, 돈, 돈. 이 세상을 뒤죽박죽으로 만든 파워지."

그녀는 태연한 표정으로 흔들리는 감정을 다스리고 있었다. 다시 만난 이 순간을 눈물 범벅으로 만들고 싶지 않았다.

그가 작은 공간을 최대한 활용한 가구 배치를 둘러보더니, 소파 겸용인 침대로 그녀를 데리고 가 나란히 걸터앉았다. 두 사람은 서로의 손가락에 커플링이 그대로 끼어져 있다는 것을 알고는 동시에 빙그레 미소를 지었다.

"우경 씨가 추측한 게 사실이야?"

"무슨?"

"두 여자가 바꿔치기 한 게 분명하다던데⋯ 그게 무슨 의미지?"

"그 여우가 눈치 하나는 정말 빠르네."

"나이트클럽에서 노래하던 여자라며?"

"응. 바위섬에서 어떤 남자가 나더러 아는 척한 거 기억나지?"

그가 고개를 끄덕였다.

"그 여자야. 그 여자가 부산에 살다가 서울로 올라와 나이트클럽 밤무대에서 노래를 하고 있었어."

"그 여자를 어떻게 만났는데? 연락처 알려준 스쿠버다이빙하는 남자한테 전화했었구나."

"그 남자는 연락이 안 되고… 우경이가 나이트클럽에 갔다가 노래하는 여자가 나를 닮은 것을 보고는 연락을 해준 거야. 언젠가 내가 할아버지 산소에 갔다 왔다고 했지? 꿈에 할아버지가 나타나서… 할아버지 돌아가시고 처음으로 꿈에 나타나신 거야. 사람들은 죽은 사람이 꿈에 나타나면 좋지 않은 일이 생긴다는데… 미신이지만 나는 어떤 예시를 감지했어. 그날, 무정자증으로 괴로워하던 자기 친구가 교통사고로 죽은 그날, 나 혼자서 산소에 갔다 온 거야. 할아버지의 영혼에 절을 하며, 제발 도와달라고 간구했어"

"…"

"할아버지의 영혼이 나를 도와주신 것 같아. 참 신기해. 어떻게 남남끼리 그렇게 닮을 수가 있을까? 우리 엄마조차 딸이 바뀐 걸 못 알아볼걸? 그 여자 이름은 아리인데, 마침 그 여자가 신용불량자로 부산에서 도망 나온 처지라 힘들지 않게 거래를 할 수 있었어. 그 여자는 대리모가 된 거야. 말하자면 씨받이지. 난, 너 아니면 절대 안 돼."

그녀는 그의 손을 꼭 잡았다. 두 사람은 창가로 걸어가 눈이 하염없이 내리는 풍경을 바라보았다.

"오늘 삼청각 갔다 왔어."

"왜?"

"그곳에서부터 눈이 내리기 시작하더니 오늘 하루종일 내리네."

"왜 갔는데? 누구랑?"

"혼자. 오늘 웬지 어떤 일이 생길 것 같았는데… 이제 널 절대 안 놓친다."

평택은 자신의 의지를 확인시키겠다는 진지한 표정이 되어, 커다란
두 손으로 도희의 작은 오른손을 꼬옥 잡았다.

26. 일란성 쌍둥이

신 여사는 집을 나섰다. 평택을 통해, 도희의 어릴 때 모습과 닮았다는 오렌지 소녀의 주소를 알아내어 부산행 열차를 탔다.

찾아간 주소지에서 뜻밖에도, 27년 전에 도미를 잃어버렸던 동대문 시장에서 장사를 하던 여자를 만나게 되었다. 긴 세월이 지났지만 신 여사는 당장 알아보았다. 신 여사는 도미를 찾기 위해 몇 달 동안 매일 동대문 시장을 찾아가 상인들에게 잃어버린 딸을 찾는다며 전단지를 돌렸었는데, 소녀의 외할머니라는 나이 든 여자는 동대문에서 순대국을 팔던 여자였다. 신 여사는 순대 장사 여자를 본 순간, 이 여자가 도미를 데려간 게 틀림없다는 생각이 들었다.

"나, 기억 안 나요? 27년 전에 동대문 시장에서 딸을 잃어버려 매일 시장에 나타나 딸을 찾아 헤맸던 사람이에요. 난 아줌마를 보는 순간 당장 알아보겠네요. 동대문 시장에서 순대 팔던 아줌마 맞지요? 아줌마도 나 기억나지요? 거의 몇 달을 매일 가서 내 딸을 찾아 헤맸으니, 그 당시 장사하는 사람들 중에 내 얼굴을 모르는 사람이 없을 정도였지요."

"피는 못 속인다더니… 여긴 어떻게 알고 찾아왔나요?"

"아줌마!"

신 여사는 팔짱을 꼭 끼었다. 심장이 마구 뛰었다. 아, 하느님!

"내가 그렇게 울면서 시장 바닥을 돌아다닌 것을 알면서! 그리고 보니 내가 딸을 잃어버렸던 시간에 누군가로부터 순대 아줌마가 오늘따라 일찍 문을 닫았다는 말을 얼핏 들었지만, 내 딸을 데리고 사라진 걸 어떻게 상상이라도 할 수가 있었겠어. 지옥에 떨어질…"

신 여사는 분을 참지 못해, 마당 구석에 놓여져 있는 붉은 플라스틱 대야를 집어들고 서 있는 순대 여자를 힘껏 내려쳤다.

"내가 다 말할게요. 오랜 세월이 흘렀다지만 어떻게 아줌마 얼굴을 잊을 수가 있겠어요."

신 여사는 심장이 너무 두근거려 손으로 가슴을 꾹 누른 채 몸을 부르르 떨었다.

"날 용서해 주세요. 내가 죄를 지어 암에 걸린 것 같아요. 죽을 죄를 졌어요. 잃어버렸던 그 딸이 낳은 아이가 선유고… 아이가 없는 우리 부부가 그만…"

여자가 갑자기 울먹이더니 목이 메인 음성으로 말을 이어나갔다.

"아줌마한테는 자식이 쌍둥이라, 한 아이는 우리가 키우고 싶었어요. 죄가 되는 줄 알면서도… 정말 자식을 가지고 싶었어요. 아무리 아이를 가지려 해도 임신이 안 되는 나는 아이들만 보면 환장을 했지요. 남편도 2년 전에 죽고 내가 벌을 받아 암에 걸렸나 봐요. 하느님이 죄 갚음을 하라고 암에 걸리게 하셨나 봅니다. 교회에서 매일 기도했어요. 죽기 전에 친부모를 찾게 해달라고… 세월이 너무 흘러 찾을 수가 없었는데… 하느님이 찾게 해주셨나 봅니다. 할렐루야!"

"세상에… 말이 안 돼!"

신 여사는 화가 폭발하여 손에 들고 있던 대야로 쪽마루에 앉아 있는 여자의 머리를 쾅 내려쳤다. 여자가 비명을 지르며 두 손으로 머리를 감쌌다. 신 여사는 대야를 마당에 내동댕이쳤다. 그러고는 소리를 질렀다.

"이 미친 여자야! 귀신이 잡아가도 시원찮을… 자식이 필요하면 합법적으로 양육아를 입양할 수 있는데 왜 내 딸을… 내가 당신 때문에 얼마나 피가 말랐는지 알아? 얼마나 긴 세월을 고통 속에 살았는지 아냐구?"

신 여사는 상대 여자를 잡고 마구 흔들어대다가 놓아버리고는, 눈물을 쏟아내며 통곡을 했다. 신 여사는 너무나 기가 막혀 한참을 울더니, 고개를 푹 숙인 채 신 여사의 울음소리를 들으며 어쩔 줄 몰라 하는 여자에게 바짝 다가가 떨리는 음성으로 물었다.

"내 딸… 지금 어디 있어요?"

"몇 년째 집을 나가버려 어디 있는지 몰라요. 사위도 어느 날 외손녀를 데리고 없어졌어요. 그런데 여기를 어떻게 알고 왔어요?"

"아, 기가 막혀!"

그러고 보니 이 구질구질한 행색의 여자는 소녀가 병원에 입원한 사실도 모르고 있었다. 콩가루 집안이 분명해. 이런 환경에서 내 귀한 딸이 자랐다니… 신 여사는 기절할 지경이 되었다. 집 모양으로 미루어 먹고 사는 것도 제대로 해결하지 못할 것 같다는 생각이 들자, 딸아이를 제대로 교육은 시켰는지 걱정이 되어 가슴이 덜컹 내려 앉았다.

"내 딸, 공부는 제대로 시켰어요?"

"우리 형편에 대학교 보낸다는 건 엄두를 못 내는데, 딸이 영리해서 아르바이트를 하며 대학교를 나왔어요."

신 여사는 안도의 한숨을 내쉬었다.

"무슨 공부를 했어요? 그리고 자라면서 아프지는 않았나요? 사진 있죠?"

순대 여자가 방으로 들어가 사진을 가지고 나왔다. 신 여사는 떨리는 가슴으로 사진을 뚫어져라 쳐다보았다. 도희 그대로다. 자기 언니 그대로 닮았네. 도미야, 가엾은 것. 신 여사는 눈물을 줄줄 흘렸다.

"산업디자인인가 하는 거 공부했어요. 공부는 그런 거 해놓고 가수가 되겠다고 돌아다니더니 어디에서 노래를 한다던데…"

"그런데 왜 가출을 했어요? 결혼한 남자는 어떤 사람이죠? 그리고 그 애 이름은 어떻게 부르고 있어요?"

"진정하시고 마음을 좀 가라앉히세요, 다 말씀드릴 테니… 정말 죽을 죄를 졌어요. 이름은 아리라고 불러요. 그 애 어렸을 때 옆집에 살고 있는 할머니가 자주 놀러 와서 아리랑을 부르자 따라 부르는 게 예뻐 이름을 강아리라고 지었어요."

신 여사는 쪽마루에 털썩 주저앉았다. '무식한 것들이 내 딸을 마구잡이로 키웠다니…' 심장이 다시 쿵쿵 뛰었다. 27년 전 동대문 시장에서 순대를 팔았던 여자가 지난 일에 대해 입을 열기 시작했다. 귀담 아 듣고 있는 신 여사는 심장이 떨려 숨을 가쁘게 몰아쉬었다.

신 여사는 서울로 올라오자 곧장 딸이 살고 있는 용인 별장으로 갔 다. 벨을 누르고 누구라고 애기하자 별장의 육중한 철문이 열렸다. 신 여사는 빠른 걸음으로 정원을 지나 현관으로 들어섰다.

신 여사가 거실로 올라가자, 고영이가 수염을 길러 텁수룩한 모습 으로 선유의 재잘거리는 말을 들으며 웃음을 터뜨리다 신 여사를 보 고는 정중하게 인사를 하였다.

"오셨습니까?"

"얼굴이 좋아 보이네. 어디 갔나?"

신 여사가 거실을 두리번거리며 말했다.

딸이 출산 때까지 절대 찾아오면 안 된다고 하여, 어떻게 살고 있는 지 궁금하기도 하였지만 꾹 참고 있었다.

그러나 더 이상 참다가는 심장이 다시 나빠져 죽을 것만 같았다. 더 욱이 동생 도미를 찾을 수 있게 되었다는 사실과, 도희가 일란성 쌍둥 이이며 동생을 잃어버렸다는 사실까지 주욱 알려주어야 했다.

그리고 무엇보다 딸이 어머니가 된 모습을 보고 싶었다. 그러나 사 위가 성불구자라는 사실을 새삼 떠올리자 양미간이 찌푸려졌다.

"나간 것 같습니다. 곧 올 겁니다. 그럼 들어가 보겠습니다."

고영은 장모와 얼굴 마주치는 걸 거북해 하여 휠체어를 굴려 자기 방안으로 들어갔다. 신 여사는 그 뒷모습을 물끄러미 지켜보다, 자신 을 빤히 바라보는 소녀를 보고 놀랐다. 언젠가 자신을 닮은 소녀를 병원에서 보았다는 도희의 말을 건성으로 들었었는데… 아, 피는 못 속여. 닮았어. 나의 두 딸의 어릴 적 모습과 너무 닮았어. 일란성 쌍둥이인 두 딸, 도희와 도미. 이 아이는 도미의 딸. 아, 하느님, 고맙습니다.

신 여사는 사위가 보는 앞에서 손녀를 살필 수가 없어 태연한 척하고 있었지만, 선유를 처음 보는 순간 너무 놀랐다. 도희를 그대로 닮은 것이다. 신 여사는 손녀를 꼭 껴안았다. 매일 하느님한테 도미를 꼭 돌아오게 해 달라고 기도했는데, 그 애가 낳은 딸을 이렇게 안고 있다니… 도미도 반드시 찾을 수 있어… 언젠가는 자기를 키워준 여자한테 돌아갈 테니… 순대 여자가 도미가 돌아오는 대로 신 여사에게 연락해 준다고 하였다.

"이름이 뭐니?"

"선유."

선유는 낯선 품에 안기어 쑥스러운 표정으로 배시시 웃으며 대답했다.

"이제 안 아파?"

"내가 아프다는 거 어떻게 알았어요?"

선유가 눈을 동그랗게 뜨고 신 여사의 눈을 빤히 들여다보며 물었다.

"다 알아."

신 여사는 눈물이 쏟아지려는 걸 간신히 참았다. 이 아이는 네 살 때 잃어버렸던 딸이 낳은 손녀딸이다. 내가 전생에 무슨 죄를 지었기에 이런 일이… 주방에서 일하던 아줌마가 거실에 나오다 신 여사를 빤히 바라보았다.

"내가 오렌지 소녀라는 것도 알아요?"

"응? 오렌지? 그게 뭐니?"

"그런데요. 이젠 오렌지라고 안 불러도 돼요. 헤헤…"

선유가 신 여사의 품에서 벗어나 2층으로 올라갔다. 계단을 쿵쾅거리며 올라가는 선유를 올려다보며 신 여사는, 왜 오렌지라고 불리는지 영문을 몰라, 귀엽게 생겨 그렇게 부르겠지 생각했다.

그때 현관문이 열리고 아리가 나타났다. 아리는 소파에 앉아 있는 중년 여자가 도희 어머니라는 사실을 한눈에 알아 보았다. 도희가 준 CD를 보며 눈에 익혀두었던 것이다.

"오셨네요."

도희 어머니는 CD에서 본 모습보다 더 나이가 들어보였다. 아리는 될수록 말을 하지 않는 게 좋겠다는 생각을 하며 신 여사 맞은편에 앉았다.

신 여사는 오랜만에 보는 딸이 웬지 많이 변했다는 생각이 들었지만, 마음 고생으로 그런가 보다 하고 안타까운 표정을 지었다.

"건강은 어때요?"

"괜찮아. 너, 얼굴 좋아 보여 다행이다. 잘 먹니?"

"네."

"입덧도 하지 않나 보다. 도희야, 네 동생 도미네 집을 찾았어."

"네?"

"여기 선유라고, 지금 같이 살고 있는 아이 있잖아. 그 아이가 네 동생 도미의 딸이다. 너의 아빠와 엄마, 이제껏 잃어버린 네 동생 찾느라고 얼마나 고생한 줄 알아? 도희야. 이제껏 숨겨 왔지만, 넌 일란성

246

쌍둥이였어.”

“…”

아리는 번개불에 두 동강이 된 나무처럼 망연자실한 표정이 되어, 신 여사의 말이 마치 환청인 양 믿기지 않았다.

“무슨 말씀이세요?”

“너희 둘을 네 살 때 동대문 시장에 데려갔다가 도미를 잃어버렸어. 아무리 찾아보아도 도미를 찾을 수가 없었지. 내가 심장 수술로 입원했을 때 네가 그 병원에서 너 어릴 때 모습이 찍힌 사진과 꼭 닮은 여자애를 보았다고 해서 건성으로 들었는데, 웬지 그 아이를 만나고 싶다는 생각이 들었어. 평택이한테 전화해서 병원 환자 기록에 적힌 선유 주소를 받아 부산 해운대를 찾아갔었지. 그곳에서 딸을 잃어버린 동대문 시장에서 순대 장사를 했던 여자를 만났어.”

신 여사는 쉬지 않고 말을 이었다.

“그런데 그 순대 여자가, 도미가 몇 년 전에 어디론가 가버려 어디에 있는지 알 수가 없단다. 내가 또 다시 심장이 두근거린다. 그때 수술하고 좋아진 것 같았는데… 또 다시 심장이 두근거려… 너, 얼굴색이 왜 그러니?”

신 여사는 아리를 도희로 알고 있는 상태에서 옆자리로 다가 앉아 손을 잡고서 물었다. 아리의 표정이 일그러지다 못해 곧 울 것만 같이 보였다.

“왜 그래? 오랜만에 엄마를 보고도 말도 하지 않고? 하기야 네 동생 살던 곳을 찾았다는 말 듣고 놀랐겠지. 하기야 일란성 쌍둥이라는 사실조차 넌 몰랐으니…”

"일란성 쌍둥이?"

거짓말 같은 현실이다. 그래서 그렇게 둘이 닮았구나. 타인이 그렇게 닮을 수 있다는 사실이 신기하였는데… 아리는 도희를 떠올리다, 옆에 앉아 자신을 빤히 쳐다보고 있는 신 여사를 바라보았다. 이 사람이 나를 낳아준 친어머니라니… 부산에 혼자 살고 있는 어머니는 날 유괴한 사람이고… 아, 말도 안 돼.

일하는 아줌마가 주방에서 일하다 거실에서 들리는 이야기에 귀를 기울였다.

"최 서방하고 지내는 건 어때?"

신 여사는 딸에게 어떻게 살고 있는지도 물어보지 않았다는 것이 생각나 뒤늦게 물었다.

"잘 지내고 있어요."

아리는 간신히 대답했다.

"너, 어디가 아프니? 밥은 잘 먹고? 입덧 하게 되면 힘들 텐데 그 전에 몸에 좋은 거 많이 먹어라. 그나저나 넌 엄마를 오랜만에 보면서 반갑지도 않니? 최 서방이랑 지내는 게 힘들어?"

아리는 말없이 고개를 가로저었다. 신 여사는 고영이가 들어간 방문 쪽을 고개를 홱 돌려 바라보더니 음성을 낮추어 거의 속삭이듯이 말을 이어나갔다.

"도희야. 황 교수 논문이 조작이라고 하지만 복제 개 스너피는 진짜래. 세월이 또 지나다 보면 어느 과학자에 의해 결국은 난치병을 치료할 수 있는 무언가가 나타날 거야. 그러니 기왕 이 집에 시집 온 거 어쩌겠니? 마음 잘 다스려라, 뱃속의 아기 생각해서…"

"…"

"아무튼 헷갈리지만 개, 양, 고양이 복제… 다음에는 분명 인간 차례가 될 텐데… 다 된 밥에 코 빠뜨린 꼴이다. 아유, 줄기세포만 생각하면 열꽃이 핀다. 도희야. 그러니… 기왕 이 집에 시집 온 거 어쩌겠니? 마음 잘 다스려라. 뱃속의 아기 생각해서…."

신 여사는 사위에게 들리지 않도록 작게 말했다. 아리는 신 여사의 말을 들을수록 한마디 말도 할 수가 없을 정도로 현기증이 났다.

"미안하다. 네가 결혼하겠다고 했을 때 강하게 말렸으면… 휴우… 지금 와서 이런 말들이 무슨 소용이 있겠니?"

"…"

"2층으로 올라간 선유 좀 데려와라. 그 애가 네 동생 딸이다, 그 애가… 세상에 어떻게 이런 일이… 매일 침대맡에 걸어 둔 네 동생 어릴 때 사진을 보며 돌아오라고 기도했더니… 이렇게 외손녀를 찾았지 않니? 하느님이 기도를 들어주신 것 같다. 도희야, 빨리 선유 불러오라니까. 아, 그리고 여기 네 동생 사진 가져왔어."

신 여사가 핸드백에서 도미의 사진을 꺼내 보여주었다. 아리는 사진을 받아들고 현기증이 나 쓰러질 것만 같았다. 바위섬에서 반바지 차림으로 찍은 자신의 모습이었다. 내가 도희가 아니고 바로 그 도미라고 하면 이분은 아마 기절을 하실 거다.

"봐라. 그 못된 순대 여자가… 세상에 내 딸을 유괴하다니… 그 여자가 이 사진을 주더라. 빨리 올라가 선유 데려와 봐. 우경이 왔었지?"

신 여사는 두서 없는 말들을 쉴새없이 쏟아내었다. 아리는 일어나 2

층으로 올라갔다. 선유는 욕실에 있었다.

"선유야, 뭐 하니?"

"응아 해요."

"끝나면 아래층으로 내려와. 알았지?"

"네, 알았어요."

아리는 천천히 계단을 내려갔다. 소파에 앉아 있던 신 여사는 보이지 않았다. 아리가 2층에 올라간 사이, 다용도실에 들어가 일하는 아줌마와 무슨 이야기를 하는 게 두런두런 들렸다. 아리는 소파에 힘없이 주저앉았다.

도희, 그녀가 나의 언니라니… 아리는 자신의 배에 손을 갖다대었다. 나에게 돈을 주고 씨받이를 부탁했던 여자가 유전자가 같은 일란성 쌍둥이 언니라니… 아리는 더 이상 감정을 다스릴 수가 없어 자기 방으로 들어가 침대에 쓰러져 버렸다.

27. 루미나리에

핸드폰이 울렸다.

"여보세요?"

"용인이에요."

아리였다. 웬일일까?

"아, 잘 지냈어요? 무슨 일이 있나요?"

"할 말이 있어요. 오늘, 시간 되세요?"

"중요한 이야기예요?"

"그래요. 몇 시가 좋을까요?"

"오후 세 시가 괜찮겠네요."

도희는 아리와의 통화에서 이상한 느낌을 받았다. 무언가 심각한 일이 생긴 게 분명하다. 지금 그녀는 임신중인데 무슨 일이 생긴 걸까?

그녀는 시어머니가 된 정 여사가 떠올랐다. 그 분이 지금쯤 줄기세포 불발로 인해 심기가 불편할 텐데… 아무튼 아리를 만나면 알게 될 테지.

도희가 호텔 로비로 들어서자, 아리가 만나기로 약속한 레스토랑으로 들어가는 것이 눈에 띄었다. 도희는 잰걸음으로 뒤따라 들어갔다. 뒤에서 따각거리는 구둣굽 소리에 아리가 뒤를 돌아보다 도희와 눈이 마주쳤다. 서로 미소를 지으며 인사를 대신했다.

아리가 앞서 걸으며 조용한 테이블로 자리를 잡았다. 웨이터가 다가오자 두 사람은 차를 주문했다. 도희가 아리의 배를 슬쩍 보다가 그녀와 눈이 마주치자 시선을 다른 곳으로 돌렸다.

"우리 두 사람, 닮은 것에 대해 어떤 생각이 들어요?"

아리가 말했다.

"새삼 깊이 생각할 필요 없어요. 세상 자체가 요지경이니까. 타인의 모습 중에 유난히 나를 닮은 여자가 나타났다는 정도의 생각을 해야지, 그렇지 않고 대체 왜 나를 꼭 닮은 걸까 생각하다가는 머리가 터질 테니 말예요. 입덧은 안 해요?"

그 말을 듣는 아리의 표정이 멍하게 보였다. 왜 그러는 걸까?

"무슨 일이 생겼어요?"

"우리가…"

아리가 말을 하다 말고 아랫입술을 살짝 내밀며 비죽거리더니 가만히 있었다. 웨이터가 차를 가져왔다. 도희는 아리가 다시 말을 할 때까지 채근하지 않았다. 아마 황 쇼크로 인해 정 여사의 심기가 불편해 집안이 복잡해졌을 것이란 생각이 들었다.

아리가 찻잔을 내려놓고선, 맞은편에 차분한 표정으로 앉아 있는 도희를 한참 동안 바라보았다. 도희는 아리가 말문을 열 때까지 기다렸다.

아리가 이윽고 입을 열었다.

"우리가 일란성 쌍둥이라면요?"

"…"

아리의 말에 도희가 엷은 웃음을 머금었다. 도희는 아리가 임신을 하여 아무래도 신경이 예민해진 모양이라고 생각했다.

"도희와 도미가 우리 두 사람의 진짜 이름이고, 네 살 때 동대문 시장에서 잃어버린 도미가 바로 나라더군요. 알고 보니 우리가 일란성 쌍둥이였대요."

도희가 입으로 옮겨 가던 찻잔을 내려놓고서 말했다.

"무슨 소리를 하는 거지요? 지나칠 정도로 우리가 닮은 건 사실이지만, 출산 때까지만 참으세요. 한적한 별장에 있다 보면, 게다가 그 사람하고도 거의 말을 하지 않고 지낼 테고… 그런 환경에서는 온갖 상상을 할 수가 있어요. 충분히 이해해요. 난 분명 혼자 태어났어요. 우리 어머니한테 확인을 했지요. 그 말 하려고 만나자고 한 것은 아닐 테고, 무슨 일이 있는지 말해 보세요. 나, 한 시간 후에 누구 만날 일 있어요."

"…별장에 신숙홍이라는, 댁의 어머니가 어제 찾아왔어요. 내 어머니이기도 한 분, 그 분이 내 사진을, 부산에 살고 있는, 나를 데려다 키운 어머니한테서 받아와 나에게 보여주었어요. 그러면서 네 살 때 동대문 시장에서 잃어버렸던 동생의 최근 모습이라며 말했어요."

"사실이에요?"

"그래요."

아리는 태연하게 말했고, 도희의 눈은 경악하여 더욱 커졌다.

"두 사람이 바뀐 줄도 모르고 나를 댁으로 아시고선 다 말씀하시더군요. 우리 두 사람, 그런 숨은 사실도 모르고 이제껏 각자 살아왔던 거지요. 알고 보니 내 진짜 이름이 도미고, 도미가 동생이라고 하시더군요."

도희의 눈이 더 이상 커질 수 없을 정도로 커지고, 두 입술이 불균형하게 다물어졌다. 아리는 전날 그 사실을 알게 되어 받은 충격에서 어느 정도 벗어난 상태였다.

"그래서 우리가 쌍둥이처럼 닮았구나… 아, 지금 무슨 말을 해야 될지 모르겠네. 내 동생이라니…"

아리의 입가에서 쓴웃음이 새어나왔다.

"날 낳아주신 어머니가 심장 수술을 하셨던데 이 사실을 알면…"

"…"

"어렸을 때 헤어졌던 쌍둥이인 줄 모르고 내가 돈을 받고 씨받이가 된 사실을 알게 되면 또 건강이 나빠지실 테니까, 천천히 시간을 두고 사실을 밝혀요. 눈치 챌 때까지 지금처럼 바뀐 상태에서 살아가는 건 어때요?"

"미안하다. 너한테 못할 짓을 시켰다. 아, 어떻게 이런 일이… 나, 약혼한 사람이 있었어. 지금은 절대 말할 수 없는 어떤 이유로…"

도희는 아버지의 비리에 대해 말을 할 수가 없었다. 도희의 눈에 물기가 비쳤다.

"별장에 있는 사람과 결혼을 해야 했었고… 그래서 내가 사랑했던 남자와 헤어졌지만 다른 남자의 아기를 갖는다는 생각을 하면… 살이 다 찢겨져나갈 고통이었어. 어차피 그 집안도 후손이 문제였기에… 나이트클럽에서 처음으로 우리가 만나게 되었을 때, 나를 너무나 닮은 여자를 보고 놀라워하면서도, 돌연변이처럼 남남끼리도 닮은꼴이 있다고 생각되자 대리모가 떠올랐고… 그래서 벌어진 일이야. 정말 미안하다. 정말이지 무슨 말을 해야 할지 모르겠다."

"그럼 파혼했다는 남자는 다른 여자를 만났나요?"

도희는 계속 눈물을 닦아내며 고개를 가로저었다.

"그럼 간단하네요. 그 남자와 다시 만나요. 난 별장의 그 남자와 평생을 살 테니까요. 그 사람, 불구자라 하지만 날이 갈수록 정이 가는 남자예요. 난 독하고 거칠게 살아와서, 우리의 이 줄거리가 마치 꿈속의 한 장면 같아 별 실감도 나지 않아요."

아리가 그렇게 말했지만, 두 눈이 벌겋게 충혈이 된 채 충격을 간신히 참고 있다는 것이 역력했다.

"많이 힘들게 살았구나…"

도희가 아리를 바라보며 작은 소리로 말했다. 아리는 벌떡 일어나더니 말했다.

"더 있다가는 다른 테이블에 계속 눈요기를 줄 테고… 먼저 나갈게요."

"잠깐 앉아봐. 물어볼 것이 있어."

아리가 다시 자리에 앉았다.

"결혼은 안 한 거지?"

도희는 아무리 생활이 어려워도 처녀가 대리모를 한다는 것은 이해가 되지 않았다. 결혼에 실패한 이혼녀라면 가능한 일일지 모르지만.

"오렌지 소녀가 내 딸 선유예요."

"뭐라구?"

아리는 벌떡 일어나 가방을 들고 입구 쪽으로 걸어가더니 도희의 시야에서 사라졌다. 도희는 가슴이 떨려 혼자 남겨진 채 그대로 앉아 있었다. 그녀는 곧바로 어머니한테 달려가 더 자세하게 묻고 싶었지만 그럴 수도 없는 처지였다.

아리가 탄 자동차가 별장 안으로 들어갔다. 거실로 들어서자 일하는 아줌마가 걱정 가득한 표정으로 아리에게 말했다.

"야단났어요. 빨리 실장님 방으로 들어가 보세요."

"왜요? 선유는?"

"놀라서 2층으로 올라갔어요."

"무슨 일인데요?"

아리는 집 안이 조용한 것 외에는 이상한 것도 느낄 수가 없었다. 선유가 걱정이 되어 2층으로 가려고 한 계단 올라서는데,

"아이 참, 선유가 아니라 실장님요. 여기 열쇠, 방문을 안으로 잠갔어요."

하면서 아줌마가 손가락으로 고영의 방을 가리켰다. 아리는 그제서야 고영의 방으로 걸음을 옮기며 무언가 일이 터졌다는 생각이 들었다. 아리가 열쇠로 문을 열었다. 그녀는 방 안으로 들어가자마자,

"괜찮아요?"

라고 물으면서 놀란 표정으로 고영에게 다가갔다. 이젤이 다 부서지고 찢어진 그림들이 바닥에 어지러이 널려 있었다. 그의 손등에서는 피가 흘렀다. 그는 마치 죽은 사람과도 같은 표정으로 앞쪽만 바라보고 있었다.

"잠깐만요."

아리는 거실로 나가, 약 상자를 찾아 다시 방으로 들어왔다. 소독약으로 상처를 닦아내고 머큐로크롬을 발라 거즈를 붙이고 붕대를 감았다. 고영은 아리가 하는 대로 가만히 있었다.

아리는 방을 정리하기 시작했다. 그때 고영이 갑자기 소리를 질렀다.

"나가!"

아리는 큰소리에 깜짝 놀라, 구부린 자세로 부서진 물건들을 한쪽으로 치우다가 등을 펴고 일어나 그에게 다가갔다.

"출산할 때까지만 소리 지르지 마세요. 임산모가 놀라게 되면 유산될 수 있어요. 나, 자궁이 그리 튼튼하지 않아요."

그가 조용해졌다.

"그렇게 성질 내고 사는 거 나도 보기 힘들어요. 아기만 낳아 드리고 이 집에서 사라지겠어요. 그러니 제발 임산모 건강 좀 배려해 주세요. 태교(胎敎)라는 것이 중요한 거 아시잖아요. 뱃속 아기가 무슨 잘못이 있나요?"

아리는 밖으로 나가려다가, 조용해진 고영을 보자 가슴이 찡해져서 다시 돌아서 고영에게 다가갔다.

고영이와 약혼을 했다가 파혼을 한 승미가 고영의 결혼식 다음날 수녀가 되었다는 것을 오늘에야 알게 된 고영은, 더 이상 감정을 억제하지 못하고 폭발해 버렸던 것이다.

'가엾은 남자'

아리는 태교 운운하는 말을 듣고 소리를 지르다 입을 다물어버린 고영이가 측은해졌다. 그녀는 옆에서 팔짱을 낀 채 창너머로 시선을 두며, 마치 선유에게 동화를 읽어주듯이 이야기를 이어나갔다.

"한 남자가 외국에 오래 있다 돌아와, 자신의 소유인 과수원을 둘러보기 위해 산책을 나왔다가 나뭇가지로 얽어서 만든 조그마한 판자집을 발견하고는 안으로 들어갔어요.

구석에 침대 같은 것이 놓여져 있고 그 위에 얇은 이불을 덮어 쓴 바짝 마른 여자가 몸을 움직이지도 않은 채 산 유골처럼 누워 있었어요. 남자는 오싹함이 느껴져 밖으로 나가려 하는데, 여자가 아주 작은 소리로 남자의 이름을 불렀어요. 남자는 자신의 이름을 부르자 놀라서 침대로 다가가 여자를 자세히 살펴보았어요. 외국으로 떠나기 전에 자신의 집에서 일을 했던 여자였어요. 왜 이렇게 되었는지 물어보았죠. 그러자 여자가 힘이 없어 아주 작은 소리로 천천히 이야기를 하기 시작했어요.

정말 오랜만에 뵙는군요. 저의 모습을 보고 놀라셨지요? 6~7년 전이었어요. 좋은 남자 만나 결혼도 하였죠. 그런데 어느 봄날, 계단에서 실수로 떨어져 척추를 다쳐 꼼작도 할 수 없게 되었죠. 몸이 이렇게 되자 건강한 남편하고 같이 살 수 없게 되어 헤어졌답니다.

그러자, '벌써 7년째라구?' 남자가 놀라며, 어떻게 이렇게 살 수가 있느냐고 물었어요. 여자는 또다시 말을 이어나갔어요.

세상에는 비바람을 피할 지붕도 없는 사람도 있고, 눈이 보이지 않는 사람도, 귀가 들리지 않는 사람도 있는데, 저는 어쨌든 눈을 뜨고 볼 수 있고, 무엇이나 들을 수 있고, 바람이 냄새를 날려 오면 맡을 수가 있습니다. 여기 이렇게 누워 조용히 귀를 기울이면 벌레가 땅을 파는 소리도 들려요. 그리고 더 이상 죄를 짓지 않아도 되지요. 겨울이 되면 아무래도 몸이 더 나빠지지만, 아무것도 욕심을 가지지 않고 죽음을 기다린다는 마음이 들자 견딜 수가 있었어요. 시간이 흐를수록 마음은 더 평화를 찾게 되고, 밤에는 가끔 달콤한 꿈을 꾸기도 한답니다.

남자는 집으로 돌아오며 생각했어요. 그녀는 참으로 드물게 보는 마음씨 고운 여자라구요."

아리는 고영의 뒤로 몇 발짝 걸어갔다.

"러시아의 작가 이반 투르게네프의 작품 속 내용인데, 그 책을 읽은 지 꽤 오래되었지만 갑자기 지금 생각이 났어요. 그 산 유골인 여자의 이름이 루케이랴였어요."

그러자,

"그 남자하고 헤어진 거 후회하지 않아요?"

고영이 어느새 포악해진 감정을 정리했는지 차분한 음성으로 물었다. 아리는 휠체어를 밀고 창가로 갔다. 도희가 아닌 아리는 도희의 남자에 대해 전혀 알 수 없었으므로 침묵을 지켰다.

아리가 침묵을 지키자 고영도 입을 다물었다.

"아기 낳아 주고… 내가 정말 떠나기를 바라세요? 사실은 나, 여길 떠나고 싶지 않아요. 당신과 나, 선유, 그리고 새로 태어날 아기… 이렇게 네 식구가 되어 이곳에서 영원히 살고 싶어요. 당신 그림 그릴 때 모습, 얼마나 매력적인지 아세요? 본인은 몰라도 바라보는 사람은 그 매력을 느낄 수 있어요."

아리는 고영이가 더 이상 소리도 지르지 않고 무언가 골똘히 생각에 잠겨 있는 모습에 안심을 했다.

아리는 정말 여기서 영원히 살고 싶었다. 선유 아빠와는 어차피 같이 살 수 없을 정도로 관계가 악화된 상태였다. 선유 아빠는 능력도 없는 주제에 몇 번이나 바람을 피우다 들켜 이혼을 요구해도 할 말이 없는 인간이었다.

"이렇게 방에만 있지 말고 정원에 나가 바람도 쐬어요. 내가 밀어줄게요. 우리, 서로 가까워지도록 노력해요. 내일 꼭 정원에 나가요. 알았죠?"

고영은 아무 대꾸도 하지 않았다. 아리는 다시 방 안을 정리하기 시작했다. 부서진 화구와 찢어져 버린 그리다 만 그림들이 방바닥에 널려 있었다. 그녀는 깨어진 유리수반(水盤)을 줍다가 손가락을 살짝 베여 피를 흘렸다. 고영은 아리의 하는 행동을 바라보다가 휠체어를 굴려 책상 쪽으로 가더니, 책상에 놓여 있는 약상자를 열고 1회용 반창고를 꺼내어 다시 아리 옆으로 왔다.

"이리 와봐요."

아리는 고개를 숙인 채 유리 조각을 주워 담다가 고개를 들고 고영을 바라 보니 그가 1회용 반창고를 쥐고 있었다. 그녀가 일어나 그의 앞에 서서 피가 나는 손가락을 내밀자 그가 1회용 반창고를 붙여주었다.

그녀는 다른 손으로 그의 어깨를 감쌌다. 정말 사랑스러운 남자다.

나, 이 남자가 자꾸 좋아지고 있어. 나와 어렸을 때 헤어진 쌍둥이 언니의 남편인 이 남자를 사랑하고 싶다. 세상에 이렇게 맑은 미소를 가진 남자는 흔하지 않아… 따뜻한 시선으로 선유를 보살피는 걸 보면 이 사람은 정말 천사표다. 병원에 버려진 선유를 수술도 시키고 이곳으로 데려와 보살피는 이 사람, 난 이 사람을 위해 뭐든지 할 수 있어. 이제껏 오늘처럼 난동을 부린 일이 없었는데 무슨 일일까? 그는 그녀의 손을 잡은 채 한동안 그대로 있었다.

"자주 손가락을 베어야겠어요."

그녀가 싱긋 웃으며 그에게서 벗어나려 하자, 그가 뜻밖의 질문을 했다.

"임신을 하면 입덧 같은 것도 한다던데… 그래요?"

그녀는 그대로 곁에 서 있었다.

"아기가 순한가 봐요. 당신을 닮은 것 같아요."

그녀는 한 곳에 끌어 모은 부서진 물건들을 담을 수 있는 박스를 가지러 거실로 나갔다. 일하는 아줌마와 선유가 소파에 앉아 TV를 보고 있었다. 아리는 다용도실로 들어가려다 말고 TV에 시선을 보냈다.

무대 위에서는 양 손 합쳐 네 개의 손가락으로 어린 소녀가 피아노 건반을 번갯불처럼 빠르게 두들기며 아름다운 음률을 끌어내었다. 아리는 TV를 보며 감동을 하였다.

박스를 챙긴 그녀는 고영의 방으로 빠른 걸음으로 들어갔다. 그는 연필을 잡고 노트에 무엇인가를 그리고 있었다. 다가가 보니 머리가 긴 여자를 스케치하고 있었다.

"그 여자. 누구예요?"

고영은 아무 대꾸도 하지 않았다. 그녀는 리모컨으로 TV를 켜며 소녀 피아니스트가 나오는 방송 채널로 돌리기 위해 손가락을 빠르게 움직였다. 다행히 무대에서는 여전히 소녀 피아니스트가 열광적으로 피아노 건반을 두들기고 있었다.

그녀는 그의 손에서 연필을 빼내어 책상 위에 올려 놓고, 휠체어를 돌려 TV 앞으로 데려갔다. 그녀는 그러한 행동에 그가 화를 낼까 두려웠지만, 이 집에 들어온 뒤로 처음으로 서로 대화를 나누었고 그에게서 인간적인 따뜻한 면모를 느낄 수 있어서 조금 용감해졌다.

"저 여자애, 대단하죠?"

"…"

"바닷속 물고기들이 인간처럼 땅 위를 걸어다니지 못한다고 비관하는 거 봤어요? 행복의 기준을 어디다 두느냐 하는 게 중요한 거죠. 모든 건 마음 먹기 달렸어요. 두 손 합쳐 손가락이 네 개인 저 어린 피아니스트가 어딘가에 CF로도 나오더군요. 저렇게… 장애가 왔다고 움츠리기는커녕 더 환한 모습으로 피아노를 치는 걸 보세요. 그리고 당신, 그림 그릴 때의 모습… 정말 멋져요."

"…"

"출산 후에 나더러 떠나라는 말만 하지 않는다면, 당신이랑 함께 영원히 살고 싶어요. 선유도 같이. 그 아이, 아무래도 그 아비가 찾으러 오지 않을 것 같아요. 저는 당신이 자꾸 좋아져요."

그녀는 순간 남편의 얼굴이 떠오르자, '그 인간하고는 절대 같이 늙어 갈 수 없어' 하고 속으로 중얼거렸다. 고영은 TV를 꺼버리라고도 하지 않고 계속 화면을 바라보았다.

그때 방문이 살며시 열리더니 선유가 들어왔다.

아리는 선유를 가까이 오라고 손짓을 하더니, 다가오자 번쩍 안았다.

"그 애. 꽤 무거운데… 산모가 무거운 거 들면 안 되는 줄 아는데…"

고영의 말에 아리가 선유를 내려놓으며 빙그레 웃었다.

"고마워요."

"리모컨."

고영이가 손을 내밀며 말하자 아리가 리모컨을 주었다. 고영은 리모컨을 눌러 TV를 껐다. 방안이 조용해졌다. 잠시 머쓱한 분위기가 되었다.

"아저씨. 우리 내일 청계천으로 놀러가요. 불빛이 많이 켜져 예쁘대요."

선유가 고영의 손을 꼭 잡고 말하자,

"루미나리에를 보러 가자네요."

하고 아리가 거들었다. 고영은 선유의 손을 놓고 휠체어를 굴려 창가로 갔다. 밖은 서서히 어둠이 깔리기 시작했다. 어둠과 빛. 루미나리에. 희망의 빛. 바깥 세계와 차단된 생활. 문득 승미의 얼굴이 떠올랐다. 어느 수녀원일까? 승미야, 정말 미안하다.

순간 아버지의 얼굴도 떠오르고, 유별스러울 정도로 아들에게 집착하고 있는 어머니의 얼굴도 떠올랐다. 바깥 세계가 그리워지자 친구들의 얼굴들도 한꺼번에 떠올랐다.

그놈들이 보고 싶다. 내가 일절 아무도 만나지 않으려는 의지를 읽고 그 녀석들도 내가 꿈틀거릴 때까지 기다리고 있다. 그때 소녀 피아니스트의 밝은 얼굴이 떠올랐다.

그는 깊은 생각에 잠겼다. 그는 두 다리가 움직이지 않는 것이 이 세상을 살아가는 데 그리 큰 문제가 아니라는 것을 깨닫는데 참으로 많은 고통의 시간이 필요하다는 것을 알게 되었다.

그는 생각했다. 아버지의 완고함도 자식이 된 내가 껴안을 몫이고, 무엇보다 어머니를 더 이상 슬픔에 빠뜨려서는 안 된다. 그는 어머니가 줄기세포 허브에 등록하러 가자며, 그래도 아들이 다시 걸을 수 있다는 희망을 버리지 않았던 어머니의 모습이 떠올라 눈시울이 붉어졌다.

'지금 얼마나 괴로워하실까…'

아마 남들 모르게 많이도 눈물을 흘리실 것이다. 줄기세포에 그렇게 집착을 하였던 분인데…

어느 누구의 말인지 기억이 잘 나지 않지만 "좋아! 이것이 삶이라면, 다시 한 번!" 하는 말이 떠올랐다. 그는 주어진 운명을 받아들이기로 정리를 하자 평정(平靜)을 느꼈다.

고영이 아무 말도 하지 않고 등을 돌린 채 밖을 내다보고 있는 모습에 아리는 슬그머니 위축되어, 더 오래 이 방에 머물다가는 오히려 역효과가 나겠다는 생각이 들어 방에서 나가려고 선유의 손을 잡았다.

그때였다.

"좋아. 내일 루미나리에 보러 가자."

고영이가 힘찬 소리로 말하자

"우와!"

하고 선유가 환호성을 터뜨렸다.

도희는 오피스텔에서 이틀 동안 꼼짝도 하지 않고 여러가지 생각에 휘둘렸다.

평택은 시간이 될 때마다 도희가 걱정이 되어 연락을 했다. 그는 도희에게 그간에 있었던 자초지종을 듣고서 무척 놀랐다. 하지만 그녀를 위로해 주려고 "시간이 지나면 다 해결될 것이니까, 도미가 출산한 후에 모든 사실을 밝히는 것이 좋겠다"고 말했다.

그녀는 소파에 앉아 팔을 괸 채 어떤 생각에 몰두했다. 평택이랑 절대 헤어지지 않을 것이며, 그의 아기를 가지고 싶다는 생각이었다. 그녀는 자신을 진료한 산부인과 의사가 한 말이 떠올랐다.

"환자가 일란성 쌍둥이라면 방법은 있지요. 쌍둥이에게 난소 하나를 이식받으면 되니까요. 그런데 일란성 쌍둥이가 아니라면서요."

그녀는 소파에서 벌떡 일어났다.

분명 할아버지의 영혼이 흩어졌던 우리 가족들을 집에 모아 주셨고, 아기도 가지기 전에 폐경이 되어 임신을 할 수 없게 되었던 나를 불쌍히 여기시어 도미를 찾게 해주셨어.

그녀는 그런 생각이 드는 동시에, 자신이 최고영의 법적인 아내 유도희라는 현실을 깨닫고서 암울한 표정으로 변했다. 그러나 절망하지 말자. 고영이라는 사람이 이혼에 동의해 줄 것이라는 생각이 들었고, 반면에 자신의 이기적인 생각을 스스로 비탄스러워했다.

도미, 잃어버렸던 내 동생 도미… 다시 찾은, 나를 닮은 나.

그녀는 엄마가 보고 싶어졌다. 어떻게 지내고 계실까? 아버지는? 아… 시간아, 빨리 흘러가라. 마구 엉켜버린 실타래 같은 사건들을 풀고 매듭을 지어야 해. 이 상태로는 하루가 견디기 힘들어….

그때 핸드폰이 울렸다. 단말기 액정에 '청개구리'가 떴다.

그녀는 핸드폰을 귀에 대었다. 그리고 차분한 음성으로 말했다.

"우경아. 나 혼자 잘 살고 있으니, 전화 자주 하지 않아도 돼. 그리고 보고 싶다. 내가 이 세상에서 젤루 사랑하는 친구야."

"얼씨구. 이제야 정신이 돌아왔구나. 난 네 영혼에 달라붙은 청개구리다."

"후후. 난 너한테 달라붙은 고슴도치다. 너의 맞대응도 잘 있니? 언제 결혼할 거야?"

"따뜻한 봄날에 할 거야… 그나저나 그 엄청난 사실을 너의 어머니가 아시면 기절하시겠다. 두 딸이 바꿔치기 된 것을 아시면… 옛날에 잃어버렸던 딸의 행방을 알게 된 것도 큰 사건인데, 그 딸이 다름 아닌 헤어졌던 언니와 거래를 하여 씨받이가 되었다는 사실을 알게 되시면… 에고, 상상만 해도 아찔해진다. 아무튼 너… 정말 무서운 여자다. 그 와중에 어떻게 그런 구상을 다 할 수 있었는지… 추리작가가 되면 적성에 딱 맞겠다."

"그러게."

"요즘 연달아 터지는 대형 사건들 땜시 시간이 모자라 맞대응과 데이트도 제대로 못했는데… 어때? 오늘 닥터랑 맞대응이랑 불러다 확실하게 놀까?"

"나, 오늘 할 일이 있어. 다음에 기회 잡자."

"오피스텔에 혼자 박혀 있으면서 할 일이 뭐가 있다고 그래? 암튼 좋아. 그나저나 줄기세포가 난치병 환자들의 희망이었는데, 별장에 있는 그 사람 가엾어 어쩌나."

"우경아. 이번 황 쇼크를 생명공학이라는 큰 줄기에서의 한 과정이라고 생각하자. 어떤 연구든 오류가 발생할 수 있고, 그 오류를 딛고 넘어서면 또 비약하는 게 진정한 연구 과정 아니겠니. 줄기세포 논문 조작 부분은 분명 잘못되었지만 황 교수가 생명공학에 기여한 부분은 인정을 해야 해. 스너피는 진짜라는 걸 보면… 젓가락 문화가 이대로 주저앉을 수야 없지. 정부에서도 이번 사태로 인해 우리 과학계가 위축되지 않도록 정책을 펼치겠다고 하니… 다음 주 초에 그 사람하고 이쪽으로 와. 내가 근사한 곳에서 쏠게. 오케이?"

"좋았어. 그리고 또 말할 게 있어."

"뭔데?"

"세경물산이 코바트라는 바이오 업체와 합병 후 주가 조작을 한 냄새가 난다며 금융감독원에서 조사 들어갔다는 소문이야. 세경물산이라면 너의 아버지가 다니시는 회사고 회장이 너의 시아버지잖아."

"언제 그 소문이 났어?"

"1주일 전에 들었어."

"더 정확하게 알아봐 줘."

"알았어. 아무튼 줄기세포를 축으로 하여 다발적인 사건들이 잇달아 터진다. 증권시장도 한동안 줄기세포 관련주들이 상상을 초월한 시세를 분출하여 증권 시장을 후끈 달구어 놓더니, 황 교수 논문이 조작되었다는 보도가 나가자 연일 급락해 버리고… 줄기세포를 뒤늦게 매수한 투자자들은 망하게 된 거지. 아무튼 줄기세포 때문에, 이 땅에 살고 있는 사람들이 회오리바람에 한바탕 휘둘린 느낌이다… 그럼 잘 있어."

"그런데 말이야. 줄기세포 논문이 조작되었다고는 하지만, 조금만 더 기회를 주었다면 개 복제한 실력으로 기필코 배아줄기세포를 성공시켰을 수도 있지 않았을까 하는 생각이 들어. 새튼은 미국에서 멀쩡하니 활보하고 있는데 우리만 손해 보는 것 같다.

스너피 자체만으로도 우리나라에서는 영웅 대접을 받을 수가 있었는데… 개 복제. 아무나 할 수 있는 기술이 아니잖아. 성급하게 논문 조작하지 않고 조금만 더 아날로그로 다가갔다면 오늘날 이런 허망한 꼴은 당하지 않았을 텐데… 정말 안타깝다."

"그러게… 또 통화하자, 안녕."

우경이 도희의 말에 짧게 맞장구를 치며 통화를 툭 끊었다.

도희는 우경과 통화를 끝내자 슬그머니 걱정이 되었다. 주식에 손대는 아버지가 혹시나 주식작전에 동참한 건 아닐까? 그녀는 제발 아버지가 주식작전에 가담하지 않았기를 간절히 바랐다. 그녀는 빨리 세월이 흐르기를 기다렸다.

아리가 출산 후 모든 사실을 양가(兩家)에 알리고, 두 여자가 바꿔치기한 죄에 대해 벌을 감수할 작정이었다. 그녀는 창 너머 하늘을 바라보았다.

소나기 내리던 날, 갑자기 뛰어든 한 남자의 교통사고를 시작으로 너무나 많은 일들이 일어났었다. 도희는 이런저런 생각에 마음이 울적해져, 핸드폰을 열고 평택의 전화번호를 꾹꾹 눌렀다.